# 清盛殿と16人 下巻

七五調 平家物語

中村博

JDC

墨絵　はねおかじろう

## はじめに

「清盛殿と16人」上巻をお楽しみいただき、いよいよ下巻を手にしてくださったこと、ありがたい思いであります。

さて下巻は、注釈なく、楽しくどんどん読み進めていただきたい。上巻に続き、巻立ては、漂流の巻、決戦の巻（一）、衰微の巻、決戦の巻（二）、滅亡の巻、祈りの巻とした。

――やがてこれらの　人々も、
それぞれ　極楽往生を

（編集部）

【もくじ】

# 七五調　平家物語　清盛殿と16人　下巻

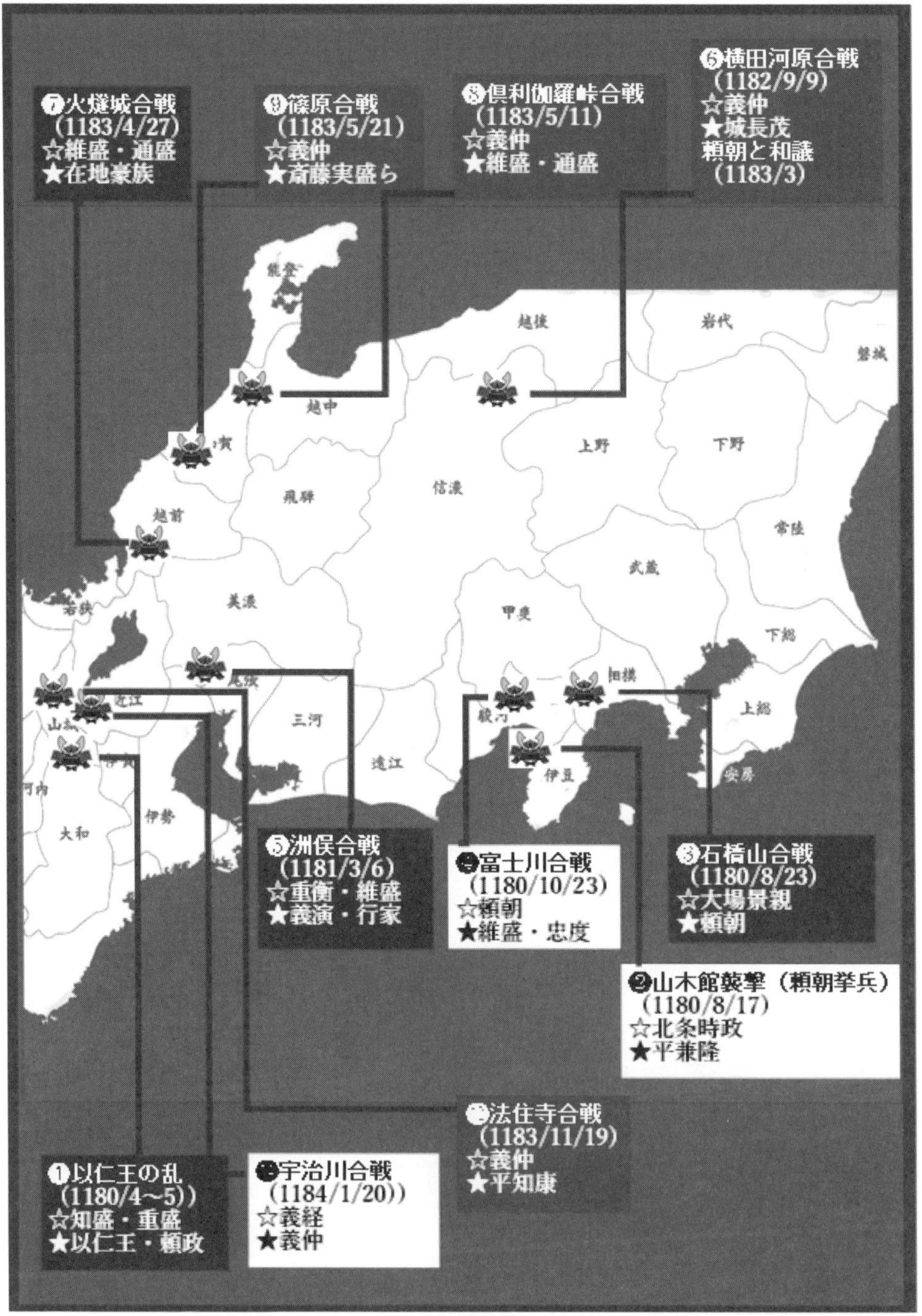
❼火燧城合戦
（1183/4/27）
☆維盛・通盛
★在地豪族
❾篠原合戦
（1183/5/21）
☆義仲
★斎藤実盛ら
❽倶利伽羅峠合戦
（1183/5/11）
☆義仲
★維盛・通盛
❻横田河原合戦
（1182/9/9）
☆義仲
★城長茂
頼朝と和議
（1183/3）
能登
越後
岩代
磐城
越中
加賀
上野
下野
飛騨
信濃
越前
常陸
武蔵
若狭
美濃
甲斐
下総
相模
尾張
近江
山城
三河
駿河
上総
伊賀
遠江
伊豆
安房
河内
伊勢
大和
❺洲俣合戦
（1181/3/6）
☆重衡・維盛
★義演・行家
❹富士川合戦
（1180/10/23）
☆頼朝
★維盛・忠度
❸石橋山合戦
（1180/8/23）
☆大場景親
★頼朝
❷山木館襲撃（頼朝挙兵）
（1180/8/17）
☆北条時政
★平兼隆
⑪法住寺合戦
（1183/11/19）
☆義仲
★平知康
❶以仁王の乱
（1180/4～5））
☆知盛・重盛
★以仁王・頼政
⑫宇治川合戦
（1184/1/20））
☆義経
★義仲

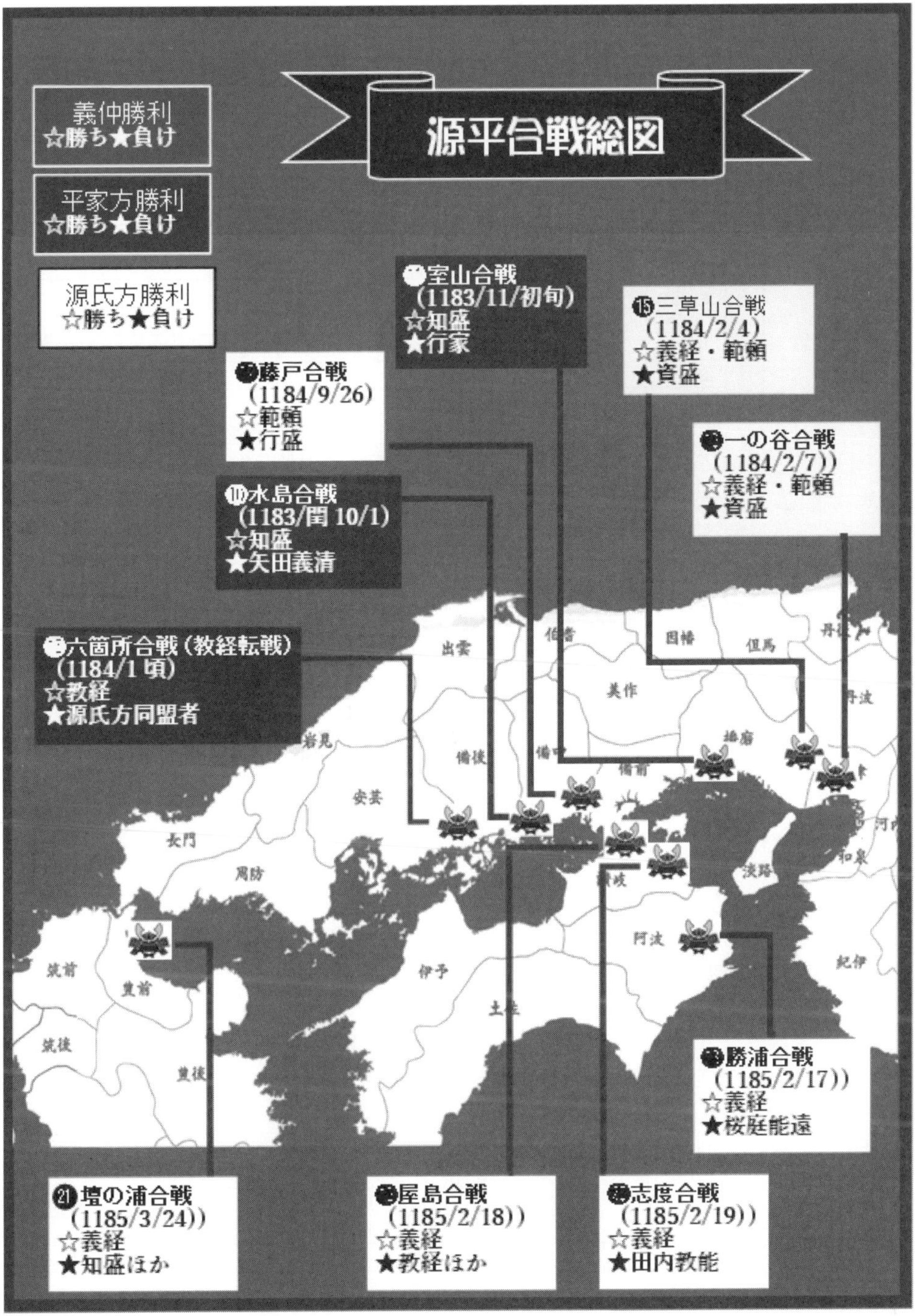

源平合戦総図
義仲勝利
☆勝ち★負け
平家方勝利
☆勝ち★負け
源氏方勝利
☆勝ち★負け
室山合戦
(1183/11/初旬)
☆知盛
★行家
⑮三草山合戦
(1184/2/4)
☆義経・範頼
★資盛
藤戸合戦
(1184/9/26)
☆範頼
★行盛
一の谷合戦
(1184/2/7))
☆義経・範頼
★資盛
⑩水島合戦
(1183/閏 10/1)
☆知盛
★矢田義清
六箇所合戦（教経転戦）
(1184/1 頃)
☆教経
★源氏方同盟者
出雲
伯耆
因幡
但馬
丹後
美作
丹波
石見
備後
備中
播磨
備前
安芸
河内
長門
周防
讃岐
淡路
和泉
阿波
紀伊
筑前
豊前
伊予
土佐
筑後
豊後
勝浦合戦
(1185/2/17))
☆義経
★桜庭能遠
㉑壇の浦合戦
(1185/3/24))
☆義経
★知盛ほか
屋島合戦
(1185/2/18))
☆義経
★教経ほか
志度合戦
(1185/2/19))
☆義経
★田内教能

| 西暦 | 年号 | 年 | 月日 | 天皇 | 院政 | 出来事 |
|---|---|---|---|---|---|---|
| 1182年 | 寿永 | 元 | 9/9 | 安徳 | 後白河 | 義仲、横田河原合戦で城長茂軍を破る |
| 1183年 |  | 2 | 3月 |  |  | 頼朝、義仲、不和に |
|  |  |  | 4/17 |  |  | 維盛以下十万騎、義仲討伐へ |
|  |  |  | 5/11 |  |  | 平氏、倶梨迦羅谷で義仲に敗れる |
|  |  |  | 7/22 |  |  | 義仲上洛の報に、平家は騒ぐ |
|  |  |  | 7/24 |  |  | 宗盛、天皇、女院を奉じて西海へ |
|  |  |  | 7/25 |  |  | 後白河法皇、鞍馬、比叡山に行幸 |
|  |  |  | 7/25 |  |  | 維盛ら平家一門都落ち |
|  |  |  | 7/28 |  |  | 後白河還御、義仲守護する |
|  |  |  | 8/10 |  |  | 義仲、「朝日将軍」の院宣を受ける |
|  |  |  | 8/17 |  |  | 平家一門大宰府に着く |
|  |  |  | 8/20 | 安徳・後鳥羽 |  | 後鳥羽天皇、即位 |
|  |  |  | 10/14 |  |  | 源頼朝、鎌倉にて征夷大将軍の院宣 |
|  |  |  | 閏10/1 |  |  | 平家、備中水島にて義仲の軍を破る |
|  |  |  | 11/19 |  |  | 義仲、法住寺を襲い、法皇を押し込む |
| 1184年 |  | 3 | 1/20 |  |  | 宇治にて義経、範義ら、義仲を破る |
|  |  |  | 1/21 |  |  | 義仲、近江の粟津で戦死 |
|  |  |  | 2/4 |  |  | 範頼、義経平氏討伐のため京都を出発 |
|  |  |  | 2/5 |  |  | 三草山の戦い |
|  |  |  | 2/7 |  |  | 鵯越の坂落しで平家大敗 |
|  |  |  | 2月 |  |  | 重衡捕えられる、他の一門は屋島へ退く |
|  |  |  | 3/15 |  |  | 維盛、滝口入道に導かれ出家 |
|  |  |  | 3/28 |  |  | 那智の沖で維盛入水(27歳) |
|  | 元暦 | 元 | 9/12 |  |  | 範頼軍、平氏を屋島へ退かせる |
| 1185年 |  | 2 | 2/18 |  |  | 那須与市、屋島で扇の的を射る |
|  |  |  | 2/21 |  |  | 平家、讃岐国志度の浦へ退く |
|  |  |  | 3/24 |  |  | 壇の浦海上で源平合戦し、平家敗れる |
|  |  |  |  |  |  | 安徳天皇入水、建礼門院は助け出される |
|  |  |  | 4/26 | 後鳥羽 |  | 宗盛、時忠ら、生捕りの人々、都大路渡し |
|  |  |  | 5/1 |  |  | 建礼門院、長楽寺で出家 |
|  |  |  | 6/5 |  |  | 義経、頼朝に追い返され、腰越で書状 |
|  |  |  | 6/21 |  |  | 宗盛父子、鎌倉へ下った帰りに斬られる |
|  | 文治 | 元 | 9/23 |  |  | 時忠らは諸国へ流される |
|  |  |  | 9月末 |  |  | 建礼門院、大原寂光院に入る |
|  |  |  | 11月 |  |  | 義経追討の院宣下る、義経は都を出る |
|  |  |  | 12/16 |  |  | 維盛嫡子六代、文覚が命乞い |
| 1186年 |  | 2 | 4月 |  |  | 後白河法皇、大原の建礼門院を訪問 |
| 1189年 |  | 5 | 閏4/30 |  |  | 義経平泉で戦死 |
| 1190年 | 建久 | 元 | 11/11 |  |  | 頼朝、上洛し、正二位大納言、右大将 |
| 1191年 |  | 2 | 2月 |  |  | 建礼門院、崩御 |
| 1192年 |  | 3 | 3/13 |  |  | 後白河法皇、崩御(66歳) |
|  |  |  | 7/12 |  |  | 頼朝、征夷大将軍に |
| 1199年 |  | 10 | 1/13 | 土御門 | 後鳥羽 | 頼朝、死去(53歳) |
|  |  |  | 2/5 |  |  | 六代、ついに斬られ、平家の子孫は絶滅 |

## ■平家物語年表

| 西暦 | 年号 | 年 | 月日 | 天皇 | 院政 | 出来事 |
|---|---|---|---|---|---|---|
| 1118年 | 永久 | 6 | 1/18 | 鳥羽 | 白河 | 平清盛誕生 |
| 1132年 | 天承 | 2 | 3/13 | 崇徳 | 鳥羽 | 三十三間堂の落慶供養、忠盛昇殿許可 |
| | 長承 | 元 | 12/23 | | | 忠盛殿上で闇討ち |
| 1146年 | 久安 | 2 | 2/2 | 近衛 | | 清盛安芸守 |
| 1153年 | 仁平 | 3 | 1/15 | | | 忠盛死去(58歳) |
| 1156年 | 保元 | 元 | 7月 | 後白河 | | 保元の乱 |
| 1159年 | 平治 | 元 | 12月 | 二条 | 後白河 | 平治の乱 |
| 1160年 | 永暦 | 元 | 3/20 | | | 源頼朝伊豆配流 |
| 1161年 | | 2 | 9/3 | | | 平滋子高倉天皇産む |
| 1165年 | 永万 | 元 | 7/29 | | | 比叡山の僧兵により清水寺焼かれる |
| 1167年 | 仁安 | 2 | 2/11 | 六条 | | 清盛太政大臣従一位 |
| 1168年 | | 3 | 11/11 | 高倉 | | 清盛病の為出家 |
| 1169年 | 嘉応 | 元 | 4/12 | | | 平滋子、建春門院の宣下 |
| 1170年 | | 2 | 10/21 | | | 資盛、摂政鉢合わせ侮辱へに報復狼藉 |
| 1171年 | 承安 | 元 | 6月 | | | 俊寛ら鹿谷で平家打倒謀議 |
| | | | 12/14 | | | 平徳子、入内 |
| 1172年 | | 2 | 2/10 | | | 徳子、高倉天皇の中宮に |
| 1173年 | | 3 | — | | | この頃祇王平清盛に寵愛 |
| 1176年 | 安元 | 2 | — | | | この頃仏御前現れ、祇王ら嵯峨野に隠棲 |
| | | | 7/8 | | | 建春門院崩御 |
| 1177年 | | 3 | 5/29 | | | 鹿の谷平家打倒謀議発覚、西光斬られる |
| | | | 6月 | | | 俊寛ら鬼界ケ島配流 |
| | 治承 | 元 | 8/19 | | | 藤原成親流罪のち殺害 |
| 1178年 | | 2 | 7月 | | | 中宮安産祈願大赦で俊寛以外赦免 |
| | | | 11/12 | | | 安徳天皇生まれる(母・平徳子) |
| | | | — | | | この頃小督、高倉天皇と間に姫宮を産む |
| 1179年 | | 3 | 3/2 | | | 俊寛鬼界ケ島で死去 |
| | | | 11/16 | | | 清盛、関白以下43人の官職を解く |
| | | | 11/20 | | | 清盛、法皇を鳥羽殿に幽閉 |
| | | | — | | | 小督、清盛に尼にさせられる |
| 1180年 | | 4 | 2/21 | 安徳 | 後白河・高倉 | 高倉天皇降ろされ、安徳天皇3歳で即位 |
| | | | 5/10 | | | 以仁王、平家追討の令旨を出す |
| | | | 5/23 | | | 宇治川戦い(以仁王討死、源頼政自害) |
| | | | 5/27 | | | 平重衡、忠度、三井寺を焼く |
| | | | 6/2 | | | 清盛、安徳天皇を奉じ、福原へ遷都 |
| | | | 8/17 | | | 源頼朝、伊豆で挙兵 |
| | | | 9/18 | | | 維盛、忠度ら、頼朝追討の為福原出発 |
| | | | 10/23 | | | 平氏、富士川にて水鳥の羽音に驚き敗走 |
| | | | 11/13 | | | 福原の内裏造営成り天皇還幸 |
| | | | 12/2 | | | にわかに都を京に戻す |
| | | | 12/28 | | | 重衡、通盛ら、東大寺、興福寺を焼く |
| 1181年 | | 5 | 1/14 | | | 高倉上皇崩御(21歳)清閑寺に葬られる |
| | | | 1月 | | 後白河 | この頃、木曽義仲、挙兵 |
| | | | 2/27 | | | 宗盛、清盛発病の為源氏追討中止 |
| | | | 閏2/24 | | | 清盛熱病の為死去(64歳) |
| | 養和 | 元 | 11/24 | | | 中宮徳子、建礼門院と称す |

■登場人物年表

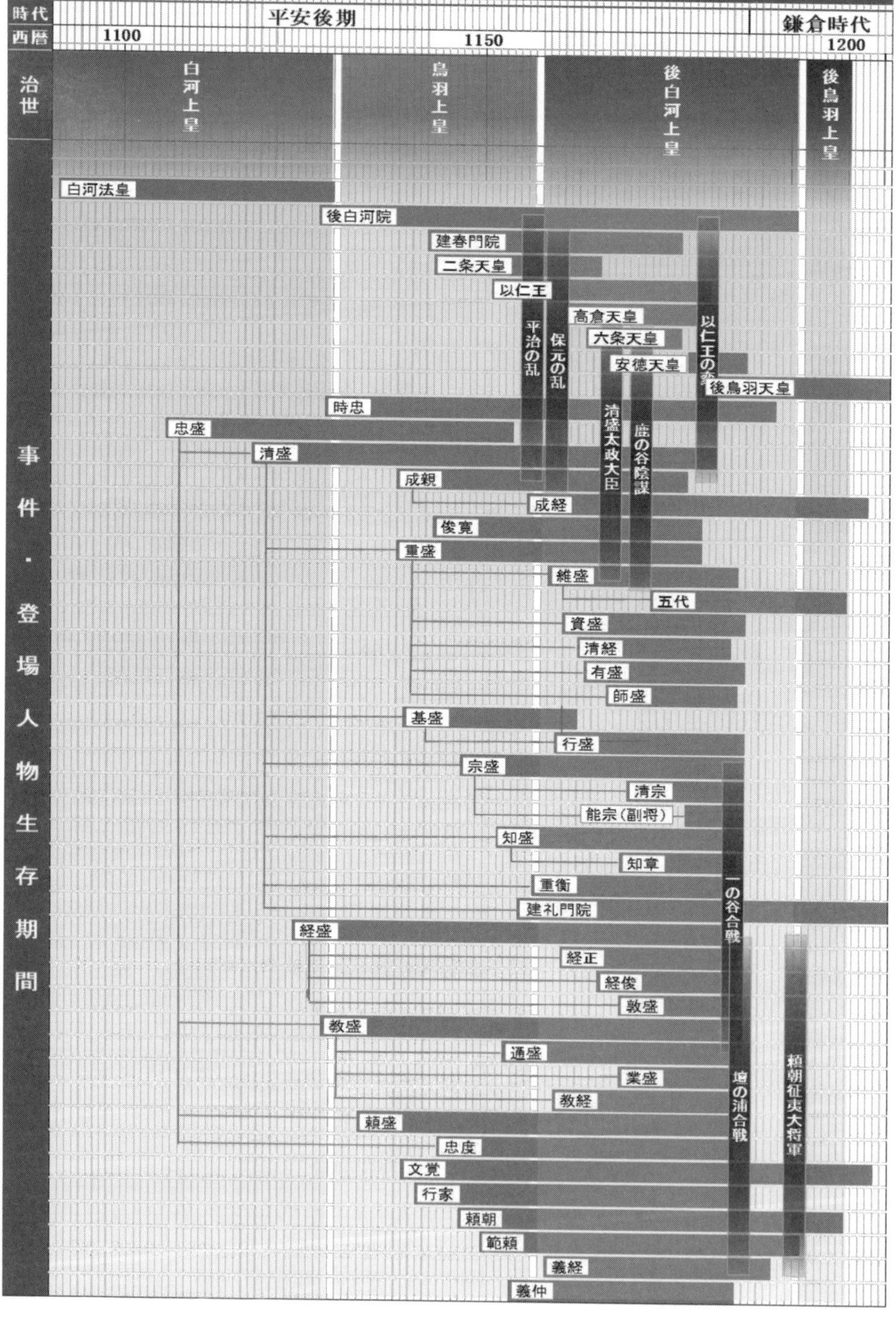
時代
西暦
平安後期
鎌倉時代
1100
1150
1200
治世
白河上皇
鳥羽上皇
後白河上皇
後鳥羽上皇
事件・登場人物生存期間
白河法皇
後白河院
建春門院
二条天皇
以仁王
高倉天皇
六条天皇
安徳天皇
後鳥羽天皇
平治の乱
保元の乱
以仁王の変
清盛太政大臣
鹿の谷陰謀
時忠
忠盛
清盛
成親
成経
俊寛
重盛
維盛
五代
資盛
清経
有盛
師盛
基盛
行盛
宗盛
清宗
能宗(副将)
知盛
知章
重衡
建礼門院
一の谷合戦
経盛
経正
経俊
敦盛
教盛
通盛
業盛
教経
頼盛
忠度
文覚
行家
頼朝
範頼
義経
義仲
壇の浦合戦
頼朝征夷大将軍

# 系図

## 天皇関係系図

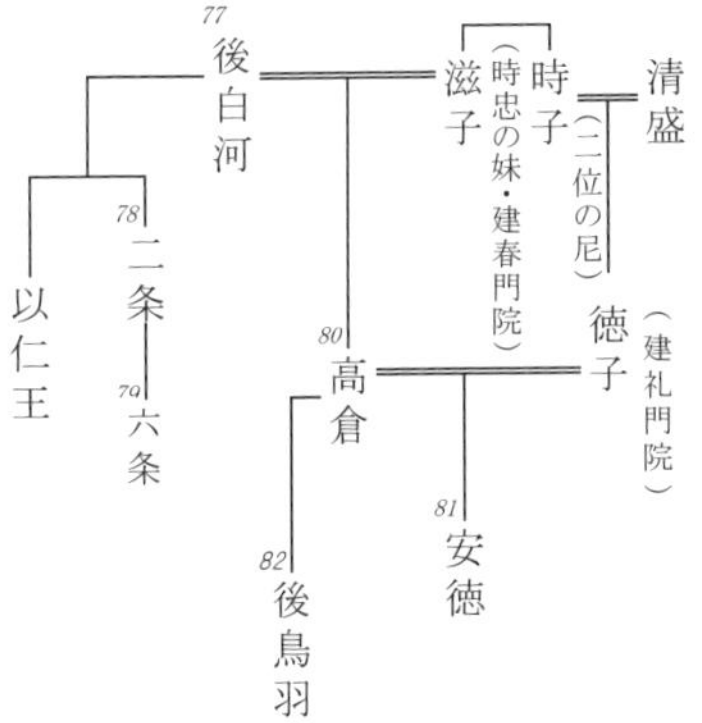


## 平家関係系図

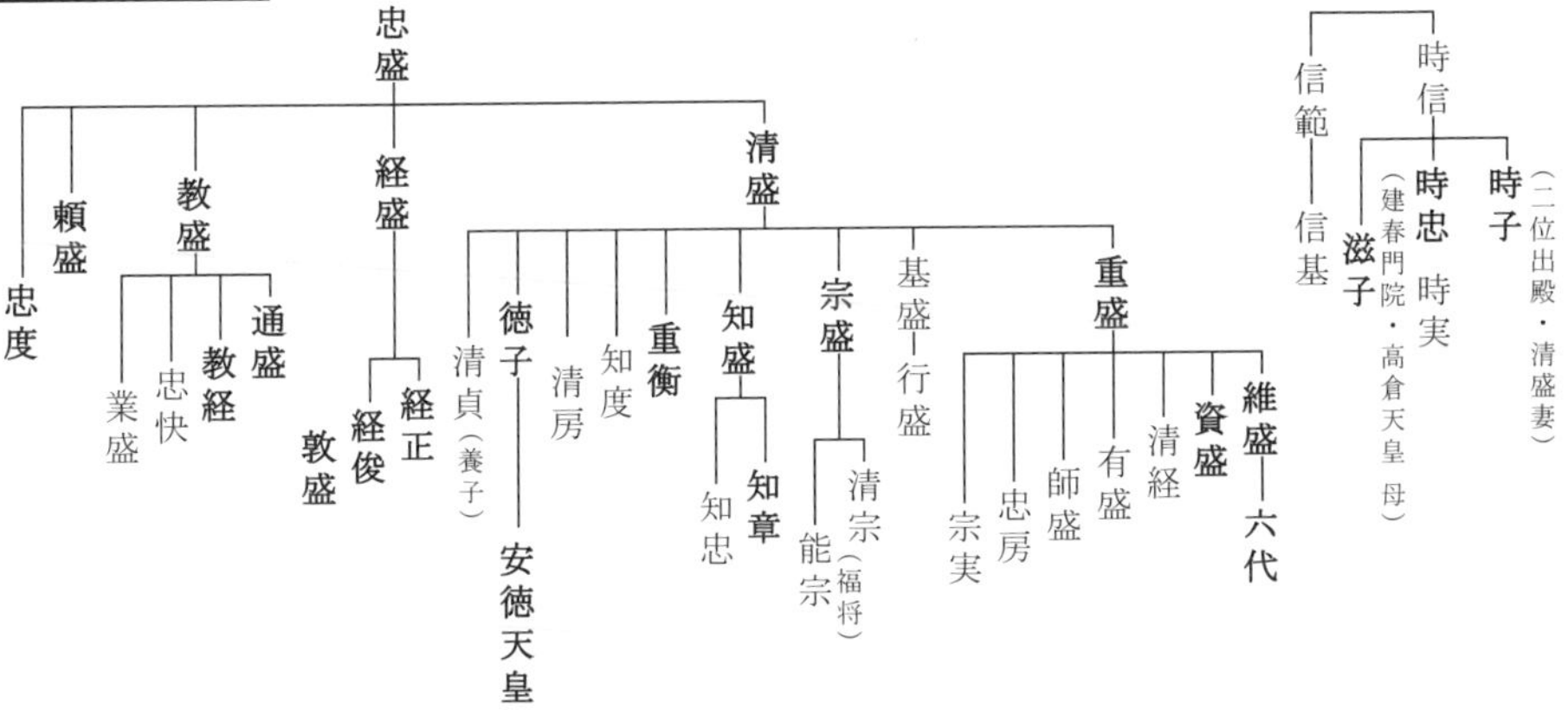


## 源氏関係系図

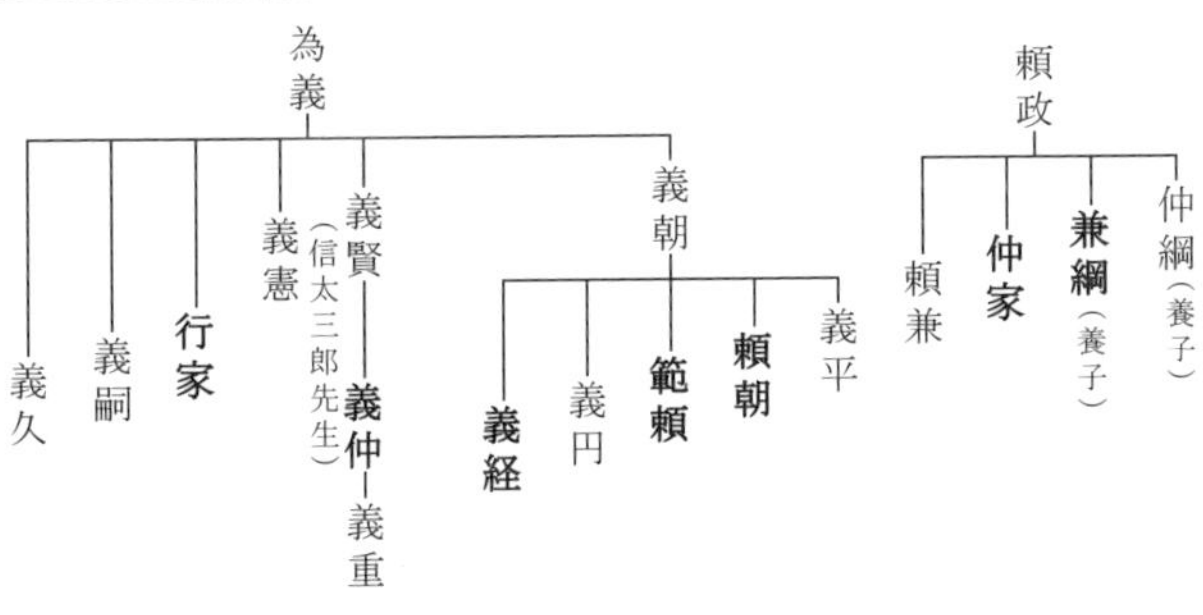

## 大鎧等武具

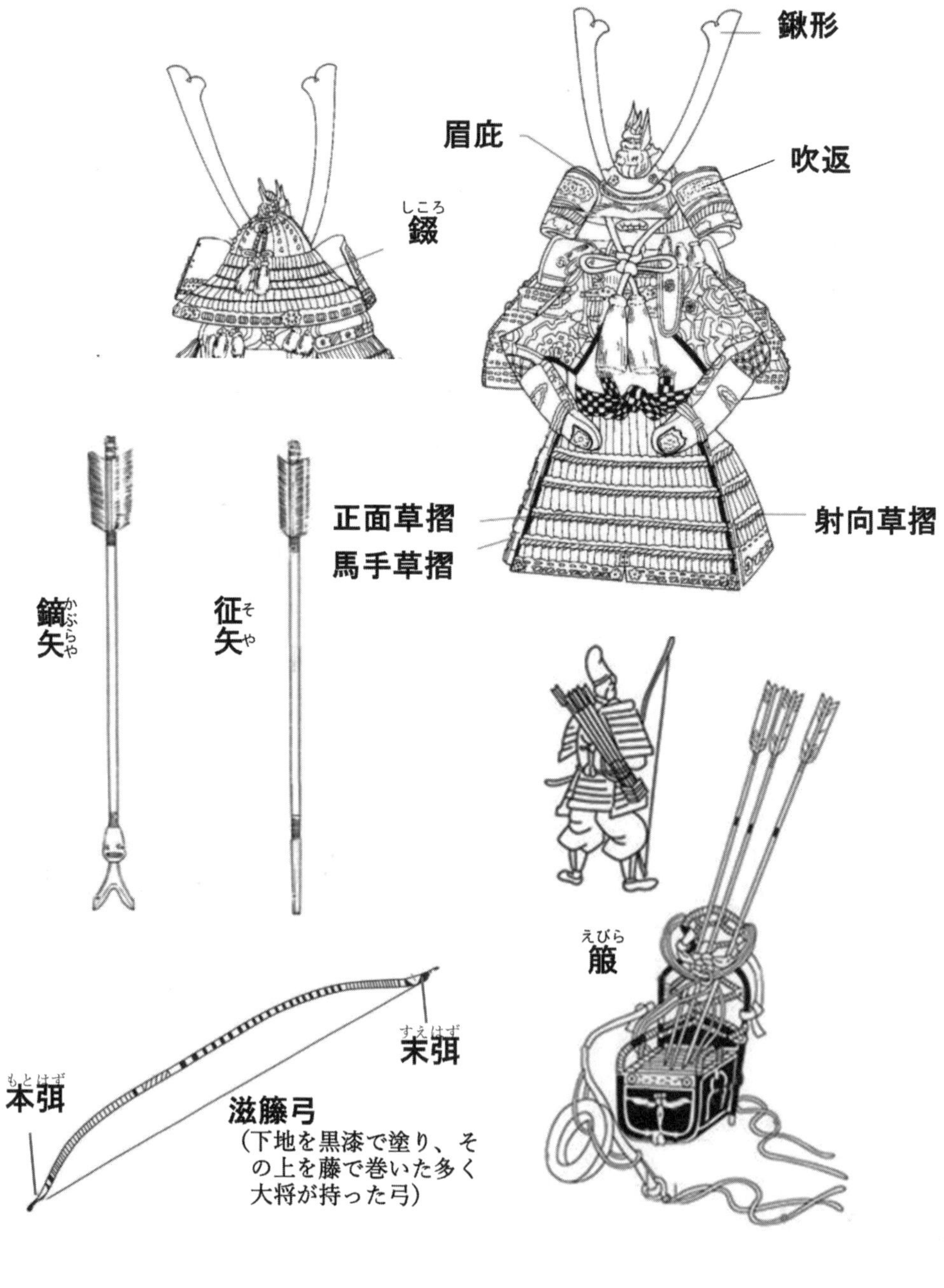
鍬形
眉庇
吹返
錣《しころ》
正面草摺
馬手草摺
射向草摺
鏑矢《かぶらや》
征矢《そや》
箙《えびら》
末弭《すえはず》
本弭《もとはず》
滋籐弓
（下地を黒漆で塗り、その上を藤で巻いた多く大将が持った弓）

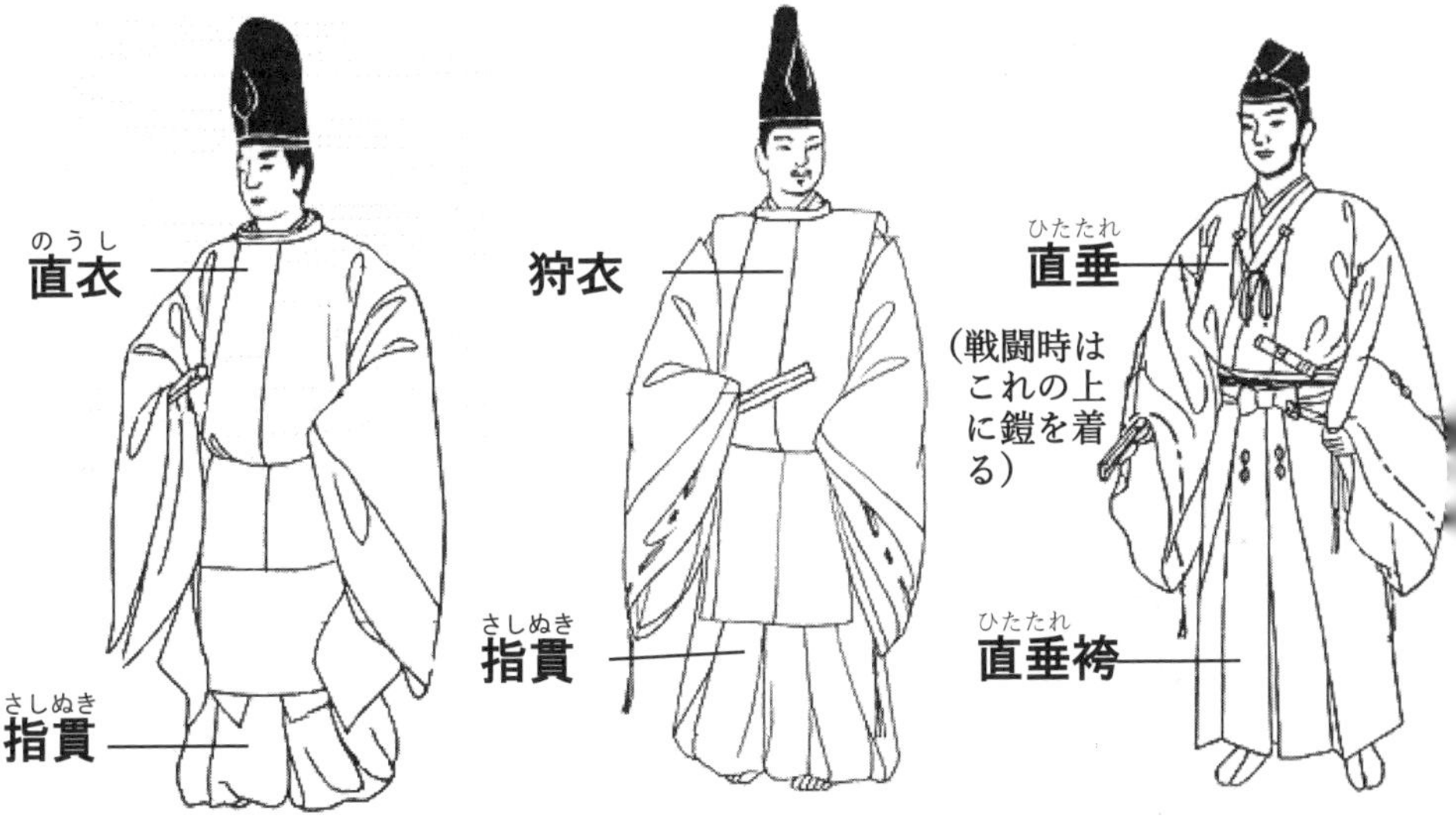


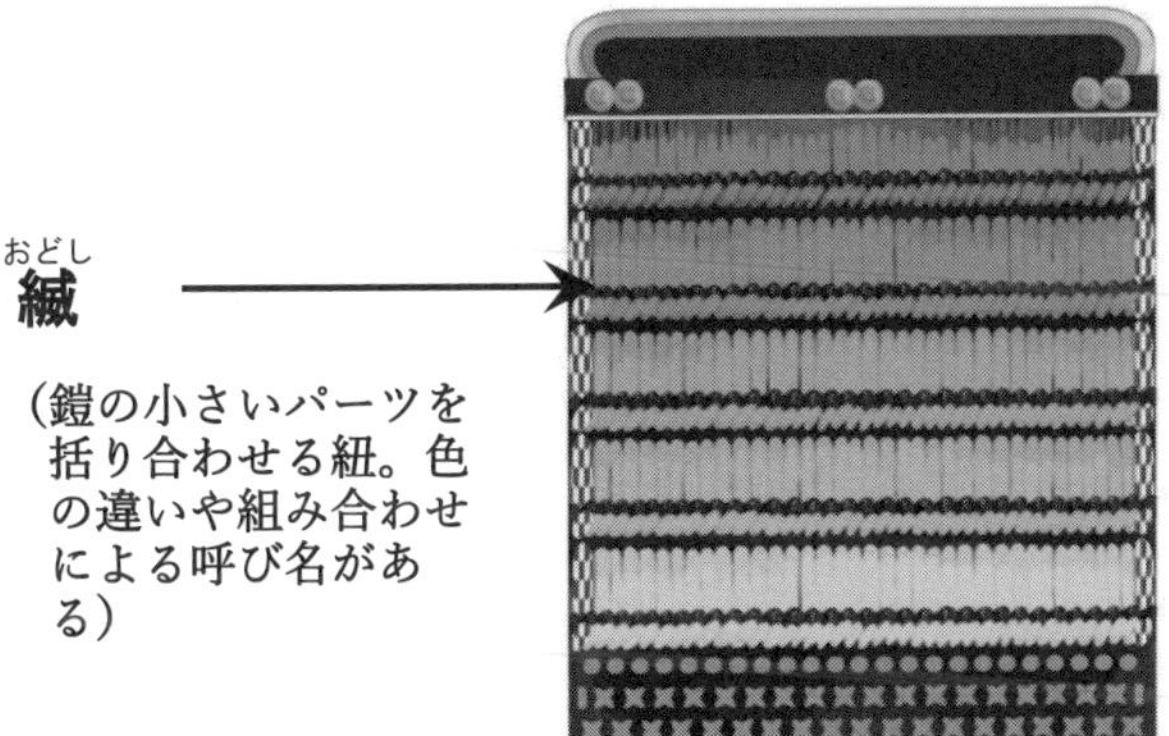

連銭葦毛《れんぜんあしげ》

（葦毛に灰色の丸い銭のような斑紋のある馬）

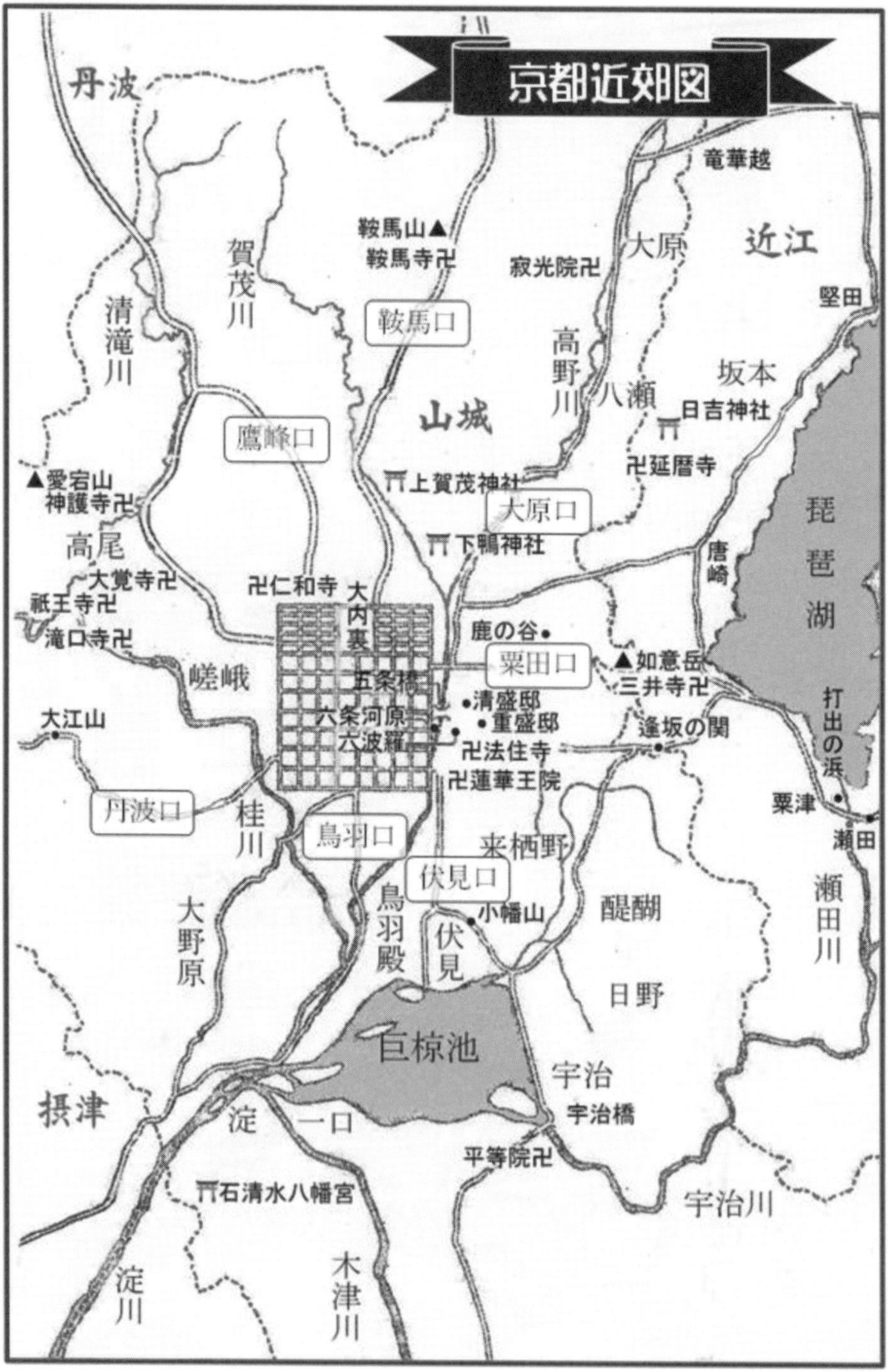
京都近郊図
丹波
竜華越
鞍馬山
鞍馬寺
寂光院
大原
近江
賀茂川
清滝川
鞍馬口
堅田
高野川
坂本
山城
八瀬
日吉神社
鷹峰口
延暦寺
愛宕山
神護寺
上賀茂神社
大原口
高尾
下鴨神社
唐崎
琵琶湖
大覚寺
仁和寺
大内裏
祇王寺
滝口寺
鹿の谷
粟田口
如意岳
嵯峨
五条橋
三井寺
清盛邸
六条河原
重盛邸
打出の浜
大江山
六波羅
逢坂の関
法住寺
蓮華王院
丹波口
桂川
栗津
鳥羽口
瀬田
来栖野
伏見口
瀬田川
醍醐
鳥羽殿
小幡山
大野原
伏見
日野
巨椋池
宇治
摂津
淀
一口
宇治橋
平等院
石清水八幡宮
宇治川
淀川
木津川

# 漂流《ただよい》の巻

# 平家それぞれの章

## 主上都落ち

同年　七月十四日
肥後の守なる　貞能《さだよし》が
九州謀反　平らげて
菊池に原田　松浦党
三千《さんぜん》余騎牽き連れ　上洛に

九州からくも　平ぐが
東国北国　鎮まらじ

二十二日の　深夜にと
佐渡衛門尉《えもんじょう》　重貞が

六波羅参り　申すには
「義仲すでに　五万余騎
北国からと　攻め上り
比叡山《えいざん》　東坂本に
大勢兵士　充ち満ちし

六郎忠近　覚明が
六千余騎で　比叡山《やま》上り
三千衆徒が　味方して
今にも京を　攻めるかと」

これ聞き平家は　仰天し
急ぎ討手を　差し向ける

知盛　重衡　大将軍
総勢三千《さんぜん》余騎　率いてに
都　出まずは　山科へ

通盛　教経　二千余《にせんよ》騎で
宇治橋そこを　固めてし

行盛　忠度　一千余《いっせんよ》騎
淀への道を　警固せり

噂いろいろ　飛び交いて
行家これが　数千騎
宇治橋からに　攻めるとか

陸奥の新判官《ほうがん》　義康の
子の矢田判官代《ほうがんだい》　義清が
大江山越え　上洛や

摂津《せっつ》国河内の　源氏らが
雲霞の如く　都へと

「斯くなりたれば　勝ち目なし
一カ所固まり　決戦に」
言いて各所に　向けられし
兵を都へ　呼び戻す

二十四日の　夜更け方
宗盛　建礼門院が
おられる六波羅　行き言うは

「よもや滅びる　ことなしと
思いおりしが　今にては
もう最後かも　知れませぬ

如何になろうと　都でと
言う人々も　居られるが
目の前辛き目　お見せすは

如何か思い　考ずるに
後白河法皇《ほうおう》　安徳天皇《みかど》　お連れして
西国にへと　お移りを」

これ聞き建礼門院《にょいん》　答えるは
「今となりては　仕方なし
その計らいに　従う」と
言うも堪らず　袂にて
溢るる涙　抑え得ず

それの夜更けに　後白河法皇《ほうおう》は
「内々平家が　お連れして
都の外へ　落ち行く」と
言うをば耳に　されたるか
按察使大納言《あぜちなごん》の　資賢《すけかた》の
息子右馬頭《めのかみ》　資時を
一人お供に　引き連れて

秘かに御所を　お出になり
鞍馬へ向けて　移らるも
このこと誰も　知らざりし

平家に仕える　侍で
院にもお仕え　なしいたる
橘内左衛門尉《きちないさえもん》　季康は
その夜は御所の　法住寺
そこにて宿直《とのい》　しおりしが
夜になりても　騒がしく
女房ら囁き　合いたるや
忍び泣くをば　訝《いぶか》りて
何事なるやと　耳立つに

「後白河法皇《ほうおう》様が　お見えには
何処《いずこ》へ向かい　行かれたや」
とにと言うをが　聞こえ来し

「すわ大事」と　六波羅へ
行きて伝うに　宗盛は
「然なるはずは」と　言いつつに
急ぎ御所へと　馳せ着くも
まことに姿　何処《いずこ》にも
後白河法皇《ほうおう》に仕う　女房らは
ただ茫然と　そこに居し
「どした」と訊くも　「ワレ知る」と
言うは一人も　おらざりて
皆呆《ほう》けたる　様子なり
後白河法皇《ほうおう》居なきが　知れるやに
京中騒ぎ　並みならず

ましてや平家の　慌て様
家に敵来て　攻むる如
院をも帝をも　お連れして
西国移る　準備《ようい》すも
院が平家を　棄てたにて
その思惑は　外れたり
「されども帝《みかど》　だけなりと」
言いて卯の刻(午前六時頃)　輿寄すに
年齢《とし》六歳の　この帝《みかど》
幼なかる故　何事も
考えなしに　輿に乗る
国母　建礼門院も
同じく輿に　お乗りなる

天叢雲剣《あまのむらくもつるぎ》　にと
八尺瓊曲玉《やさかにまがたま》　八咫鏡《やたかがみ》
三種の神器を　輿の中
「御璽《ぎょじ》(天皇の印)　鍵それに　時の札《ふだ》
琵琶　玄上に　鈴鹿琴
なども持て」とて　時忠が
言うやも　慌てふたむきて
運び損ねし　物多し
時忠従弟　信基と
子の時実の　三人が
衣冠を着けて　お供にと
左右の近衛府　役人が
御輿担ぎて　その綱を
甲冑弓矢　着けたるの

役人これが　引きたりし
七条通りを　西向かい
朱雀通りを　南へと

明けると七月　二十五日《にじゅうご》で
鶏鳴く声　頻りなり

摂政藤原　基通も
行幸お供と　出はしたが
進藤左衛門《さえもん》尉　高直に
「よくよく事態を　思うやに
帝《みかど》は移り　申すやも
法皇さまは　着かれ来ぬ
このまま行くは　如何か」と
言われ高直　牛飼いに
目配せをして　促がすに

心得　牛車《くるま》　元戻し
大宮上り　飛ぶ如く
走り北山　その辺り
地足院へと　入りたり

**維盛都落ち**

平家の侍　越中の
次郎兵衛盛嗣　気づきてに
連れ戻そうと　なしたるも
皆に止められ　諦めし

重盛長男　維盛は
予《かね》て覚悟は　なしおれど
移るとなりて　悲しかり

その奥方と　申すのは
故中御門《なかみかど》　新大納言《だいなごん》
成親これの　娘なり

露を含みた　桃の花
そのほころぶの　顔立ちで

紅白粉《おしろい》の　化粧類
眼《まなこ》は媚びを　宿してに
風に靡くの　長き髪
その美しさ　並ぶなし

六代御前と　言う名持つ
生年十歳《とお》の　若君と
八歳姫君　おられてし

別れに際し　三人が
「われも」と言いて　慕うをば
維盛これを　諭すとて

「我れ一門と　西国へ

お連れ申すが　良けれども
道中敵が　待ち伏せて

如何な危険が　待つやをも

例えこの我れ　討たるとも
尼にとなるは　ならぬぞや

理由《わけ》は幼き　この者ら
無事に育てて　欲しき故

そのため望む　人おらば
またに嫁ぐも　宜しかろ
情けを掛くる　人もおろ」

とて懸命に　説き言うも
奥方返事　せぬままに
衣被りて　泣き伏しぬ

維盛立とうと　した時に

袖にすがりて　奥方は
「都に父も　母もなし
置き去りされて　その上に
再婚せよと　仰せなは
何と冷たや　恨めしや

前世からの　宿縁《えにし》にて
一緒になりた　二人やに

何処まで行くも　共にとて
同じ野原の　露と消え
同じ水底　沈むやと
言いた寝覚めの　睦言《むつごと》は
皆々嘘で　ありしかや

せめてこの我れ　一人なら
捨てらるこの身の　哀れをば

思い知りたと　留まるも
幼き者を　誰が見る
恨めしきをば　仰せらる」

とて恨みつに　慕いつつ
言うに絆《ほだ》され　維盛は
「ほんにお前が　十三歳《じゅうさん》で
我れが十五歳《じゅうご》で　連れ添いて
火の中水底　共に入り
命共にと　言いしやが
斯かる惨めな　都落ち
それにと連れて　行きたれば
如何な辛き目　遭わすやも

どこかの浦に　落ち着かば
きっと迎えを　寄越すにて」
と振り切りて　立ち上がる

中門廊に　出でたりて
鎧《よろい》を着てに　馬を寄せ
正に乗ろう　する時に
若君　姫君　走り出て
鎧の袖や　草摺に
取り付き喚《わめ》き　言うことに
「父上どこへ　行かれます
われも共にと　お連れませ」
「ワレも共に」と　二人して
後を慕いて　泣きつるに
維盛如何《いかん》　し難かり

そこに資盛　清経と
有盛　忠房　師盛の
弟五人が　馬に乗り
門入り庭に　控えてに

「御輿《おこし》は遥か　遠くにと
如何で出立　なさらずや」
言うに維盛　馬返し
弓の弭《はず》にて　御簾を上げ

「方々これを　御覧あれ
幼き者が　あまりにも
後を慕いて　むずかるを
慰めんとて　遅れたる」

言いて堪えず　泣きたるを
庭に控えし　人々は
鎧の袖を　濡らしたる

維盛出でんと　した時に
兄は十九歳《じゅうく》の　斎藤五
弟十七歳《じゅうなな》　斎藤六

轡《くつわ》の左右　取り付きて
「お供をします　どこまでも」
言うに維盛　首を振り

「汝ら父の　実盛が
北国下る　その折に
汝ら『お供』と　言いたるが
『思う事あり』　とて言いて
汝ら留め　北国で
討死したは　斯かる如
都落ちする　落ち目をば
思慮深老人《としより》　知りし故

息子六代　留め行くに
後を任せる　人おらぬ
この際理をまげ　留まれや」
と言われ　致し方なしに
涙抑えて　留まれり

後に残さる　奥方は
「斯かる情なし　思わざり」
と身悶えして　泣かれてし

若君　姫君　女房らは
御簾の外まで　転《まろ》び出て
人が聞くやも　構わずと
声を限りと　泣き叫ぶ

都落ち行く　その際に
六波羅　池殿　小松殿
西八条や　八条の
一門公卿　殿上《てんじょう》人の
家々　二十数カ所に
仕えの人らの　屋敷やら
京白河の　四五万《しごまん》軒の
民家に火掛け　焼かれたり

焼失したる　その多く
天皇行幸の　場所なりて
礎《いしずえ》のみの　宮城門《きゅうじょもん》
輿の寄せ跡　残るのみ

后妃宴《こうひうたげ》の　御所の跡
そこ吹く風は　悲しくて
愁い含みし　露庭に

芳香帳《とばり》の　建物や
鳥狩る林に　釣り池や
大臣公卿の　邸宅に
殿上《てんじょう》人　役人　その住処《すまい》
築くに多日《たじつ》　掛かりしも
皆失くなりて　灰燼に

## 忠度都落ち

薩摩の守の　忠度《ただのり》は
落ちる途中で　引き返し
歌道師俊成　邸にへと
俊成《しゅんぜ》に会いて　忠度は
「数年来の　ご指導を
徒《あだ》や疎か　思わねど
国の乱れの　戦乱で
参ることすら　出来ざりし
勅撰集を　作るとて
聞きてせめても　一首なり
俊成殿の　ご推挙で
片隅にでもと　思いたり」
とて書き溜めし　和歌《うた》百首

これ俊成に　託したり
その後に平和　取り戻り
「千載和歌集」　編纂に
優れが多く　ありたるも
平家の一員　その訳で
名前出すをば　憚りて
「よみ人知らず」と　一首のみ
《さざなみや　志賀の都は
荒れにしを
昔ながらの　山ざくらかな》
とがその選に　選ばれし

## 経正都落ち

清盛弟　経盛の
息子経正　幼少時
仁和寺御室《おもろ》の　御所にてに
鳥羽天皇の　第五皇子《みこ》
覚性法親《かくしょうしんの》王に　お仕えを
西国下る　最中《さなか》やも
名残り惜しくを　思い出し
侍五、六騎　召し連れて
仁和寺駆けつけ　馬留め
「平家一門　運尽きて
今日は都を　離れ行く
思い残すは　ただ一つ

親王《きみ》のお名前　ばかりなり

八歳初めて　ここに来て
十三歳で　元服し
病罹《かか》りし　時以外
お側離るる　なかりしも
今日から後は　西海の
千里の海に　赴きて
帰られるとも　思わざり

一目　目通し　思うやも
甲冑　弓箭《きゅうぜん》　着けおれば
畏れ多きに　ご遠慮を」

言うに哀れと　覚性は
「そのままにても　構わぬ」と
言うに経正　馬を下り
兜を脱ぎて　紐に掛け
御前の中庭　畏まる

覚性すぐに　出で来てに
簾高く上げさせ　「これへ」とて
召さるに経正　広縁に

来るに供にと　連れ来たる
藤の兵衛《ひょうえ》の　有教《ありのり》を
呼びて持たせし　赤地での
錦の袋に　入れし琵琶
これを受け取り　差し出して

「これは先年　預かりし
『青山《せいざん》』なるも　手離すは
あまりに名残　惜しかるも
持ち行きたれば　名品を
田舎の塵に　為す口惜《くや》し

もしも命運　開けてに
都戻るが　ありたれば
またお預かり　致したし」
と泣く泣くに　言いたりし

別れを告げて　出で来るに
稚児数人に　寺役人
侍僧に　至るまで
経正袂に　縋りつき
袖引き名残　惜しみてに
涙流さぬ　者はなし

中でも経正　幼少時
同じ年頃　子坊主の
大納言《なごん》法印　行慶が

余りに名残　惜しきやと
桂川まで　送り来て
泣く泣く別れ　告げたりし

涙堪えて　経正は
巻きて持たせてし　赤旗を
さっとばかりに　上げさすに
控え待ちいた　侍ら
「おう」声挙げ　駆け集い
百騎ばかりが　馬に鞭
足を速めて　馳せ行きて
ほどなく行幸に　追い着けり

## 一門都落ち

平清盛　弟の
池大納言　頼盛も
池殿これに　火を放ち
都捨つべく　出掛けしが
鳥羽南門で　馬を止め
「忘れし事がある」　と言い
赤目印を　引きちぎり
三百余騎にて　元にへと

越中次郎兵衛　盛嗣が
これ知り宗盛　御前行き

「あれ御覧あれ　池殿《（頼盛）》が
数多《あまた》の侍　引き連れて
後へ戻るは　怪しからぬ

池殿射るは　畏れ多い
なれば連れ行く　侍に
一矢射かけて　みまする」と
言うに宗盛　押し止《とど》め

「長年《ながの》重恩　忘れてに
この有様を　最後まで
見届けなきの　不埒者
放り置け」とて　言うたにて
仕方なしにと　射《や》を止めし

「はて重盛の　息子らは」
とて宗盛が　問いたれば
「まだお一人も」　との返事

聞きて知盛　涙して
「都を出でて　一日も

過ぎぬというに　この様《ざま》か
斯くとなるをば　知る故に
都で決戦　思いしに」
と恨ましげ　言いたりし

池大納言　頼盛が
そもそも留まる　その故は
頼朝常々　頼盛に
情けをかけて　《貴方《あなた》をば
徒《あだ》や疎か　思わざり
池の禅尼に　受けし恩
ひたすら思う　我れなりし
八幡大菩薩《ぼさつ》も　ご覧あれ》
とて誓状　出す上に
平家追討　そのために

討手差し向く　度毎に
「池殿向かい　弓引くな」
と言われいた　ためならし
(平家一門　運が尽き
既にと都　落ちたりし
もう頼朝殿《すけどの》に　頼るほか)
と思い都　戻りたる

都に戻り　頼盛は
八条女院が　おられます
仁和寺これの　常盤殿
そこを頼りて　身を寄せる
これは女院の　乳母子なる
宰相殿と　云う女房《にょぼ》を

妻に迎えし　故なりし
「もしもの事が　ありたれば
この頼盛を　お助けを」
と申すやも　女院から
「世が世であれば　ともかくも」
とて頼りなげ　申されし
(そもそも好意　寄せたるは
頼朝ひとり　だけなりて
他の源氏は　如何なるや)
と思うだに　侘しくて
なまじ一門　離れてに
心細きの　限りなし
こちら重盛　息子らの
兄弟六人　揃いてに

軍勢千騎　ばかり連れ
淀の　六田河原《むつたのがわら》にて
行幸の列に　追い着けり

待ちし宗盛　嬉し気に
「今まで如何に」と　言いたるに

「幼き者が　あまりにも
慕い申すに　宥めてし」
と維盛が　返事すに

「何故《なにゆえ》六代　連れて来ぬ」
と宗盛が　問いたれば

「この先不安　満ちおるに」
と辛い涙を　維盛は

山崎これの　関戸院《せきどいん》
帝の御輿を　そこ置きて
平大納言　時忠は
男山をば　伏し拝み

「南無や　八幡大菩薩
帝《みかど》をはじめ　我らをば
またに都に　何卒」と
祈られたるは　悲しけれ

肥後の菊池の　反乱を
鎮圧しての　帰り道
肥後の守その　貞能《さだよし》は
源氏が淀川　河口にて
待ち伏す聞きて　蹴散らそと
五百余騎にて　向かいしが
誤報と知りて　引き返す

途中の鵜殿　辺りにて
行幸が来たに　出くわせし

貞能馬から　飛び降りて
弓を脇にと　挟みてに
宗盛の前　畏まり

「そも何処《いずこ》へと　行かれるや
西国お下り　なさるれば
落人《おちうど》なりと　あちこちで
討ち散らされて　憂き目負う

都の中で　戦うが
まだしもなりと　思わるが」

と申したに　宗盛は

「貞能お主　知らずやな
五万余騎にて　義仲が
北国からに　攻め上り
比叡山《えいざん》東坂本《さかもと》　充ち満ちし
夜半に後白河法皇《ほうおう》　姿消し
何処《いずこ》行きたか　不明なり
我らだけなら　良けれども
建礼門院　二位殿（清盛の妻）に
憂き目見するは　堪え難し
為に帝《みかど》に　お勧めし
人々連れて　ひとまずと」
言うに貞能　平伏《ひれふ》して
「さればこの我れ　お暇《いとま》を

都に戻り　一戦を」
言いて連れ来た　五百余騎
重盛息子に　預け付け
手勢三十《さんじゅ》騎で　都へと
「都に残る　残党を
討ちに貞能　戻りし」と
噂立ちたに　頼盛は
「我れのことか」と　戦《おのの》きし
貞能西八条《はちじょう》　焼け跡に
大幕引かせ　過ごせしが
着き来る公達　誰もなく
今はこれまで　思いしか
馬が蹴散らす　避くるべく
重盛墓を　掘らせてに
遺骨向かいて　泣く泣くに

「ああ情けなや　情けなや
平家一門　ご覧あれ
『生あるものは　必滅す
楽しみ尽きて　悲し来る』
と昔より　記《しる》せしが
目の前見るとは　思わざり
貴方《あなた》はこの事　予感され
仏神三宝　祈願して
早くにこの世を　去られしは
何と賢明　なることよ
その時お供を　すべきやに
甲斐なき命　長らえて
斯かる憂き目を　見はべりし

我れが死ぬれば　必ずや
同じ仏土へ　お迎えを」
と重盛に　訴えて
骨を高野山《こうや》へ　送りてに
周囲の土を　賀茂川《かわ》流し
この世に頼む　所なしと
東国向けて　落ち行けり

## 福原落ち

維盛《これもり》他の　一門は
妻子を連れて　行きたれど
それより身分《み》低き　者どもは
多くを連れて　行かれずて
何時また会えるか　知れぬまま
皆を残して　落ち行けり

福原旧都に　着きたりて
主な侍　老若を
数百人を　呼び集め
宗盛そこで　言いたるは

「積年善行　尽きたりて
年来悪行　その報い
子孫の身にと　迫りおり

神々これに　見放され
後白河法皇《ほうおう》にても　見捨てられ
都を捨てて　彷徨《さまよ》うは
何の頼りも　なけれども
一樹の陰に　宿りたは
これ前世の　因縁で
同じ川水　掬《すく》うのも
縁の深きの　ものならし

まして汝ら　一時的
仕えし者に　あらざりて
先祖代々　家人なり

誼《よしみ》の深浅　これあるも
家の繁昌　これ偏《ひとえ》
平家の恩に　依るものぞ
今に報いん　事やある

それに加えて　今ひとつ
三種の神器が　我れにある
如何な野の末　山の奥
行くもお供と　思わぬか」
と言いたれば　聞く皆は
涙流して　応えるは
「しがなき鳥や　獣さえ
恩やら徳に　報うやに
まして人なり　この我ら
二十余年の　歳月を
妻子育み　家来らの
面倒見しは　これすべて

主君の恩に　あらずやな
とりわけ我ら　武士なりて
二心《ふたごころ》持つ　これ恥ぞ
雲の果てやら　海の果て
行くも帝《みかど》の　お供とて」
と声揃え　言いたれば
皆頼もしく　思いたり
福原旧都で　一夜をば
折しも季節　秋初め
空輝る月は　下弦月
夜は静かに　更けて行くも
旅寝の床の　草枕

降《お》りるは露か　涙かや
ただ悲しみを　誘うのみ
また何時来るか　知れぬ故
入道造りし　もの見るに
春には花見の　岡の御所
秋には月見の　浜の御所
冬には雪見の　雪見御所
五条大納言《なごん》が　依頼受け
造進なされし　里内裏
どれもこれもが　三年の
放《ほう》りたるうち　荒れ果てて
古びた苔が　道ふさぎ
秋草茂り　門塞ぐ
瓦に松が　覆いてに

垣には蔦が　茂りおる
高殿傾き　苔むして
松風ばかりが　吹き抜ける
簾《すだれ》も朽ちて　閨《ねや》露わ
月影だけが　差し込みし
夜明け内裏に　火をかけて
帝《みかど》をはじめ　人々は
皆して船に　お乗りなる
都発つ時　程なくも
ここも名残が　惜しかりし
海人《あま》が藻を焼く　夕の煙《けむ》
山鹿《やましか》夜明けに　鳴くの声

渚に寄せては　返す波
涙の袖に　映る月
草にてすだく　蟋蟀《こおろぎ》や
すべて目に見え　聞ゆもの
まとまり哀れ　誘いてに
心痛めぬ　ものはなし
昨日は逢坂　その関を
轡《くつばみ》並べ　十万余騎《じゅうまんよ》
源氏を追いに　通りしが
今日は西海　波の上
艫綱《ともづな》解きて　七千余人《ななせんよ》
都を捨てて　船を出す
雲は遥かに　横たわり
海は波音　静かにて

青天すでに　暮れんとし
孤島夕霧　懸かりてに
月は海上　浮かびおる
遠き浦々　海を分け
潮に引かれて　行く船は
中空《ちゅうくう》の空に　昇る如
日数《ひかず》重ねて　来たるにて
山や川にと　隔てられ
都はすでに　雲かなた
はるばる来たと　思うやも
尽きぬはただただ　涙なり
波上白鳥　群れる見て
（あれ在原《ありはら》の　何某《なにがし》が

隅田川にて　言問《こと》いし
都鳥では　なかろうか）
思うにつけて　しみじみと
哀れ深きと　感ぜらる
寿永二年の　七月の
二十五日に　平家皆
都を落ちて　しまわれし

**大蛇の子孫**

平家は筑紫に　内裏をと
決すも場所は　定まらじ
何はともあれ　参籠と
宇佐神宮へ　出向かれる
大宮司《ぐうじ》公通《きんみち》　その住まい
そこが皇居と　決めらるる
公卿　殿上《てんじょう》人　その宿所
辺り社殿が　充てらるる
五、六位官人　廻廊に
九州四国の　武士どもが

甲冑　弓箭《きゅうぜん》　帯びしまま
雲霞の如く　庭中に
七日に及ぶ　参籠の
明け方お告げ　宗盛に
宝殿扉　押し開き
気高き声で　申すには
「世の中の　うさには神も
　無きものを
何祈るらん　心尽くしに」
宗盛驚き　胸騒ぎ
「さりともと　思う心も
　虫の音も
弱り果てぬる　秋の暮れかな」

とにと古歌をば　ぼそぼそと
言うも甲斐なく　太宰府へ
そのうちに九月も　十日過ぎ

萩の葉に吹く　夕嵐
独り丸寝の　床の上
片敷く袖も　涙濡れ
更けゆく秋の　哀れさは
何処《いずこ》も同じと　言うものの
旅の空では　堪え難し

豊後の国は　刑部卿《ぎょうぶきょ》の
三位頼輔《よりすけ》　領地にて
息子の頼経　代官に
京から頼経　許にへと

「平家は神にも　見放され
法皇からも　捨てられて
都を捨てて　落ち行きて
波上漂う　落人ぞ

それを者ども　迎えてに
世話をするとは　怪しからぬ

もっての他ぞ　味方なぞ

皆が挙《こぞ》りて　追い出せや」

と言い来たで　頼経は
豊後の国の　住人の
緒方三郎　惟義《これよし》に
その旨これに　命じたり

惟義《これよし》これは　恐ろしき
者の子孫で　ありたりし

昔豊後《ぶんご》国の　片田舎
一人の娘が　居たるなり

夫も居なき　娘にと
夜な夜な男　通い来て
母に知らせず　おりたるが
年月重なり　身籠りし

不審に思い　その母が
「通い来るのは　何者か」
問うに娘が　答うるは
「来るのは見るが　帰るのは」

「ならば男が　帰る時

　印を付けて　行き先を」

と言いたにと　従いて
帰る男の　狩衣の
首元に針　刺し着けて
糸玉手繰り　付け行くに
豊後《ぶんご》国と日向《ひゅうが》国の　国境
優婆岳《うばだけ》これの　麓ある
岩屋の中へ　その糸が

岩屋入り口　佇むに
中から大きな　呻《うめ》き声

「ワレはここまで　尋ね来し
　姿をお見せ　下されや」
言うに中から　声がして

「我れしておらぬ　人姿
見れば仰天　魂消《たまげ》るぞ
とっと帰れ　孕《はら》む子は
間違いなしに　男《おのこ》なり

弓矢　刀を　持たすれば
九州それに　壱岐　対馬
中に並ぶは　誰もなし」

言うも女が　重ねてに
「如何な姿で　あろうとも
長きの誼《よしみ》　忘れ得ぬ
互いに姿を　何卒」と

言うに「されば」と　音がして
どくろ巻きたは　五、六尺（約1.5～1.8m）
全身長さ　十四、五尺（約4～4.5m）

と思われる　大蛇《おろち》これ
体揺すりつ　這い出しぬ

狩衣首元　刺しし針
大蛇《おろち》の喉笛　刺さりてし

びっくり仰天　その娘
連れ来た家来の　十四、五人
慌てふためき　喚《わめ》き逃ぐ

やがて生みたは　男《おのこ》にて
母方の祖父が　育てるに
十歳《とお》もならぬに　背は高く
顔は長くて　大きかり

七歳にてに　元服し
祖父の太大夫《だいたふ》　あやかりて

名をば大太《だいた》と　名付けたり
夏冬問わず　手足には
大きなあかぎれ　ある故に
あかぎれ大太と　言われてし

件《くだん》の大蛇《おろち》の　正体は
日向《ひゅうが》の国で　崇《あが》めらる
高知尾《たかちお》明神　神体ぞ

惟義《これよし》これの　五代孫

斯くも恐ろし　血筋にて
国司の命を　院宣と
壱岐と対馬に　廻状を
回すに多くの　武士どもが
惟義これに　従いし

## 太宰府落ち

筑紫《つくし》国に内裏　決せしも
惟義《これよし》蜂起　伝わるに
如何するやと　大騒ぎ

平大納言　時忠が
「惟義　重盛　御家人ぞ
　重盛息子を　遣わせて
　宥め賺《すか》すは　如何かや」
言うに「そうか」と　資盛が
軍勢五百余《ごひゃくよ》騎　率いてに
豊後《ぶんご》国向かいて　賺《すか》すやも
惟義　厳《がん》と　従わず

「其方《そなた》ら捕うは　たゝ易きが
　大事の前の　小事にて
　捕えなくとも　大事なし
　疾くと太宰府　戻られて
　如何なすやら　ご協議を」
言いてこれらを　追い返す

惟義次男　惟村を
使者とし太宰府　行きたりて
「平家は重恩　これあるの
　主君なる故　兜脱ぎ
　弓を外すが　礼なれど
後白河法皇《ごしらかわほうおう》　院宣で
疾くと九州　追い出せと
申すに急ぎ　出らるべし」

申すに時忠　声荒げ

「我が君　安徳天皇は
天照大神《あまてらす》より　数えてに
四十九世の　正統で
神武帝より　数えてに
八十一代　当たる方

故《ゆえ》　天照太神《あまてらすおおみかみ》
正八幡宮《はちまんぐう》も　守られる

とりわけ今亡き　清盛入道《にゅうどう》が
保元　平治の　乱鎮め
鎮西者ども　朝廷に
推挙しそれで　召されしに

東国　北国　凶徒らが
頼朝　義仲　騙《かた》られて
国司に任じ　荘園も

との虚言にて　蜂起せり
それと同じに　鼻豊後
頼朝命に　従うは
あってならぬ」と　言いたりし

豊後《ぶんご》国の国司　頼輔は
鼻大き故　斯く言いし

惟村帰り　父言うに

「こしゃくな何を　ぬかすかや
昔は昔　今は今
なればすぐさま　追い出せ」と
軍勢揃うが　伝わるや
源大夫判官《たいふほうがん》　季貞に

摂津判官　盛澄は
「放り置きては　後悔いる
ただちに行きて　蹴散らせ」と
軍勢　三千余騎にてに
筑後《つくし》国竹野の　本庄に
出向き一晩　戦いし

されど惟義　軍勢が
雲霞の如く　押し寄すに
力及ばず　退却に

三万余騎を　引き連れて
惟義攻むるを　聞きたにて
取る物これも　取り敢えず
大宰府からと　落ち行くへ

頼みの　天満天神の

神域離るに　気も萎えて
豪華な輿は　なき故に
帝は手製の　輿に乗る

建礼門院　はじめとし
身分高きの　女房らも
袴の裾を　摘まみ上げ
宗盛以下の　公卿やら
殿上人は　裸足にて
水城《みずき》の関　出　我れ先に
前へ前へと　箱崎へ

降る雨車軸の　如きにて
吹く風砂を　舞き上げて
落つる涙か　降る雨か
区別もつかぬ　有様ぞ

住吉　箱崎　香椎《かしい》にと
宗像神社　伏し拝み
都帰るを　祈りたり

垂水山《たるみやま》やら　鶉浜《うずらはま》
などの険しき　所越え
広き砂浜　向かいたり

慣れぬ徒歩《かち》での　歩き故
足から出る血　砂を染め
紅の袴は　色濃くに
白袴裾　紅色に

太宰大監《だいげん》(三等官)　務むるの
原田の大夫《たいふ》　種直が
二千余騎にて　供をする

山鹿兵頭次《ひょうどじ》　秀遠も
数千騎にて　迎え来し

種直　秀遠　不仲にて
種直途中で　引き返す

雲の果てやら　海の果て
までも落ち行こ　思いしが
行く手波風　阻《はば》みてに
兵頭次秀遠　連れられて
山鹿の城に　入りしも
ここへも敵が　寄すと聞き
小舟多くに　乗り込みて
夜を徹して　豊前国
柳ヶ浦へと　渡られし

ここに内裏と　思うやも

敷地狭くて　造り得ず
また長門から　源氏勢
寄せ来る噂　伝わるに
海人《あま》の小舟に　大勢が
乗り込み海に　浮かぶにと

重盛三男　清経は
思い詰めるが　酷かりて
「都を源氏に　追い出され
惟義にここ　追い出さる

網にかかりし　魚の如
何処《いずこ》行きせば　逃がれらる
生き長らえる　身ではなし」
と月夜に心　澄ましてに

舟の屋形に　乗り立ちて
横笛を吹き　朗詠し
静かに経読み　念仏し
海にとその身　投げられし

皆々泣きて　悲しむが
今更なりて　甲斐もなし

長門《ながと》国は知盛　領国で
目代これを　務むるは
紀伊刑部大夫《きいぎょうぶだゆ》　道資《みちすけ》で
小舟多くに　乗るを聞き
大船百余艘《ひゃくよそ》　献上に

平家皆々　これに乗り
四国の地へと　渡りたり

阿波の民部の　重能《しげよし》が
四国の中から　人集め
讃岐屋島に　取り敢えず
板張り内裏や　御所などを

造り上ぐるの　その間も
粗末な民屋　とはいかず
船を御所にと　決めたりし

宗盛　公卿　殿上人《てんじょびと》
海人《あま》の苫屋《とまや》で　日を送り
粗末寝床に　夜を重ね
天皇《みかど》の御座船　海浮べ
波上《なみうえ》皇居　揺れ揺れる

月をば写す　潮《うしお》見て
深き愁いに　沈み込み

霜の降りたる　葦の葉に
儚き命　身に沁みる

洲先で騒ぐ　千鳥声
暁《あかつき》恨みげ　増し行きて
磯の間響く　梶の音は
夜半に心　痛ませる

松に白鷺　群がるを
源氏が旗をと　疑いて
野雁が海で　鳴く聞きて
源氏兵士の　舟漕ぐと

潮風肌を　荒れさせて
緑眉墨　紅指すの
顔色しだいに　衰えて
青波晒され　眼も窪み

望郷涙を　抑え兼ぬ

緑几帳の　寝室に
代わる粗末な　葦簾《すだれ》
香炉煙に　代わるのは
葦炊く小屋の　薄煙

物思《も》い尽きぬ　女房らの
血にじむ涙　抑え得ず
緑の眉墨　色褪せて
元の面影　何処《どこ》へやら

▲42重盛―21清経×

| 西暦 | 年号 | 年 | 月日 | 天皇 | 院政 | 出来事 |
|---|---|---|---|---|---|---|
| 1183年 | 寿永 | 2 | 7/22 | 安徳 | 後白河 | 義仲上洛の報に、平家は騒ぐ |
| | | | 7/24 | | | 宗盛、天皇、女院を奉じて西海へ |
| | | | 7/25 | | | 後白河法皇、鞍馬、比叡山に行幸 |
| | | | 7/25 | | | 維盛ら平家一門都落ち |
| | | | 7/28 | | | 後白河還御、義仲守護する |
| | | | 8/10 | | | 義仲、「朝日将軍」の院宣を受ける |
| | | | 8/17 | | | 平家一門太宰府に着く |

# 義仲の章（二）

## 義仲凱旋

寿永二年の　七月の
二十四日の　その夜半
斯の　後白河法皇は
按察大納言《あぜちなごん》の　資賢《すけかた》の
息子右馬頭《まのかみ》　資時《すけとき》を
連れて秘かに　御所を出て
歩き鞍馬へ　お入りに
鞍馬で迎えし　僧どもが
「ここは都に　近かるに
　良くはあらじ」と　言いたりて
薬王坂や　篠《ささ》の峰
これら険しき　難所をば
越えて横川《よかわ》の　解脱谷《げだつたに》
そこの寂場坊《じゃくじょぼ》　これ御所に

されど衆徒の　大勢が
「より安全な　東搭へ」
とて東搭の　南谷
そこの円融坊《えんゆぼ》　御所にとて

法皇　院出て　比叡山《えいざん》に
帝《みかど》は御所出て　西海に

平家は落ちて　都居ず
源氏はいまだ　都には
京は主なき　里にとて
法皇比叡山《えいざん》　との噂
聞くに人々　群れ集う

前関白の　藤原基房《もとふさ》に
摂政　藤原基通に
太政大臣《おおきおとど》に　左右大臣《さゆおとど》
内大臣に　大納言
中納言にと　宰相や
三位　四位　五位　殿上人《てんじょびと》
洩るるは一人も　なかりけり

円融坊には　あまりにも
人の多くが　集まりて
堂上　堂下　門の外
門内隙間　無きまでも
人満ち溢る　までにもと

山門賑わい　取り戻し
明雲《めいうん》座主面目　施せり

同月　二十八日に
義仲軍勢　五万余騎
守りて法皇　都へと

二十余年に　亘りてに
見ざる白旗　都にと

続き　十郎行家が
宇治橋渡り　都へと

陸奥新判官　義康の
子の矢田判官《ほうがん》代　義清は
大江山越え　上洛を

摂津《せっつ》国の　河内源氏ども
雲霞の如く　なだれ込む

たちまち京中《きょうなか》　源氏その
軍勢これが　充ち満ちし

勘解由小路《かでのこうじ》の　中納言経房《つねふさ》と
検非違使別当　実家が
院御所殿上間《てんじょま》　簀子にて
義仲　行家　これを呼ぶ

赤地錦の　直垂に
唐綾縅《からあやおどし》の　鎧着て
厳めし造りの　太刀を佩き
切斑《きりふ》の矢をば　背に負いて
滋籐《しげとう》弓を　脇挟み

兜を脱ぎて　肩に掛け
義仲そこに　畏まる

紺地錦の　直垂に
緋威《ひおどし》これの　鎧着て
黄金《こがね》作りの　太刀を佩き
鷲の矢羽根の　矢を負いて
塗籠藤弓　脇挟み
これも兜を　肩に掛け
行家膝付き　畏まる

これを前にし　法皇は
宗盛以下の　平家をば
追討すべく　命を出す

法皇《ほうおう》は帝《みかど》が　外戚の
平家に囚われ　西海の

波に漂う　嘆かれて
三種の神器　それと共
帝《みかど》を都へ　返せとて
平家に言うが　聞き入れず

高倉院の　皇子にては
安徳天皇の　その外に
都合三人　おられたり
皇太子にと　二の宮を
平家が誘い　西国へ
三の宮また　四の宮は
都にそのまま　おられてし
八月五日に　法皇は

この宮らをば　迎え寄せ
まず三の宮　五歳呼び
「これへこれへ」と　招きしも
むずかり泣くの　三の宮
これ見て法皇　顔しかめ
「もういい帰れ」と　帰したり

その後四歳　四の宮に
「これへ」と呼ぶに　四の宮は
遠慮もなしに　膝上に
乗りて親しげ　顔をする
法皇涙で　喜びて
「交わり薄き　者なるに
この老法師　見てからに
何と親しげ　顔をする

これぞまことの　我が孫よ
故院の幼なに　そっくりぞ
忘れ形見ぞ　この孫は」
と落つる涙を　堪え得ず
法皇寵愛　丹後殿
後の浄土寺　二位殿が
「さてさて皇位　就かるるは
この四の宮に　あらすかや」
言うに法皇　得たりとて
「言うまでなし」と　仰せらる
内々占い　なしみれば
「四の宮皇位　就かるれば
その後百代　後までも

代々帝《みかど》　国主《くにあるじ》」
これが後鳥羽の　天皇ぞ
同じき　八月十日には
院にて除目《じもく》　行わる
義仲　佐馬頭《さまかみ》　賜りて
越後の国これ　頂きて
朝日将軍との　称号
十郎行家　備後守
義仲越後《えちご》国を　嫌いてに
伊予《いよ》国を所望し　授けらる
行家備後《びんご》国を　嫌がるに

代りに備前《びぜん》国　与えたり
その他源氏　十余《じゅうよ》人には
受領　検非違使　靫負尉《ゆげいじょう》
兵衛尉《ひょうえのじょう》の　官職が
同八月の　十六《じゅうろく》日に
平家一門　ほぼすべて
百六十余《ひゃくろくじゅうよ》人が　官職を
奪われ殿上　昇れるの
資格剥奪　されたりし
その中平大納言《なごん》　時忠に
また内蔵頭《くらのかみ》　信基と
讃岐中将　時実の
三人だけは　残されし

何故残したの　その理由《わけ》は
安徳天皇《みかど》と三種の　神器をば
戻すべしとて　時忠に
命じていたに　外ならぬ
一方八月　十七《じゅうしち》日に
平家は筑前《ちくぜん》国　御笠郡
太宰府にへと　着かれてし
菊池の次郎　高直は
平家のお供　なし来たが
「大津の山の　関所をば
開けん」と称し　肥後《ひご》国へ行き
我が城籠り　戻らざり
壱岐と対馬の　兵士らは

すぐ参上と　返《へん》事するも
いまだ姿を　見せざりし

こちら八月　二十日には
法皇 命で　四の宮が
閑院殿で　皇位にと

「天下に二つの　日は無くて
国に二人の　王は無し」
言うも平家の　悪行で
京と田舎に　二人王

## 征夷将軍院宣

こちら一方　頼朝は
鎌倉居たる　そのままで
院宣　征夷大将軍

院宣これの　使者《つかい》なは
左史生《さししょう》中原　康定で
着きたは　十月十四日

院宣受くるに　頼朝は
「長年勅勘　受けし身が
武勇の名誉　認められ
居ながら　征夷大将軍

などて私宅で　受け取れる
若宮社《やしろ》で　願いたし」

とて若宮へ　場を移す
行きた　鶴岡八幡宮
石清水八幡宮《はちまんぐう》に　そっくりで
廻廊 楼門　共にあり
見下ろす参道　十余町（約1kmばかり）

「そも院宣を　受け取るは
誰が」の評議　始まりて

「三浦の介の　義澄が
故は関東　八か国
そこに名知れる　弓矢取り
三浦平太郎　為次の
子孫でありて　そのうえに
父の大介　義明は

帝《みかど》の為に　命をば
捨てし武士にて　その霊を
慰めるべく　お役目を」
とての理由《しだい》で　義澄に

義澄その日の　装束《いでたち》は
濃い紺色の　直垂に
黒糸縅の　鎧着て
厳めし造りの　太刀を佩き
二十四本の　矢を背負い
滋籐弓を　脇挟み
兜を脱ぎて　肩に掛け
腰をかがめて　院宣を
覧箱《らんばこ》入れし　院宣を
頼朝にへと　受け渡す

ややあり戻さる　覧箱が
重かりしかば　開けみるに
砂金百両　入れられし

若宮拝殿　その場所で
康定に酒　勧めらる

食事終わりて　引出物
三頭馬が　送らるる

一頭にては　鞍置きし

それに康定　乗りたれば
狩野《かの》の工藤の　祐経《すけつね》が
これの手綱を　引きたりて
整備萱屋《かやや》に　迎え入る

厚綿衣《きぬ》の　二重《ふたがさ》ね
小袖十重《とがさ》ね　長持に
紺藍摺に　白布の
千反そこに　積みありし

次の日頼朝　館へと

館《やかた》内外　詰所あり

共に間口が　十六間

外の詰所に　郎等が
肩寄せ膝組み　並び座す

内の詰所に　一門の
源氏の武士が　上座　座し

大名 小名（大小の在地領主）　末座にと
座上に康定　座らせる

暫しの後に　寝殿へ

そこの広きの　廂間に
紫縁《べり》の　畳敷き
これに康定　座らせる

高麗縁《べり》の　畳敷き
簾をば高くと　上げさせて
上座に頼朝　現るる

無紋狩衣　立烏帽子《たてえぼし》
顔は大きく　背は低し

容貌優美さ　湛えおり
語る言葉は　明快で
先ず経緯《いきさつ》を　細かくと

「そもそも平家は　この我れの
威勢を怖れ　都落ち
その後に木曾の　義仲と
十郎行家　都入り
我れが手柄と　官位をば
欲しきままにと　手に入れて
貰いし国を　嫌うなど
その言動は　怪しからぬ

陸奥《むつ》国の秀衡　陸奥守
佐竹の四郎　高義が
常陸守と　称してに
我れの命にと　従わぬ

急ぎ追討　すべしとの
院宣これを　何卒に」

頼朝言うに　応えてや
左史生《さししょう》康定　申すには
「康定 貴殿の　臣下とて
名をば記すべく　思うやも
院の使者《つかい》で　ありたれば
都戻りて　すぐにでも」

これ聞き頼朝　笑いてに
「今の頼朝　この身にて
名前記すやは　無用なり
されど真《まこと》に　申すなら
覚えおくにて　その節は」

とに満悦げ　申したり
「すぐに都へ」　言いたるも
「今日だけは」とて　留めたり

次の日康定　頼朝の
館《やかた》へ向い　たりしかば
萌黄縅の　腹巻に
銀飾り太刀　一振りと
滋籐弓に　野矢添えて
康定にへと　お与えに
馬十三頭　これをしも
その三頭に　鞍置かる

連れし郎等　十二人
これに直垂　小袖やら
大口袴　馬の鞍
与えそのほか　荷を負いし
馬三十頭　ありたりし

鎌倉出たる　後の宿《しゅく》
近江国《おうみ》　鏡の宿《しゅく》までの
宿に十石　づつの米
あまりに多くを　貰いたに
貧しき者へ　施しを

**田舎者義仲**

康定　都へ　戻りてに
院御所参り　中庭で
関東様子　話すとに
法皇大いに　感動を

公卿　殿上人《てんじょう》　皆々も
思い通りの　展開に
上機嫌にて　笑いたり

頼朝礼儀　弁《わきま》うが
都　守護する　義仲は
立ち居振る舞い　無骨にて
言葉使いは　無作法で
下品極まる　者なりし

木曾山里で　二歳から
三十歳まで　住み慣るに
如何で礼儀や　物言いを
知らずおりたは　道理なり

猫間の中納言《なごん》　光隆が
相談あるとて　来たるとき

「参られてしや　猫間殿」
言うに義仲　笑いてに
「猫が人にと　目通りか」

言うに郎等　慌ててに
「いいぇ猫では　ありませぬ
この方猫間の　中納言
申す公卿で　あらせらる
猫間は邸《やしき》の　ある地名」

との説明に　義仲は
「ならば」と言いて　対面に

義仲なおも　猫間とは
言わず　「猫殿珍しく
来たんで飯を」　とに言いし

これ聞き光隆　手を振りて
「いぇこの今は　食事など」
言うも義仲　怪訝顔
「飯時来たに　遠慮は」と

新鮮なのを　無塩とて
言うを覚えし　義仲は
「無塩の平茸　あったがな
それを早く」と　急がせる

根井の小弥太が　膳を出す

平茸汁を　出したりし
おかず三品　それに添え
飯をうず高　盛りあげて
深底田舎風　椀これに

義仲前にも　同じ膳
義仲箸を　取りて食う

椀汚らし　感じてに
猫間食うをば　躊躇《ためら》うに
「それは義仲　仏事にて
使う椀や」と　言いたにて
猫間止む無く　食べる振り

これ見て義仲　勧めんと

「小食なるや　猫殿は
猫食い残す　云うなれど
其方《そなた》人やで　食いなされ」

無理強いされて　光隆は
興冷めをして　相談を
なすことなしに　帰りたり

高い官位を　貰いたが
直垂姿で　出仕すは
如何と思い　初めてに
狩衣取り寄せ　装束を
烏帽子《えぼし》際から　指貫の
裾までまこと　見苦しし

牛車《くるま》に屈《かが》み　乗る姿
矢負い弓持ち　馬に乗る
姿に似ても　似つかざり

牛飼い宗盛　牛飼いで
牛車《くるま》も宗盛　牛車《ぎっしゃ》なり

身過ぎ世過ぎは　世の習い
捕われ身なる　牛飼いは
義仲これに　使われし

積もる鬱憤　覚めやらず
門を出る際　思い切り
牛に一鞭　くれたれば
なんでたまるか　その痛さ

牛驚きて　飛び出すに

義仲仰向け　倒れたり

蝶羽根広ぐ　如くにと
左右の袖が　広がりて
起きようとても　起きられじ

義仲牛飼い　とは言えず
「やれ牛小僧」　言いたれば
牛飼い牛を　「やれ」と取り
五、六町（約500〜600ｍ）をば　走らせし

今井の四郎　兼平が
鞭当て急ぎ　追い着きて
「如何で斯様に　走らすや」
とに叱りせば　牛飼いは
「牛が強くて　御し兼ねし」
言うもこれでは　ならじとて

「そこの取っ手に　掴《つかま》りを」
言うに義仲　把っ手取り
「何と見事な　仕掛けなり
これ考じしは　お前かや
はた宗盛か」と　尋いたとか

さて院御所に　到着し
牛から牛車《くるま》　外させて
義仲後ろ　から出るに
見て居し京者　雑色《ぞうしき》が
「乗る時後ろ　下りる前」
言うも義仲　構わずと
「牛車《ぎっしゃ》と云えど　素通りは」
言いてそのまま　後ろから
ほかにも異様な　振る舞いが
多くありしも　人々は
義仲恐れ　何事も

## 水島合戦

一方こちら　平家では
讃岐の屋島　居りつつに
山陽道の　八ケ国
南海道の　六ケ国
十四ケ国　討ち取りし

これ聞き義仲　憤慨し
放り置けぬと　討手をば
討手大将　任じしは
矢田判官代　義清が
侍大将　任じしは
信濃の国の　住人の
海野の四郎　行広が

合せ軍勢　七千余騎《ななせんよ》
山陽道へ　馳せ下り
備中国水島《びっちゅう》　海峡に
舟を浮べて　屋島へと
攻め寄す準備　なしおりし

閏《うるう》十月　一日に
その海峡に　小舟来し

海人《あま》舟それとも　釣舟と
見るも然あらで　平家から
戦い開始の　使い舟

これ見て慌て　源氏方
浜に上げいた　五百艘
喚《おめ》き叫びて　海にへと

平家押し寄す　千余艘
大将軍は　知盛で
副将軍は　教経ぞ

教経声を　張り上げて
「気を引き締めろ　皆の者
生け捕られるの　無様《ぶざま》すな
味方の舟を　組み合わせ」

と言い千余艘《せんよ》の　艫綱《ともづな》と
舳綱《へづな》これをば　組合せ
中に舫《もやい》の　綱を入れ
板を並べて　引き渡し
舟上平らに　しておりし

源平共に　鬨《とき》の声

矢合せしてに　互いにと
舟押し合わせ　攻め合いし

遠くの敵は　弓で射て
近くの敵は　刀でと

熊手に掛けて　取るもあり
また取られるも　これありて
組みて海入る　者もあり
刺し違えてに　死ぬ者も

源氏　侍大将の
海野《うんの》の弥平　四郎これ
討たれたる見た　大将軍
矢田の判官代《ほうがん》　義清の
主従七人　小舟乗り
真っ先進み　戦うに
舟の底をば　踏み外し

舟沈みてに　皆死にし
鞍置き馬を　舟に乗せ
漕ぎ来た平家　浜近に
舟寄せ馬ども　引き下ろし
飛び乗り喚《おめ》き　駆けたれば
大将軍《しょうぐん》討たれし　源氏勢
我れ先にとて　逃げ行けり

水島戦　勝ちたにて
平家重なる　敗戦の
恥辱をここに　雪《そそ》ぎたり

## 瀬尾兼康背信

これ聞き義仲　「まずき」とて
山陽道へ　一万騎

北国にての　戦いで
平家に仕える　侍の
備中国の　住人の
瀬尾の太郎の　兼康は
倉光次郎　成澄に
生け捕られてに　その弟《おとと》
倉光三郎　成氏に
身柄預かり　おられてし

これは名立たる　豪傑で
剛力ゆえに　義仲に
「惜しき男を　失うは」
と言われ斬らずに　おかれてし
人付き合いも　良かりてに
心優しく　情あるに
成氏丁重　扱いし

されど厚遇　受くるやも
恐ろしきかな　兼康は
敵の油断を　窺いて
討ち取り平家に　戻らんと
心中密かに　思いてし

ある時兼康　成氏に
「甲斐なき命　助けられ
これのご恩を　忘れじと
これから先の　戦《いくさ》では
真っ先駆けて　この命

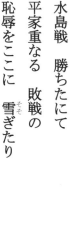

義仲殿に　捧げ上ぐ
我れが領有　しおりしの
備中国妹尾《びっちゅうせお》は　馬餌の
草の豊富な　所なれば
義仲殿《との》に申して　お貰いに」
と言いたにて　成氏は
この事すぐに　義仲に

「神妙申す　兼康ぞ
ならばお前が　その瀬尾を
案内者とし　先に行き
馬草などの　準備を」と
義仲言うに　成氏は
喜び　畏まりたりて
その軍勢の　三十騎
兼康案内《あない》で　備中国《びっちゅう》へ

兼康長男　宗康は
平家方にと　仕えてし
父が義仲　命受けて
下り来るやを　聞きたりて
年来郎等　呼び集め
五十騎ほどで　迎え行き
播磨国国府《はりまこふ》にて　出会いたり
備前国三石《びぜんみついし》　そこ泊り
兼康親しき　者呼びて
酒を持たせて　歓待を
その夜　夜通し　酒盛りし
成氏ならびに　その家来
三十余人に　無理やりに

酒を飲ませて　寝かせてに
起きも能《あた》わぬ　皆々を
一人残らず　差し殺す
備前《びぜん》国は行家　領国で
その代官が　国府《こふ》いたが
そこへも押し寄せ　討ちたりし
「義仲許を　離れてに
兼康ここに　戻り来し
平家に心　寄する者
我れ兼康を　先頭に
義仲下り　来たりせば
一本なりと　矢を射よ」と
触れ回りせば　ぞくぞくと

備前国《びぜん》　備中国《びっちゅう》　備後国《びんご》から
武士ら大挙し　馳せ付けし
その勢力は　二千余《にせんよ》人で
備前国《びぜん》福隆寺《ふくりゅじ》　縄手での
篠《ささ》の迫《とまり》りを　城郭に
深さ二丈（約6m）で　幅二丈
斯かる堀ほり　逆茂木を
高櫓あげ　盾並べ
矢先揃えて　来る敵を
今か今かと　待ち受けし
代官討たれ　その下人
逃げて京へと　向かい行き
播磨国《はりま》と備前国《びぜん》　その境

船坂にてに　義仲に
経緯《しだい》を聞きて　義仲は
「憎っくき兼康　騙せしか
切り捨つべきを　過てり」
と甲斐なきの　後悔《あとくい》を
今井の四郎　申すには
「故にて申し　上げたるに
ただ者ならぬ　面構え
度々斬ろうと　言いしやに」
言うに義仲　声荒げ
「兼康如き　何あろう
追いて討て」とて　言いたれば
今井四郎は　立ち上がり

「先ずはこの我れ」　言いたりて
三千余騎で　馳せ下る
福隆寺《ふくじゅじ》縄手　その道は
幅弓一張り（約2m余り）　くらいにて
距離は六町（約600m）　ほどくらい
左右は深き　泥田にて
馬の足さえ　届かねば
三千余騎は　気は急くが
仕方なくとに　馬任せ
やっと押し寄せ　上見るに
兼康　櫓で　大音声
「去る五月から　今までに
甲斐なき命　助けらる
各々方の　親切に
これを礼として　差し上ぐる」

とて屈強な　強弓の
武士数百人　選り集め
矢先揃えて　矢継ぎ早

まともに先へ　進めぬも
今井四郎を　はじめとし
血気盛んな　武士どもが
射殺《ころ》さる人馬で　堀を埋め
兜の錣《しころ》　傾けて
喚《おめ》き叫びて　攻め込みし

左右の深田に　打ち入りて
馬の胸腹　水着くを
物ともせずに　押し寄せて
また深谷を　回り込み
駆け入り駆け入り　一日を
時構わずと　攻めたりし

夜に入りて　兼康が
かり集めたる　武者どもは
皆々攻めて　落とされて
助かる者は　少なくて
討たるる者が　多かりし

篠の迫《はざま》の　城郭を
破られ兼康　退きて
備中《びっちゅう》国　板倉川の側
盾をば並べ　待ち受くる

今井四郎が　攻め寄すに
兼康方の　兵どもは
矢種あるうち　防ぎしも
これを皆々　射果ててに
我れ先にとて　逃げ行けり

兼康主従　三騎にて
板倉川の　辺《あた》り着き
緑山《みどりやま》へと　落ち行くに
昔に兼康　生け捕りし
倉光次郎　成澄が
「弟成氏　討たれては
無念なるやに　兼康を
また生け捕りに」　とて思い
群れをば抜けて　追い行けり

距離一町（約100m）を　追い着きて
「如何に兼康　卑怯にも
敵に後ろを　見せるかや
返せ返せ」と　言いたれば
板倉川を　西渡る

川中に馬　留めてに
兼康これを　待ち構う

成澄駆け来て　馬並べ
組み付きどぉと　落としたり

互い劣らぬ　大力で
上なり下なり　組むうちに
川の深みに　転び入る
成澄かなづち　兼康は
河童なりせば　取り抑え
鎧《よろい》の草摺り　引き上げて
柄も通れやと　刀にて
三度突き刺し　首取りて
己《おのれ》の馬が　傷付くに
成澄《これ》の馬にと　乗りて落つ

兼康長男　小太郎は
馬には乗らず　徒歩《かち》にてに
郎等連れて　落ちて行くが
二十二、三《さん》歳の　若さやに
太りて一町（約100m）　進めざり

鎧兜を　脱ぎ捨てて
歩くがこれも　ままならず

兼康これに　出会いしも
目も触れずして　先へ行く

十四町（約1.4km）ほど　逃げ延びて
付き来た郎等　向かいてに

「この兼康は　大勢の
敵に向かいた　戦《いくさ》では
四方晴れるに　思えるが
小太郎捨て行く　この今は
前が暗くて　見えはせぬ

例えこの我れ　生き延びて
再び平家に　仕うるも
周りに『兼康　六十歳《ろくじゅう》を
過ぎたに命　惜しみてに
子供を捨てて　逃げたか』と
言われることが　恥ずかしや」

と言いたれば　郎等が

「ならば共にと　討死を
すぐに元へ」と　言いたれば
「ならば」と言いて　引き返す

足腫れ小太郎　横臥すへ
「如何や　追いて来なき故
共にと思い　帰り来し」

言うに小太郎　涙して
「我れは動けぬ　身なりせば
ここで自害と　思うやに
我れのためにと　父死すは
親不孝にて　お逃げを」と

言えど兼康　目尻上げ
「もはや覚悟は」　とに言いて
休むにそこへ　今井四郎《しろ》
真っ先駆けて　追い着きて
軍勢五十騎　ばかりにて
喚《おめ》き叫びつ　攻め掛くる

兼康射残す　矢を取りて
七つ八つを　続け射ば
敵五、六騎が　射落とさる

弓をば捨てて　刀抜き
「もはやこれ迄」　言いたりて
先ず小太郎の　首落とし
敵の中へと　割り入り
散々敵を　討ち取りて
遂に討死　したりける

負けじと郎等　戦うも
深手を負いて　自害をと
思うも生け捕り　されたりて
二日目死して　しまいたり

これら主従の　三つの首
晒すは備中《びっちゅう》国　鷺が森

これ見て義仲　言いたるは
「あっぱれなるや　剛の者
これこそ　一人当千の
兵《つわもの》とにと　言うべきぞ
助けたりたや　思いしに」

## 室山合戦

義仲　備中国万寿庄《びっちゅうまんじゅしょう》
そこで態勢　整えて
屋島攻むべく　準備をば

そこへ留守居を　任されし
樋口の次郎　兼光が
使者《つかい》寄越して　言いたるは
「殿の不在を　良いことに
院の気に入り　通じてに
行家 殿の　讒言《ざんげん》を

西国戦《いくさ》　控えてに
早々京へ　お戻りを」

これ聞き義仲　驚きて
夜昼休まず　馳せ上り
摂津《せっつ》国を経てに　都にと

このこと知りた　行家は
出会わぬように　丹波路を
通り播磨《はりま》国へ　下り行く

平家は義仲　討とうとて
大将軍に　任じしは
清盛四男　知盛と
清盛五男　重衡で
侍大将《だいしょ》に　任じしは
越中次郎兵衛　盛嗣に
上総五郎兵衛　忠光と
悪七兵衛《あくしちびょうえ》　景清ぞ

その軍勢は　二万余騎

千余艘の舟　乗り込みて
播磨《はりま》国の地へと　押し渡り
室山そこに　陣を張る

行家　平家と　戦いて
義仲疑念を　晴らすべく
五百余騎にて　室山へ

五段構えの　平家軍

越中次郎兵衛《じろひょえ》　盛嗣が
率いる一陣　二千余騎
伊賀平内左衛門《へいないざえもん》　家長が
率いる二陣は　二千余騎
上総五郎兵衛《かずさごろひょえ》　それ加え
悪七兵衛《あくしちびょうえ》　率いるの
三千余騎が　三陣で

本三位中将《ほんさみちゅうじょう》　重衡が
率いる四陣　三千余騎《さんぜんよ》
新中納言　知盛が
率いる五陣は　一万余騎《いちまんよ》

そこへ行家　五百余騎
喚《おめ》き叫びつ　仕掛けたり

一陣盛嗣　しばらくは
あしらい中央　開け通す

二陣家長　これもまた
同じようにと　開け通し

三陣これも　同じくに

四陣重衡　これもまた

五陣に攻め込む　行家を
作戦通り　閉じ囲み
どっと挙げるの　鬨の声

騙されたかと　行家は
今は逃るる　術なしと
脇目も振らず　命懸け
ここを先途と　戦いし

平家の侍　「組みつけ」と
前に進むが　行家に
恐れをなして　組みつくは
一騎たりとも　無かりける

知盛頼りに　していたる
紀七左衛門《きひちざえもん》　紀八衛門《きはちえもん》

紀九郎《きくろう》などの　武士どもは
皆　行家に　討ち取らる

斯くて十郎　行家は
五百余騎にて　ありたるが
僅か三十《さんじゅう》騎　程までに

四方は敵が　囲みおり
味方は無勢　逃ぐるにも
その術さえも　分かぬまま
錐もみ敵中　突破せり

家子《いえのこ》郎等　二十四騎
おおかた負傷　負いたるも
我が身一つは　傷負わず
播磨《はりま》国高砂　から舟に
乗りて和泉《いずみ》国に　着きたりて

そこから河内《かわち》国に　入りてに
長野城にと　籠りたり

平家は水島　室山と
二回の戦　勝ち抜きて
その意気大いに　上がりたる

## 鼓判官

都は源氏が　充ち満ちて
掠奪　押し入り　欲しきまま
賀茂《かも》神社や石清水八幡《はちまん》　領地まで
青田を刈りて　秣《まぐさ》にと

人の倉開け　物を取り
持ちて通るを　奪い取り
果ては衣装を　剥ぎ取るに

「平家が都に　おる時は
六波羅殿と　恐るのみ
衣装剥ぎ取る　まではなし
源氏に変り　なんたるや」
と人々は　言い合えり

義仲許へ　法皇が
「狼藉鎮めよ」　とを命じ
使者《つかい》は壱岐守　知親の
子の壱岐判官　知康ぞ

天下に響き　知れたるの
鼓の名手で　ありたにて
鼓判官　呼ばれてし

返事もせずと　義仲は
「そもそも　鼓判官と
言うは人にと　その顔を
打たれ張られを　する所為か」
と言われてに　知康は
呆れ怒りて　返事せず
院御所戻り　法皇に

「愚か者なり　義仲は
今に朝敵　なるからに
急ぎ追討　すべきかと」

言われ法皇　ならばとて
武士にとそれを　言うべきを
比叡山《えいざん》座主と　三井寺の
首長の僧に　命じたに
荒法師ども　集めたり

公卿　殿上《てんじょう》人　集めしは
石合戦に　長けし者
徘徊浮浪の　若者や
乞食坊主の　類《たぐい》なり

「義仲　院の　不興買う」

とての噂が　広まるに
はじめは義仲　従いし
五畿内武士ら　皆背き
院の味方に　付きたりし

信濃源氏の　村上の
三郎判官《ほうがん》代　これまでも
背き院方　付きたりし

今井四郎が　これを知り
「以ての外の　一大事
なれど法皇　向かいてに
弓引くなどは　あり得なし
兜を脱ぎて　弓外し
降参するが　良かるかと」

言うに義仲　激怒して

「我れは信濃《しなの》国を　出て以来
麻積《おみ》や会田《あいだ》の　戦いや
砺波《となみ》山　黒坂　篠原や
福隆寺《ふくじゅじ》縄手　篠迫《ささせまり》
板倉城を　攻めたるが
未だ敗れた　ことはなし

たとえ法皇　相手とて
兜脱ぎてや　弓外す
降伏などは　あり得ぬぞ

都の守護を　任ずるが
馬飼い乗らぬ　なかりせば
田を刈り秣《まぐさ》　手に入るを
如何で法皇　咎むるや

兵粮米も　尽きたれば
若きが都の　外れ行き
時々物を　掠《かす》めるの
どこが悪きと　言えるかや

大臣《おとど》や宮の　御所行きて
略奪なすは　悪しきやも

これはあの折　使者で来た
鼓判官　き奴めの
悪だくみにて　相違なし

あの鼓めを　打ち破れ

今度《こたび》で戦い　最後なり
頼朝伝え　聞くことも
故に励めや　皆の者」

とて軍勢を　発したり

北国軍勢　既《すで》帰り
残るは僅か　六、七千騎《しちせん》

勝利の験《げん》を　担ぎてに
軍を七手に　分けたりし

樋口の次郎　兼光が
背後攻めると　二千騎で
新熊野《にいくまの》（京都市東山区）へと　向かいたる

残り六手は　それぞれが
条里や小路に　分かれいて
七条河原で　一つにと
示し合わせて　発したり

十一月の　十九日

その朝合戦　始まりし

院御所そこの　法住寺
軍兵二万余《にまんよ》人　集いてに
笠印《かさじるし》には　松の葉を

法住寺《ほうじゅじ》西門　押し寄すに
鼓判官　知康が
赤地錦の　直垂に
四天王の絵　貼り付けし
兜だけをば　被りてに
鎧は着ずに　指揮を取る

御所の西での　築垣に
登りすっくと　立ちおりて
片手に矛持ち　もう片手
金剛鈴を　持ちたりて

これを打ち振り　時に舞う

若い公卿や　殿上《てんじょう》人は
「何と不格好《ぶかっこ》　見苦しや
天狗憑《つ》きたか　知康に」
とてこれを見て　笑いたり

そこで知康　大音声
「昔は宣旨　聞きたれば
枯れた草木も　花が咲き
実がなり　悪鬼　悪神も
ひれ伏しこれに　従いし

末世といえど　法皇に
如何で弓など　引かれよう

放ちた矢これ　元返り

射たお前らに　これ当たる
抜きたる太刀は　その身斬る」

と罵《ののし》れば　義仲は
「何こしゃくな」と　鬨の声

これに合わせて　兼光が
新熊野《にいくまの》から　鬨の声

鏑矢《かぶらや》なかに　火を入れて
御所に向かいて　射たりせば
折から吹く風　激しくて
猛火が空に　燃え上がる

指揮官知康　これを見て
誰より先に　逃げたりし

指揮官逃げたで　官軍の
二百余人は　我れ先と

あまりに慌て　ふためきて
弓を取る者　矢分からず
矢を取る者は　弓見えず

長刀《なぎなた》逆さま　持ちたりて
己の足を　突くもあり
弓弭《ゆみはず》（弓の端）物に　引き掛けて
外せず捨てて　逃げるのも

七条はずれを　守りいた
摂津源氏も　西へ逃ぐ
摂津源氏が　逃げ来るに

かねて戦《いくさ》の　前からに
「落人来たらば　打ち殺せ」
とにと御所から　言われいた
地の人々ら　屋根上に
盾を作りて　石集め
待ち受けいたに　来たりせば
石を掴みて　投げ打ちし

「違うぞこれは　院方ぞ」
言うも「何言う　院宣ぞ
　ただ打ち殺せ　打ち殺せ」
と打ちたれば　ある者は
馬棄てからがら　逃げたるも
打ち殺さるる　者も居し

八条通りの　外れをば
叡山僧が　守りしが

恥知る者は　討死し
恥を知らぬは　逃げ行けり

院方にへと　寝返りし
信濃源氏の　村上の
三郎判官《ほうがん》代　討たれ死に

近江中将　為清に
越前の守　信行も
射殺されて　首取らる

伯耆の守の　光長と
息子判官　光経の
父子も共に　討たれてし

按察使大納言《あぜちなごん》の　資賢《すけかた》の
孫の播磨の　少将の

雅賢　鎧に　立烏帽子
とで　戦《たたかい》の　陣出しも
樋口次郎に　生け捕らる

座主の　明雲大僧正
長史《ちょうり》（寺の首長）の　円恵法親王
御所に参りて　籠りしが
黒煙巻くに　馬に乗り
急ぎ川原へ　出られしも
義仲武士に　射かけられ
落馬し首を　取られてし

法皇輿乗り　他の場所へ

それに武士ども　矢を放つ

豊後少将　宗長は

「これは法皇　お通りぞ
間違えるな」と　言いたれば
武士ども馬下り　畏まる

「何者か」との　お尋ねに

「信濃の国の　住人の
矢島の四郎　行綱」と
名乗りすぐにと　輿担ぎ
五条内裏に　押し込めて
厳重監視の　身にならる

後鳥羽天皇《みかど》舟乗り　池の上

武士ども頻り　射かくるを
七条侍従　信清と
紀伊守範光《のりみつ》　供するが

「これには帝《みかど》が　お乗りぞや
間違えるな」と　言いたれば
兵ども馬下り　畏まる

武士ども天皇《みかど》を　お連れして
閑院殿に　幽閉を

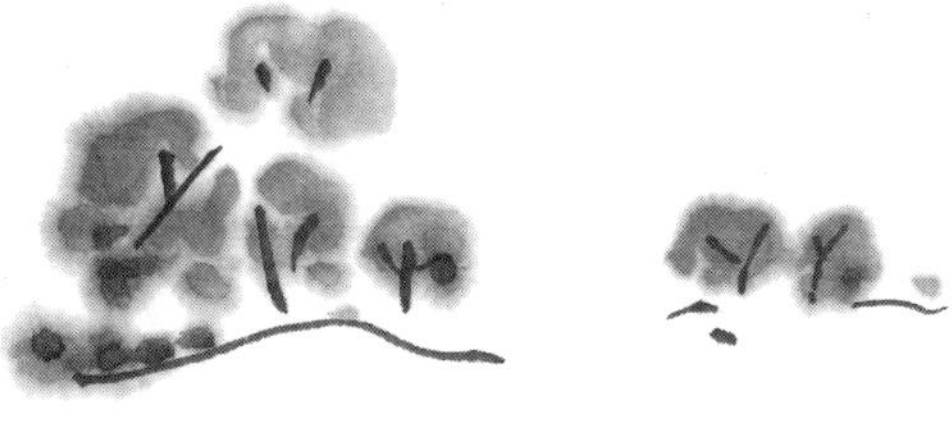

## 法住寺合戦

院方味方と　仕えいた
近江の守の　仲兼が
軍勢五十騎　ほどにてに
法住寺西門　固めるへ
味方の近江　源氏での
山本の冠者　義高が
駆け来て「何故だ　何してる
　誰を守ると　そこに居る
　法皇《ほうおう》も天皇《みかど》も　他の場所に」
とて言いたれば　「ならば」とて
敵　大勢の　その中へ
駆け入り戦い　駆け抜けし
仲兼多くが　討ち取られ
残るは主従　八騎なり

中に河内国《かわち》の　日下党《くさかと》の
加賀房とて云う　法師武者
乗りしの馬は　荒馬ぞ
　「乗りこなせぬの　馬なりし」
言うに仲兼　これ聞きて
「ならこの馬に」　とにと言い
栗毛で尾の先　白き馬
与え荒馬　乗り換えて
根井の小弥太の　二百騎が
構え待ち受く　川原坂
そこへ大声　駆け入りて
五騎は討たれて　三騎にと
馬乗り換うも　加賀坊は
その場で遂に　討たれたる

仲兼これの　家子《いえのこ》の
信濃の次郎　仲頼は
敵に押されて　仲兼と
離れ離れに　なりいたが
栗毛で下尾《しっぽ》の　白き馬
敵陣の中から　走り出《ず》に
「あの馬主人《あるじ》の　馬と見し
主人《あるじ》はもはや　討たれしか
死ぬ時共にと　誓いしに
別に討たるは　口惜《くや》しかる
どの軍勢に　向かいしか」
とに下人呼び　尋きたれば
「川原坂その　軍勢に
向かい攻め込み　なされしが

間無しに馬が　中からと」
「ならばお前は　すぐ帰れ
最後の様子を　故郷へと」

言いて一騎で　敵中へ
駆け入り大声　名乗りしは
「敦実親王《あつざね》　から数え
九代目後胤　信濃守
仲重次男　仲頼ぞ
生年　二十七歳《にじゅうなな》なりし

我こそ思うは　ご参《ざん》なれ」
言いて　縦横無尽にと
駆けて破りて　駆けまわり
敵を大勢　討ち取るも

ついに討たれて　死したりし
夢にも知らず　仲兼は
兄　河内守　仲信と
郎等一騎　引き連れて
主従三騎が　南へと
落ち行くうちに　摂政が
戦《いくさ》怖れて　宇治にへと
向かうを木幡山《こはた》で　追いつきし
牛車《くるま》を止めて　摂政は
義仲兵かと　身震いし
「何者か」とて　尋ぬれば
「仲兼」「仲信」　とて名乗る
「敵か思うに　これはまあ
近くに寄りて　守れや」と

言われ受け入れ　宇治そこの
富家殿《ふけどの》までを　送りてに
すぐに河内へ　落ち行けり
明くる二十日に　義仲は
六条河原に　立ちたりて
斬りし首をば　掛け並べ
数うに　六百三十余人《さんじゅうよ》
なかに　明雲大僧正
長史《ちょうり》　円恵法親王《えんけいほっしんのう》
その首もそこ　掛けられし
これ見た人で　涙をば
流さなき人　なかりける
義仲軍勢　七千余騎《ななせんよ》

馬の鼻先　東向け
天にも響き　大地をも
揺るがす程の　鬨の声
三度《みたび》までをも　上げたりし

故少納言《なごん》入道　信西の
息子宰相　脩範《ながのり》は
移りし法皇　その居らる
五条の内裏へ　参りてに
「君にと申し　上ぐるあり
開けて通せ」と　言いたれど
武士どもこれを　許さざり

仕方なくとに　脩範《ながのり》は
とある小屋にて　突然に
髪剃り落し　法師なり
墨染め衣《ころも》に　袴着て

「これで支障《さわ》りは　あるまいや
入れよ」と言いて　許されし

御前へ参り　戦いで
討たれし主な　人々を
詳しく申し　上げたれば
涙はらはら　法皇は

「明雲非業の　死を遂ぐは
思いもよらぬ　ことならし
今度《こたび》はこの身　最後にと
なるはずやのに　代わりたか」
と出る涙　堪え得ず

家子《いえのこ》郎等　ども集め
評定開き　義仲は

「我れ義仲は　法皇や
天皇《みかど》の軍に　勝利せり
なるは天皇《みかど》か　法皇か
童姿に　なるも変
法師になるのも　おかしかろ
よしそれならば　関白に」
申すに大夫房《だいぶぼ》覚明が
「関白なれるは　藤原氏
殿は源氏で　なれませぬ」
言われ「それなら　仕方なし」
言いて自ら　法皇の
御厩《みうまや》別当(長官)　就きたりて
丹後の国を　所領にと

院が出家を　なされてに
法皇となり　法師にと
童姿で　天皇《みかど》これ
おらるは元服　前までと
知らぬことこそ　情けなし

義仲　前《さき》の関白の
藤原基房　その姫を
妻にと迎え　婿にとて

同じ十一月《しもつき》　二十三日《にじゅうさんにち》
三条中納言《なごん》　朝方を
はじめ公卿や　宰相に
殿上《てんじょう》人　四十九人その
官職剥奪　押し込めし

平家の時に　役職を
剥奪《とらる》は　四十三人ぞ
今度《こたび》は　四十九人にて
平家の悪行　超えたりし

一方こちら　頼朝は
義仲狼藉　鎮めんと
弟　蒲冠者《かばかじゃ》　範頼と
九郎冠者《くろかじゃ》義経　遣らすやも
法住寺これ　焼かれてに
法皇捕らえ　られたにて
無暗に戦《いくさ》　為し得ずに

尾張《おわり》国の　熱田《あつた》大宮司
そこ居た範頼　義経に
京の事情を　訴うと
院の北面　仕えてし

宮内《くない》判官　公朝《きんとも》と
藤内《とうない》左衛門　時成が
尾張の国へ　馳せ来たり
ことを順々　訴うに

九郎義経　申すには
「公朝《きんとも》そなたが　関東へ
子細知らなき　使者《つかい》では
問われ返答　出来ざりて
鎌倉殿に　不審買う」
言われ公朝　鎌倉へ

付くべき下人　戦《いくさ》をば
恐れ逃げたで　仕方なく
十五《じゅうご》歳の嫡子　公茂《きんもち》を
連れて共にと　行きたりし

事の経緯《しだい》を　告げたれば
頼朝大いに　驚きて
「鼓判官　知康が
詰まらぬことを　言い出して
御所焼き　高僧 貴僧をも
殺したること　怪しからぬ

知康はもはや　勅勘身
また使いせば　大事《おおごと》に」

とて早馬で　叱りせば
知康震え　釈明と
夜を日に継ぎで　馳せ下る

鎌倉着くも　頼朝は
「会わん会すな」　とて言うに
毎日訪れ　願うやも

結局会えずに　都へと

面目失い　その後は
稲荷神社の　辺りでの
辺鄙な所で　かろうじて
生き長らえて　住みた云う

義仲 平家へ　使者送り
「早々都へ　戻られよ
共に東国　攻めようぞ」

言うに宗盛　喜ぶも
時忠 知盛　声合わせ
「世は末世とて　言いたるも
義仲誘われ　都へと
戻ることなど　ありえぬぞ

三種の神器は　こちら故
『兜を脱ぎて　弓外し
降服してに　ここ参れ』
と言うべき」と　言われてに
その旨返事　出したれど
義仲聞き入る　はずはなし

摂政　藤原基房が
義仲呼びて　諭すには

「稀代の悪人　清盛も
善行これも　施して
穏やかな世を　作りだし
二十余年も　保たせり

悪行ばかりで　この世をば
保つことなど　出来はせぬ

理由も無しに　取り上げし
　官位を元に　戻すべし」

言うにさしもの　荒武者の
義仲これに　従いて
剥奪官位　戻したり

同じ十二月《しわす》の　十日には
五条内裏の　法皇を
大善大夫《たいふ》　業忠《のりただ》の
邸《やしき》の　六条西洞院
そこへと法皇を《これ》　移したり

十三日には　歳末の
御修法《みしゅほう》これが　行われ
その序《つい》でにと　除目《じもく》あり

義仲思い　通りにと
皆の官職　決めたりし

平家これらは　西国に
頼朝これは　東国に
義仲これは　都にと
それぞれ勢力　張りたりて
周りの関々　閉じた故
諸国の貢ぎ　届かずて
年貢も届け　られなくて
京中《なか》住まう　人々は
身分の上下を　これ問わず
水なき魚と　同じにと

不穏なままに　年が暮れ
寿永も数え　三年に

## 宇治川先陣争い

寿永三年　正月の
一日この日　院御所は
大膳大夫　業忠《なりただ》の
邸《やしき》なりせば　こと違い
儀式行う　能《あた》わずて
拝礼これも　無かりける

平家は讃岐の　屋島にて
年末過ごし　正月を
迎うも儀式　行えじ

同年正月　十一日《じゅういち》に
義仲院御所　参りてに
平家を追討　する為の
西国出陣　申し出る

しかるに同月　十三日
東国からに　頼朝が
義仲狼藉　鎮めんと
数万騎をば　上らせて
すでに美濃国　伊勢国に
着くとの情報　入りせば
義仲仰天　出るを止め
それ向かわすも　手薄にて
宇治やら瀬田の　橋板を
外し軍勢　手分けせし

瀬田橋これが　正面と
今井の四郎　兼平を
八百余騎で　向かわせる

宇治橋これへは　高梨に
仁科《にしな》と山田の　次郎をば
五百余騎にて　向かわせる

一口《いもあらい》へは　義仲《その》伯父の
信太《しだ》の先生《せんじょう》　義憲が
三百余騎で　向かいたり

東国からと　攻め上る
大手任さる　大将軍
弟　蒲の　範頼で
搦手《からめて》攻むる　大将軍
弟　九郎　義経に
主な大名　三十余《さんじゅうよ》人
その軍勢は　六万余《ろくまんよ》騎

頼朝持ちたる　名馬にて
『いけずき』『するすみ』　ありたりし

いけずきこれは　黒栗毛
よく太りいて　逞《たくま》しく
馬にも人にも　噛み付くに
生食《いけずき》とにと　名づけらる

するすみこれも　太りてに
逞しかりて　色黒で
為に磨墨《するすみ》　名づけらる

梶原源太　景季が
頻りいけずき　欲しがるも
「万一事が　ありた時
武装し我れが　乗る馬ぞ
劣らずするすみ　名馬なり」
と言い頼朝　与えらる

佐々木の四郎　高綱が
出陣挨拶　来た折に
何思いしか　頼朝は
「大勢これを　欲しがるが
それをよくよく　心得よ」
とていけずきを　佐々木にと

これ受け佐々木　畏まり
「高綱これで　宇治川を
真っ先駆けて　渡るにて

もしも死せりと　聞かれせば
先陣争い　敗れしと
まだに生きおる　聞かるれば
先陣宇治川　渡りたと」
言いて御前を　退出に

並みいる大名　小名は
「なんと大口」　囁きし

鎌倉出でて　都へと
辿る途中で　景季が
見るにいけずき　歩みてし

景季近づき　「誰のか」と
聞くに　「高綱殿の馬」
聞きて景季　憤慨し
「えぃ怪しからぬ　景季も
同じに仕う　身なるやに
佐々木に心　寄せらるか
ならばこの場で　刺し違え
死せば二人の　勝れ武士
失い頼朝《との》は　悔いるやに」
と呟きて　待ち受くる

やがてにその馬　乗りたりて
高綱知らず　近づけり

いきなり仕掛くは　如何かと
景季そば寄り　話し掛く
「いけずき殿から　拝領か」
言うに高綱　（あぁこれを
景季殿も　所望かや）
と思い出し　とっさにと

「兼ね兼ねいけずき　所望すも
頼朝《との》のお許し　願えまい
ならば盗むが　上策ぞ
ご喚起受くも　仕方なし
と思い密かに　盗みたる」

言うに景季　腹治め
「何と憎らし　盗みたか
　ならこの我れも　そうしたに」
と言い笑いて　立ち去りし

大手　搦手《からめて》　分かれてに
尾張国から　攻め上る
大手担うの　大将軍
弟　蒲の　範頼で
総勢　三万五千余騎
近江《おうみ》国の野路の　篠原に
搦手担う　大将軍
弟　九郎　義経で
総勢　二万五千余騎
伊賀《いが》国経て宇治橋　脇《たもと》へと

宇治川瀬田川　どちらをも
橋板これを　取り払い
水底　乱杭　打ち込みて
杭の間に　大綱《つな》を張り
逆茂木繋ぎ　沈めたり

季節は正月　二十日過ぎ
比良の高嶺や　志賀山の
根雪も消えて　谷々の
氷も解けて　水多し

白波激しく　滾《たぎ》り落ち
瀬は盛り上がり　滝となり
逆巻く波も　速かりし

夜はほのぼの　明け行きて
霧が深くと　立ち込めて

馬も人をも　見分けざり

大将軍の　義経が
川の岸辺に　進み出て
水面《みなも》見渡し　人々の
気を探るべく　申すには

「如何にすべしや　困りける
淀か　もしくは　一口《いもあらい》
そちら回るか　それともに
水弱まるを　待つべきか」
と不安げに　言いたれば

武蔵の国の　住人の
いまだ生年　二十一《にじゅういち》歳
畠山庄司　重忠が
つと進み出て　申すには

「この川 近江の　湖を
源なすの　川故に
待つも水引く　ことはなし
また橋架くを　誰なすや
治承四年の　合戦で
足利又太郎《たろ》　忠綱が
鬼神の如く　渡りたり
重忠我れが　背踏みを」と
言い五百余騎　隙間なく
馬の首をば　並ぶ間に
平等院の　北東の
小島が崎から　武者二人
先を争い　出て来たる

一騎は　梶原景季で
一騎は　佐々木高綱ぞ
人の目にては　見えざるも
二人揃いて　内心は
先陣争う　気がありし
景季波際　先着くに
高綱策略　凝らしてに
「この川　西国一の川
　馬の腹帯　緩みてし
　それでは水に　流さるる」
と言われ景季　「それは」とて
左右の鐙《あぶみ》　踏み立ちて
離しし手綱を　たてがみに

腹帯解きて　締め直す
その隙高綱　馳せ抜きて
ざっと川へと　打ち入りし
(騙されたか)と　景季は
すぐに後をば　追い入り
気を挫《くじ》かんと　声掛ける
「高綱高名　挙げんとて
　失敗《しくじり》なさるな　川底に
　大綱張らるに　用心を」
と言いたれば　高綱は
太刀抜き馬の　足絡む
大綱ぶつぶつ　打ち切りて
さすがいけずき　日本一
宇治川流れ　速けれど

真一文字に　進みてに
向いの岸にと　乗り上げし

景季乗りた　するすみは
川中半ばで　流されて
遥か下流の　岸にへと

高綱鐙　踏み立ちて
大音声で　名乗りをば

「宇多天皇《みかど》から　九代目の
佐々木三郎　秀義の
四男佐々木の　高綱ぞ
我れ先陣を　果たしたり
我れと思わん　者あらば
掛かって参れ　この我れに」
言いつ喚《おめ》きつ　突き進む

二人渡るを　見てとりて
五百余騎にて　重忠も

時に向いの　岸からと
山田次郎が　放つ矢で
馬の額を　射られてに
川に落ちたる　重忠は
弓を杖にし　立ち上がる

着おる兜の　吹き返し
岩波ざっと　押し上ぐも
気にせず水底　潜りてに
向いの岸へ　着きたりし

他の馬にと　乗り換えて
重忠先へ　進むとに

漁綾《ぎょりょう》(波に魚の紋)模様の　直垂に
緋縅鎧　着込みてに
連銭葦毛の　馬に乗り
金覆輪《きんぷくりん》の　鞍の敵
真っ先駆けて　来るを見て

「そは何物ぞ　名を名乗れ」
言うに駆け寄り　名乗りしは
「義仲殿の　家子《いえのこ》の
長瀬判官《ほうがん》代　重綱」と

それに応えて　重忠は
「今日の戦《いくさ》の　軍神に
供え物とて　献上を」
言いて組み付き　引き落とし
首捩じ切りて　後に来た

本田二郎の　鞍結ぶ
重忠率いる　五百騎が
これきっかけに　攻め入れば
宇治橋固めし　軍勢は
散々にとに　蹴散らされ
木幡《こはた》山伏見へ　逃げ行きし

一方こちら　瀬田にては
稲毛三郎　重成が
義仲軍を　打ち破り
田上供御《たながみくご》の瀬　渡りたり

## 賀茂河原合戦

宇治川瀬田川　破られて
最後の別れと　義仲は
院の御所ある　六条殿《ろくじょう》へ

御所では法皇　始めとし
公卿　殿上人《てんじょう》　集いてに
「この世の終わりぞ　如何せん」
と手を合わせ　祈りてし

義仲門前　来たりしも
すでに東国　軍勢が
賀茂の河原に　達したと
聞きたで止む無く　引き返す

義仲連れし　軍勢は
上総の国の　住人の
那波《はな》の太郎の　広純を
先頭にすも　百騎ほど

六条河原に　出《い》で見るに
東国軍勢　思わるが
三十騎ほど　出て来たり

中の武者二騎　前に出る

先ず進み出た　その一騎
塩屋の五郎　惟弘《これひろ》で
後に続くの　もう一騎
勅使河原五郎《てしがわらごろ》　有直ぞ

惟弘《これひろ》これが　申すには
「後陣軍勢　待つべきか」

これに応えて　有直は
「敵の先陣　敗れたで
残るは意気も　上がらずや
行くべし」言いて　突撃を

義仲今日が　最後とて
覚悟し奮戦　戦うを
東国軍勢　取り囲み
「我れ討ち取る」と　迫りたり

大将軍の　義経は
戦《いくさ》を兵に　任せてや
院の御所をば　案じてに
甲冑纏いし　五、六騎で
六条殿へ　駆け付くる

こちら六条　御所にては
大膳大夫《だいぶ》　業忠《なりただ》が
御所の東の　築垣で
恐る恐ると　見渡すに
白旗上げし　五、六騎が
兜を後ろ　傾けて
左の袖を　なびかせつ
黒煙巻き上げ　向かい来る

見たる業忠　驚きて
「あぁまた義仲だ　大事だ」
とに叫びせば　これ聞きて
「世の果てなるや　今度《こたび》こそ」
とて院中が　大騒ぎ

続け業忠　言いたるは
「駆け来る武士ども　着る兜
笠印これ　違いたる
来たは東国　軍勢と」

と言い終えぬ間　義経が
門前駆け来て　馬を下り
門を叩かせ　大音声

「頼朝舎弟　義経が
東国これより　参上す
この門お開け　下され」と
申すに業忠　嬉しくて
慌て築垣　降り損ね
腰を打ちたが　嬉しさに
痛み忘れて　這い行きて
その旨言うに　法皇は
たいそう喜び　すぐ門を

義経その日の　装束《いでたち》は
赤地錦の　直垂に
紫裾濃《むらさきすご》の　鎧着て
鍬形兜(前面に二本角の形)の　緒をば締め
黄金《こがね》造りの　太刀を佩き
切斑《きりふ》の矢をば　背に負いて
滋籐弓の　曲がり目に
一寸ばかりの　幅の紙
左巻きにと　巻き付けし

これこそ軍を　率いるの
大将軍の　印なり

法皇中門　格子から
これの様子を　御覧なり
「何と勇まし　者どもよ
皆名乗らせよ」　言いたれば

大将軍の　義経に
安田の三郎　義定に
畠山庄司　重忠に
梶原玄太　景季に
佐々木の四郎　高綱に
渋谷右馬允《うまじょう》　重資《しげすけ》が
各自それぞれ　名乗りたり

義経含む　武士六人
鎧はいろいろ　異なるも
面魂《つらだましい》や　身体つき
いずれ劣らぬ　者なりし

大膳大夫　業忠が
命受け　九郎義経を
広廂間《ひさしま》に　呼び入れて

合戦経緯《しだい》を　話させる
畏まりてに　義経は

「鎌倉おりし　我が頼朝《との》は
義仲謀反に　驚きて
範頼　義経　始めとし
主な武士ども　三十余《さんじゅうよ》人
また集いてし　その軍勢
六万余騎を　遣わせし

範頼　瀬田から　回るやに
いまだ姿を　見せざりし

義経　宇治川　攻め落とし
御所守らんと　馳せ来たり

義仲 賀茂河原《かわら》を 逃げ行くに
追うに武士ども 遣りたにて
今頃討ち取り おりましょう」
と事も無げ 言いたりし
法皇大いに 感動し
「感心なるや 殊勝なり

義仲残党 ここ来てに
狼藉働く やも知れぬ
其方《そち》がこの御所 守れや」と

言うに義経 畏まり
四方の門を 固めるに
武士ども続々 駆け来てに
じき一万騎 ほどにへと

戦い敗れし 義仲は
(法皇お連れし 西国へ
落ちて平家と 共に) 思《も》い
力強きを 二十人
揃えいたれど 「もうすでに
　御所は義経 馳せ参じ
　守護しておる」と 聞きた故
ならばと敵の 数万騎
待ち構うるの 大軍に
大声を上げて 駆け入りし
討ち取らるかと 思うこと
何度《いくど》にとてか ありたれど
駆け抜け駆け抜け 通りたり
義仲涙を 流してに
　「斯くなるやとて 分かりせば

兼平 瀬田へ 遣らずやに
幼き竹馬の 昔から
死ぬ時同じと 約束《やく》したに
別に討たるは 悲しかる
兼平行方《ゆくえ》 何処《いずこ》かや」
言いて賀茂河原《かわら》を 北行くに
六条《ろくじょう》河原と三条《さんじょう》河原 その間で
襲い掛かるの 敵の群れ
されどわずかな 勢力で
雲霞の如く 攻め寄する
群がる敵の 大軍を
五、六度までも 追い返す

鴨川をざっと　渡りてに
粟田口過ぎ　松坂へ

去年信濃《しなの》国を　出た時は
五万余騎にて　ありたやに
四の宮河原　通る今
主従七騎に　なりて居し

死への旅路の　その空が
胸にと過《よぎ》る　哀れさよ

## 義仲最期

義仲信濃《しなの》国を　出《い》でる時
巴と山吹　云う美人
二人の女　連れおりし

山吹　病で　都にと

巴は色白　髪長く
その容貌は　群抜きて
強弓を引く　精兵で
馬上や徒歩《かち》での　戦いも
太刀や長刀《なぎなた》　手に取れば
一騎当千　兵なりし

荒馬これも　乗りこなし
物ともせずに　坂下り

戦《いくさ》となれば　義仲は
丈夫な鎧　着せさせて
大太刀強弓　持たせてに
大将にへと　任じてし

手柄たてるは　度々で
今度《こたび》も大勢　討たるなか
七騎の内に　残りたり

義仲　長坂　これを経て
丹波路向うか　それともに
竜華《りゅうげ》を越して　北国へ
と思いしも　乳母子《うばこ》なる
今井兼平　気になりて
瀬田方面に　進みたり

八百余騎で　兼平は

瀬田を固めて　居はしたが
五十騎ほどに　討ち取られ
旗巻き　義仲　案じてに
都へ向かう　その途中
大津の打出の　浜にてに
義仲これと　出会いたり
互いに一町（約100m）　ばかり寄り
それと知りたに　馬速む
義仲　兼平　手を取りて
「六条河原で　死ぬべしを
お前の行方が　気にとなり
大勢敵の　中割りて
ここまで逃げて　来たるなり」
言うに兼平　感激し

「有り難きなる　お言葉ぞ
瀬田で討死　すべしやも
殿　気懸りで　ここまで」と
「約束いまだ　朽ちおらぬ
我が軍勢は　押しやられ
山林にへと　馳せ散るも
この辺りにて　潜むかも
巻かせし旗を　挙げさせよ」
言うに兼平　上げたれば
その旗見たか　ぞくぞくと
三百余騎が　馳せ集う
義仲大いに　喜びて
「斯ほどの勢力　あるからは
最後の一戦　是非ともに

あれに見ゆるは　誰の軍」
「甲斐の一条　次郎かと」
「その勢力は　如何ほどぞ」
「六千騎とに　聞き及ぶ」
「それは良きかな　不足なし
同じ死ぬなら　良き敵と
戦い討死　したかりし」
と真っ先に　飛び出《い》でし
義仲その日の　装束《いでたち》は
赤地錦の　直垂に
唐綾縅の　鎧着て
鍬形兜の　緒をば締め

造り厳めし　大太刀に
射残し石打《いしうち》矢（鷹などの尾の両端の羽）　高く負い
滋籐弓を　手に持ちて
金覆輪の　鞍置きた
鬼葦毛とて　言わるるの
太く逞し　馬乗りし
鐙《あぶみ》踏ん張り　立ち上がり
大音声にて　名乗しは
「噂に聞きた　ことあろう
今こそ近く　目にて見よ
朝日将軍　義仲ぞ
甲斐の一条　次郎かや
相手に不足　これなしぞ
義仲討ちて　この首を

見せよや鎌倉　頼朝に」
言いて喚《おめ》きて　駆け進む
一条次郎　これ聞きて
「今名乗りしは　大将軍
討ち漏らすなや　者どもよ」
言いて軍勢　進めてに
討ち取るべしと　駒進む
義仲軍の　三百余《さんびゃくよ》騎
六千余騎の　敵中へ
縦横無尽と　斬り進み
敵を突破し　出た時は
五十騎ほどに　なりたりし
前を見たれば　また敵の
土肥《とい》の二郎の　実平が

二千余騎にて　待ち受けし
それをも破り　行きさらに
あそこの敵を　四、五百騎
ここでの敵を　二、三百《さんびゃく》騎
百四、五十騎　百騎をと
打ち破りてに　進むうち
残るは主従　五騎なりし
義仲　兼平　その他は
手塚太郎に　その従者と
五騎の中には　まだ巴
義仲巴に　言いたるは
「お前女ぞ　何処《いずこ》とも
我れは討死　覚悟せり

人手に掛かり　死ぬよりか
自害を選ぶ　つもりなり

義仲それの　最後にと
女を連れて　いたなどと
言わるは我れの　名が廃《すた》る」

言うも巴が　去らざるを
義仲幾度も　諭しなば

「さあ良き敵よ　ご参なれ
最後の戦《いくさ》を　お見せを」と
言いて構えて　居たるやに
武蔵《むさし》国で知られし　怪力の
御田《おんだ》の八郎　師重《もろしげ》が
三十騎にて　出て来たり

巴その中　駆け入りて
来る師重《もろしげ》に　馬並べ
むんずと組みて　引き落とし
首を捩じ切り　棄てたりて
鎧　兜を　脱ぎ捨てて
東国向かい　落ち行けり

手塚太郎は　討死を

手塚の従者は　逃げ行けり

義仲　兼平　二人なり
義仲そこで　言いたるは
「日頃は何とも　思わぬの
鎧が今日は　重かりし」

これ聞き兼平　申すには

「いまだ御身は　お疲れは
馬も弱りて　おりませぬ
何故《なにゆえ》重く　思わるや

それは味方が　消え果てて
気後れなすに　あらざるや

一人と言えど　兼平を
武者千騎とて　お思いを

七つ八つの　矢があるに
これを放ちて　防ぐやに
粟津松原　そこに見ゆ
あの松中で　御自害を」
と鞭打ちて　進むやに
新手の武者の　五十騎が

「早くに松原　お入りを
我れがこの敵　防ぐにて」
言うに義仲　首を振り
「我れは都で　死すべきを
ここまで逃がれ　来たるなは
お前と共にと　思う故

互い別々　討たるより
同じ所で　討死を」
言い馬先を　並べてに
駆けよとするを　兼平は
馬から飛び降り　馬の口
取り付き必死　申すには

「弓取り如何に　名高きも
最後の時に　不覚せば
長く不名誉　残すなり
御身はお疲れ　なりおらる
続く味方は　誰もなし
敵大勢に　囲まれて
取るに足らなき　者どもに
落とされ討たれ　なさるれば
『日本国中《じゅ》に　聞こえたる
義仲これを　それがしの
郎等討ち取り　申し上ぐ』
など言わるが　口惜《くちお》しい

さあ松原へ　お入りを」
との懇願に　義仲は
「さらば」と言いて　松原へ
五十騎ほどの　敵中へ
兼平一騎　駆け入りて
鐙踏ん張り　立ち上がり
大音声で　名乗りしは
「日ごろは耳に　聞こえしや
今はその目で　篤《とく》と見よ

義仲殿の　乳母子《めのとご》の
今井の四郎　兼平ぞ
当年取りて　三十三《さんじゅうさん》歳

頼朝我れを　知るにてに
討ちてこの首　お見せを」と
言いて射残す　八筋の矢
弓につがえて　引き続く

敵の生死は　分からずも
たちまち八騎　射落とせり

その後は弓捨て　刀抜き
あちらこちらと　馳せ合うに
向い来《く》敵は　誰もなし

遠く離れて　「射ろ射ろ」と
中に取り籠め　矢放つも
鎧固くて　射貫かれじ

こちら義仲　ただ一騎
粟津松原　駆け入るも
正月　二十一日で
日没なりて　薄暗く
薄氷張る　深田にと
馬を打ち入れ　首までも

鐙で腹を　煽《あお》りしも
鞭で打ちても　動かざり

兼平気になり　振り向くに
三浦石田の　為久が
追い着きひょうと　矢を放つ

射られ深手の　義仲が
兜　馬首　押し当てて
うつ伏せなるを　追い来たる
石田の郎等　二人にて
ついにその首　取られてし

義仲首を　刀先
貫き高く　差し上げて
大音声に　叫びしは

「日本国《ひのもと》に　この日頃
聞こえ申した　義仲を
三浦の次郎　為久が
討ち取りし」とて　名乗りせば
戦い最中《さなか》の　兼平は

「今は誰をば　守ろうや
これ見よ東国　者どもよ

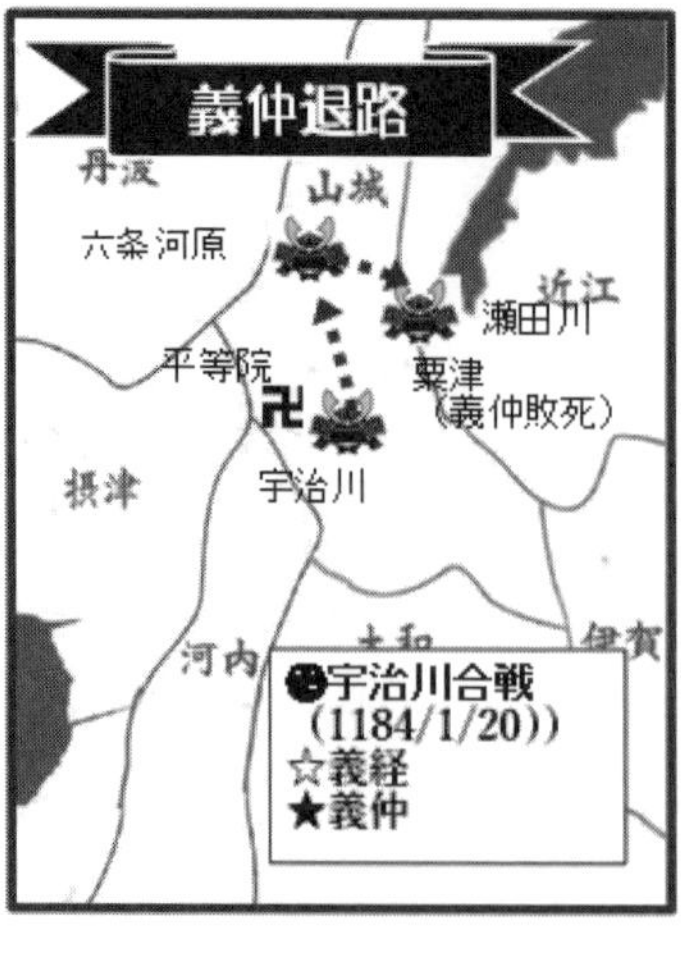

日本一《ひのもと》の　剛の者
自害の手本　お見せすに」
言いて太刀先　口くわえ
馬から逆さま　飛び落ちて
太刀貫《つらぬ》かれ　死したりし

斯くて粟津の　戦いは
ここに終わりを　告げたりし

**樋口の斬られ**

こちら兼平　その兄の
樋口の次郎　兼光は
十郎行家　討たんとて
河内《かわち》国長野の　城攻むも
そこではこれを　討ち洩らす

紀伊《きい》国名草《なぐさ》にと　居る聞きて
国境《くにざかい》まで　行きたれど
「都で戦《いくさ》」と　聞きたにて
急ぎ都へ　馳せ上る

淀　大渡　その橋で
兼平下人に　ばったりと
「これから何処《いずこ》　行かれるや

殿はすでにと　討たれてに
兼平殿も　ご自害を」

兼光はらはら　涙して
「これ聞きたかや　皆の者
殿にと心　寄する者《な》は
何処《いずこ》なりとも　落ち行きて
出家し殿の　菩提をば

我れはこれから　都行き
討死してに　冥途にて
殿に目通り　申し上げ
今もう一度　兼平に」

言いたで　五百余騎の兵
あそこで留まり　こちら行き
鳥羽の南門　出ずる時

兵力わずか　二十余騎
兼光　都に　入るとの
噂伝わり　義経の
軍勢これに　いきり立ち
七条朱雀　四塚《よつづか》へ
先を争い　馳せ向う
兼光と縁　深かりし
児玉党その　面々が

「そもそも武人　交わるは
火急の事態　起こりせば
互いに友好　思い出し
助け合おうと　するためぞ
我れら手柄の　勲功で

兼光　命　何とかに」
と思い使者《つかい》を　立てたりて
「木曾殿身内に　人ありと
聞こゆは今井　樋口やも
今は木曾殿　討たれてし
何を守ると　戦うや

我等に降参　なされませ
我れらの手柄に　代えてでも
命だけなと　助くるに
出家し木曾殿　冥福を」
と伝えるに　兼光は

名知れし兵《つわもの》　なりしやも
武運尽きしと　思いしか
児玉党にと　降じたり
これ義経に　申し上げ
院の御所へも　言いたりて
一旦死罪　免るも
仕うる公卿　殿上人《てんじょうびと》
局《つぼね》の女房らが　口々に
「法住寺へと　押し寄せて
鬨の声上げ　法皇を
悩ませ火放ち　大勢の
人を滅ぼし　殺す時
あのあそこでも　こちらでも
今井　樋口と　言う声が
これ許さるは　如何か」と

再び死罪と　決められし
同月　二十二日には
師家　摂政　解かれてに
前摂政の　基通が
また摂政に　返り就く
その間わずか　六十日《むそび》なり

同月　二十四日には
義仲並びに　残党の
五人の首が　大路をば
樋口の次郎　兼光は
捕虜でありたに　拘わらず
首の供をと　願い出て
藍摺直垂《あいずりひたたれ》　立烏帽子《えぼし》

その姿にて　引き回し
同月　二十五日には
遂に兼光　斬られてし
範頼　義経　願い出《ず》も
「今井　樋口に　盾　根井は
木曾の四天王　なりたるに
これを許せば　後で悔ゆ」
との命により　斬らる羽目

平家は去年の　冬頃に
讃岐《さぬき》国屋島の　磯を出て
摂津《せっつ》国の　難波潟移り
福原旧都に　居を構え
西一の谷　には城郭《しろ》を
東生田《いくた》森に　城門を

その領内の　福原や
兵庫　板宿《いたやど》　須磨などに
籠る軍勢　ひしめきて
これは山陽《さんよう》道　八か国
南海道の　六か国
合せ　十四か国をば
従え集めし　軍兵《ぐんぴょう》で
十万余騎と　云われてし

一の谷その　地形なは
北は山にて　南　海
入り口狭く　奥深く
崖は切り立ち　屏風かと
北の山際　そこからに
南の海の　遠浅まで

大石これを　重ね上げ
大木伐りて　逆茂木に
深き所に　大船を
並べて盾の　如くにと

城正面の　高櫓
そこには　一騎当千と
言われし四国　九州の
武士ども雲霞の　如くにと
甲冑弓箭《きゅうせん》　帯び並ぶ
櫓の下には　十重《とえ》二十重《はたえ》
鞍置く馬を　並べたり
常に太鼓を　打ち鳴らし
鬨の声をば　上げ続く

高所に赤旗　打ち立てて
春風吹かれ　翻る
様子は火炎　燃える如

| 西暦 | 年号 | 年 | 月日 | 天皇 | 院政 | 出来事 |
|---|---|---|---|---|---|---|
| 1183年 | 寿永 | 2 | 8/20 | 安徳・後鳥羽 | 後白河 | 後鳥羽天皇、即位 |
| | | | 10/14 | | | 源頼朝、鎌倉にて征夷大将軍の院宣 |
| | | | 閏10/1 | | | 平家、備中水島にて義仲の軍を破る |
| | | | 11/19 | | | 義仲、法住寺を襲い、法皇を押し込む |
| 1184年 | | 3 | 1/20 | | | 宇治にて義経、範義ら、義仲を破る |
| | | | 1/21 | | | 義仲、近江の粟津で戦死 |

# 決戦《たたかい》の巻（二）

# 教経の章

## 転戦六度《むたび》

平家が福原　移るとて
讃岐《さぬき》国屋島を　離るるに
それまで平家　従いし
四国の武士ども　反旗をば

阿波の讃岐の　国府にと
仕え勤めし　役人は
平家に背き　源氏にと

「今日まで平家に　従うが
源氏方へと　参りても
まさか登用　さるはなし
平家に一矢　射掛けてに
それを手柄に　参ろう」と

門脇中納言《なごん》　教盛と
その子通盛　教経の
父子《ふし》三人が　備前国
下津井おると　聞きた故
これ討つべしと　兵船を
十余艘漕ぎ　寄せ攻めし

これを聞きたる　教経は
「にっくき奴め　こしゃくなり
昨日今日まで　我らなの
馬草刈りし　奴らめが
主従の約束　破るとは
一人残らず　討ち殺せ」
と小舟にと　飛び乗りて
「余すな漏らすな」　とて攻むる

矢一つ射てに　逃げようと
思いし四国の　武士どもは
手痛く攻められ　敵《かな》わじと
敵に寄らずに　退きて
都の方へ　逃げんとて
淡路《あわじ》国福良《ふくら》の　港にと

そこに源氏が　二人いて
頼朝祖父の　為義の
子の義嗣と　義久で
これを大将　担ぎ上げ
城郭構え　待つにへと
すぐに教経　攻め寄せて

一日戦い　その末に
義嗣討死　義久は
深手を負いて　自害をば

残りて矢射る　武士どもの
百三十余《ひゃくさんじゅうよ》人の　首を斬り
討手の名を記し　教経は
福原にへと　戻りたり

通盛　教経　兄弟は
「伊予国　河野四郎めが
召すも参らぬ　攻むべし」と
四国へにとに　出で向きし
まず兄通盛　渡りてに
阿波《あわ》国花園の　城にへと

教経　讃岐へ　渡る聞き
河野の四郎　通信は
母方伯父の　安芸国の
住人　沼田次郎とで
一つになろうと　安芸国の
沼田城にと　立て籠もる

教経これを聞き　すぐさまに
讃岐の屋島　出て追いて
備後《びんご》国簑島　辿り着き
次の日沼田の　城攻めへ

これに対して　沼田次郎《じろ》
河野四郎と　協力し
敵が攻むるを　防ぎにと

一日一夜　防ぐやも
敵わじ思い　沼田次郎
兜を脱ぎて　降参す

河野四郎は　戦うも
五百余騎いた　勢力は
わずか五十《ごじゅう》騎に　討ち取られ
城出て逃ぐる　そのうちに

教経これの　侍の
平八兵衛《へいはちひょうえ》　為員《ためかず》の
二百騎ほどに　取り込まれ
主従七騎に　討ち取られ

舟乗るべしと　水際へ
細道たどり　落ち行くに
平八兵衛《へいはちひょうえ》の　その息子
屈強弓の　名手での

讃岐の七郎　義範が
追いつき五騎を　射落せり

七騎のうちの　五騎討たれ
河野四郎は　主従二騎

逃ぐる河野の　郎等を
讃岐の七郎　組み落とし
押え首をと　構えるへ
河野四郎が　立ち戻り
郎等上に　被りおる
讃岐七郎の　その首を
掻き切り深田へ　投げ入れて
大音声で　叫ぶには

「河野の　四郎通信ぞ
当年取りて　二十一《にじゅういち》歳
斯くあるべきぞ　戦いは
我れと思わん　者あらば
仕留めてみろや　この我れを」

言いて郎等　肩に掛け
そこを逃げ切り　小舟乗り
伊予国にへと　渡りける

すんでの所で　河野をば
討ち漏らせしが　教経は
沼田次郎を　引き連れて
福原にへと　戻りたる

また淡路国の　住人の
安摩《あま》の六郎　忠景は
平家に背き　源氏にと
心通わせ　おりたにて
大船二艘を　仕立てに
兵粮米や　武具積みて
都へ向かい　行くを聞き
そうはさせじと　教経は
小船十艘　ほどで追う

西宮《にしみや》沖で　安摩《あま》六郎
戻りてこれを　迎え討つ

手酷く攻められ　「敵わじ」と
船を返して　退却し
和泉《いづみ》国の　吹飯《ふけい》の浦にへと

また紀伊國の　住人の
園部の兵衛《ひょうえ》　忠康も
平家に背き　源氏にと
付こうとしたが　安摩六郎

教経攻められ　逃げ行きて
吹飯にいると　聞きたにて
その勢力の　百騎ほど
急ぎ駆けつけ　合流に

すぐに教経　押し寄せて
ここを先途と　攻め続く

一日一夜　防ぐやも
安摩と園部の　両名は
「敵わじ」思い　郎等に
防ぎ矢射らせ　京にへと

防ぎ矢射かけし　兵どもの
二百余人の　首を斬り
獄門晒し　教経は
福原にへと　凱旋す

沼田城から　逃げ延びし
河野の四郎　通信は
豊後の国の　住人の
臼杵の二郎　惟高《これたか》と
緒方三郎　惟義《これよし》を
味方に付けて　その軍勢
二千余人が　備前《びぜん》国行き
今木の城に　籠りたり

これを聞きたる　教経は
三千余騎で　馳せ下り
今木の城に　攻め掛くる

攻むるも　守り固き故
「敵強かるに　援軍を」
と教経が　申し出《ず》に

福原からに　数万騎
向かわせたとの　報聞きて
城の中籠る　武士どもは

「平家は多勢で　攻め来るに
こちらは無勢　敵うまい
ここから逃げて　立て直し」

と臼杵の二郎　惟高《これたか》と
緒方三郎　惟義《これよし》は
舟に飛び乗り　九州へ
河野四郎は　伊予にへと

「討つべき敵は　いなし」とて
教経福原　戻りたり

宗盛これを　始めとし
一門公卿　殿上人《てんじょびと》
寄り集まりて　教経の
重なる功名　褒めたりし

# 義経の章（一）

### 三草合戦

正月　二十九日には
範頼　義経　法皇に
平家を追討　せんとてに
西国出るを　言いたれば

「わが国神代の　昔より
伝わる三種の　神器あり
八尺瓊曲玉《やさかにまがたま》　八咫鏡《やたかがみ》
天叢雲剣《あめのむらくもつるぎ》　なり
心し無事に　都へ」と
法皇厳に　言いたれば

畏まりてに　両人は
承《うけたまわ》りて　下がりたる

二月四日の　吉日に
大手搦手　大将軍
軍兵これを　二手分け
都を後に　西国へ

大手任じる　大将軍
頼朝　弟　範頼で
その軍勢の　五万余騎
二月四日の　辰の刻（午前八時頃）
堂々都を　出発し
その申酉《さるとり》の（午後三時頃）　刻にては
摂津《せっつ》国昆陽野《こやの》に　陣を敷く
搦手務む　大将軍

頼朝　弟　義経で
その軍勢の　一万余騎《いちまんよ》
同じ日　都出　丹波路を

二日の道を　一日で
馬に鞭打ち　急ぎてに
播磨の国と　丹波国
それの境の　三草山
東麓の　小野原に

一方こちら　平家方
大将軍は　資盛《すけもり》と
その弟の　有盛と
同じく弟　忠房と
更に弟　師盛で
その軍勢の　三千余騎《さんぜんよ》
小野原からは　三里をば

隔てた三草山《みくさ》の　西麓
そこにと陣を　敷きたりし

その夜の　戌《いぬ》の刻頃（午後八時頃）に
義経　土肥次郎　これを呼び
「平家がここから　三里（約12㎞）での
三草山その　西麓
大軍にてに　控えてし

今夜に夜討ち　掛くべきや
明日に戦《いくさ》を　なすべきか」
と尋ねたれば　傍に居た
田代信綱　進み出て
「明日へと戦《いくさ》　延ばすれば
平家は勢い　づくならし
平家は軍勢　三千余《さんぜんよ》騎
味方の勢力　一万余《いちまんよ》騎
これははるかに　有利なり
夜討ち掛くるが　上策と」
言うをば聞きて　土肥次郎
「よくぞ申した　田代殿

ならばすぐにと　出発を」
とて全軍が　西にへと
道を辿るの　武士どもが
「暗さも暗し　如何すや」
とに言いたれば　義経は
「大松明《おおたいまつ》は　如何か」と
言うにすぐさま　土肥次郎
「なるほど」言いて　用意にと
大松明《おおたいまつ》は　放火にて
小野原民家に　火を放つ
野にも山にも　草木にも
至る所に　火つけせば
昼かと紛う　明るさで

三里の山を　越え行けり
一方こちら　平家では
源氏の夜討ち　知らずして
「戦《いくさ》はきっと　明日なりし
寝不足にては　戦えぬ
今夜は良く寝て　備えよ」と
言うに皆々　「それでは」と
兜を脱ぎて　枕にし
鎧の袖や　箙《えびら》など
これを枕に　ぐっすりと
前後不覚に　眠りこく
その夜も更けて　夜半頃
源氏一万《いちまん》騎　押し寄せて
鬨の声をば　どっとにと

慌て騒ぎて　平家武者
弓を取る者は　矢見つけ得ず
矢を取る者は　弓これを
右往左往を　するうちに
源氏が攻め寄せ　来たるやに
馬に蹴らるを　避けるとて
逃ぐるに源氏　中にへと
逃げ行く敵を　源氏軍
追いかけ追い詰め　攻めたれば
あっと言う間に　平家軍
五百余騎これ　討たれてに
傷負う者も　多かりし
大将軍の　資盛に
有盛それに　忠房は

面目なしと　思いしか
播磨《はりま》国高砂　から舟で
讃岐《さぬき》国屋島へ　逃げ渡る
どこで戦い　逃れたか
備中の守　師盛は
平内兵衛《へいないひょうえ》と　海老次郎
これをば呼びて　同行し
一の谷へと　辿り着く

## 決戦一の谷

一の谷にて　宗盛は
安芸右馬助《うまのすけ》　能行《よしゆき》を
遣りて平家の　公達に

「すでに九郎の　義経が
三草の我軍　攻め落し
一の谷へと　近づきぬ
この山の手は　重要で
誰ぞそちらに　とに思《も》うが」
言うも応《こた》うは　誰もなし
仕方なしとて　教経に
「度々なりて　済まぬやが
貴方《そなた》が行きて　くれぬかや」

言うに教経　快く
「(これぞ我が身の　立ちどころ)
思いて戦《いくさ》に　出掛くるが
勝利を得るの　基本なり

狩り漁などに　赴きて
『足場良き方は　これ行くも
　悪き方へは　向わざる』
など言う者が　戦いに
よもや勝つこと　能《あた》わずや
何度《いくど》たりとも　この我れが
危なき方へ　向かいてに
敵打ち破り　勝利へと
安心してに　お任せを」

とに頼もし気　申されし
宗盛大いに　喜びて
越中前司　盛俊を
先駆けにして　一万騎
教経軍に　付けたりし
教経兄の　通盛を
伴い山の手　固めらる

山の手云うは　その背後
鵯越《ひよどりごえ》の　麓なり
山の手そこの　仮屋へと
北の方入れ　通盛が
最後の名残を　思いしが
これを見た教経　怒りてに

「攻め来る軍が　手強《てごわ》きと
この教経を　差し向けし
まことに強き　源氏勢
今でも上から　下りくれば
武器取る事も　能《あた》わずや
たとえ弓持ち　いたるやも
矢を番《つが》えねば　戦えぬ
たとえその矢を　番《つが》えても
引かねば何の　役にたつ
ましてその様《よ》に　油断して
おれば弓さえ　取り得ずに」

言い諌めるに　通盛は
「それもそうだ」と　思いしか
急ぎて武具を　身に着けて
北の方をば　帰したる

五日の暮方　範頼は
昆陽野《こやの》を発ちて　進み来て
生田の森に　近づきぬ
雀の松原　御影森《みかげ》
昆陽野《こやの》の方角　見渡すに
源氏はあちこち　陣を張り
遠くで見える様　火を焚きし
平家も　「遠火焚け」言いて
生田の森に　火をば焚く

あそこに陣敷き　馬休め
ここに陣取り　馬に餌
とて急がずの　源氏軍
今にも源氏　攻め来るか
今に寄せるか　寄せ来るか
とて落ち着かぬ　平家軍

一方こちら　義経は
明けて六日の　明け方に
一万余騎を　二手分け
まず土肥二郎　実平に
七千余騎付け　一の谷
西口 平家の　軍勢へ
自身は　三千余騎連れて
一の谷その　後方の

鵯越《ひよどりごえ》を　落さんと
丹波路通り　搦手に

連れし武士ども　口々に
「ここは名立たる　難所なり
敵に出会いて　死にたやに
難所に落ちて　死にたくは

山に詳しき　者如何に」

言うに武蔵《むさし》国の　住人の
元服間なしの　十八《じゅうはち》歳の
別府小太郎　進み出て

「父の義重　その昔
『深山迷いし　その時は
老馬に手綱を　結び付け
先にと追えば　道に出る』
とてこの我れに　教えてし」

言うをば聞きて　義経は
「よくぞ申せし　なるほどな

『雪が野原を　埋むるとも
老馬であれば　道を知る』
とて言う昔の　ことわざも」

と白葦毛の　老馬にと
鏡鞍（金または銀を前後に張った鞍）置き　白くにと
磨きた轡《くつわ》　嚙ませてに
手綱を結び　追いたてて
知らぬ深山　その中へ

頃は二月の　初めにて
峰雪まばら　消え残り
花が咲くかと　見えたりし

谷の鶯　来ては鳴き
霞みに迷う　場所もある

高所に上ると　白雲が
白く光りて　輝きて
下ると青々　した山や
岩石などが　険しくと
聳え立ちてに　高い崖

松の雪さえ　消えもせず
苔これ生えし　細道が
かすか細々　続きおる

嵐に吹かれ　散る雪は

梅の花かと　疑わる

東に西に　鞭当てて
馬を速めて　行くうちに
山路に掛かり　日暮れたに
皆馬下りて　陣を取る

そこへ武蔵坊《むさしぼ》　弁慶が
一人老人　連れ来たる

不審に思い　義経が
「あれ何者ぞ」　とて尋くに
「山の猟師」と　答えたる
「それでは道を　知りおろう
申せ」と言うに　老人は

「知らなきわけが　ござろうや」

「ここから平家の　一の谷
馬で下るが　これ如何に」

「滅相もない　とてもにて
三十丈の（約30m）　谷なりて
十五丈もある　岩これが
突き出た所　などあれば
人が通るの　場所ならず

まして馬にて　下りるなど

そのうえ城の　中にては
落し穴掘り　菱を植え
待ち構えるは　確かにて」

「ならば鹿なら　如何かや」

「鹿はとなれば　通り行く

暖かなれば　深草に
臥さんとしてに　山を越え

播磨の鹿は　丹波へと

寒くとなれば　雪水の
浅き所で　餌をばと
丹波の鹿は　播磨での
印南野《いなみの》これへ　通い行く」

これをば聞きて　義経は
「鹿の通うを　馬これが
通えぬわけは　なかろうや

すぐにお前が　案内《あない》をば」
言うに老人　手を振りて
「年齢《とし》を取りたで　この我れは」
「お前の子供は」　とに問えば
「おります」言いて　熊王と
いう名の生年　十八歳《じゅうはち》を
義経前に　差し出せり
その場で元服　これさせて
鷲尾の庄司　武久と
いうが父の名　なりし故
鷲尾の三郎　義久と
名乗らせ先頭　行かせてに
道案内と　連れたりし

この義久と　云う者は
平家を追討　した後に
頼朝　義経　反目し
場所奥州で　討たる折
共に死したる　武士なりし

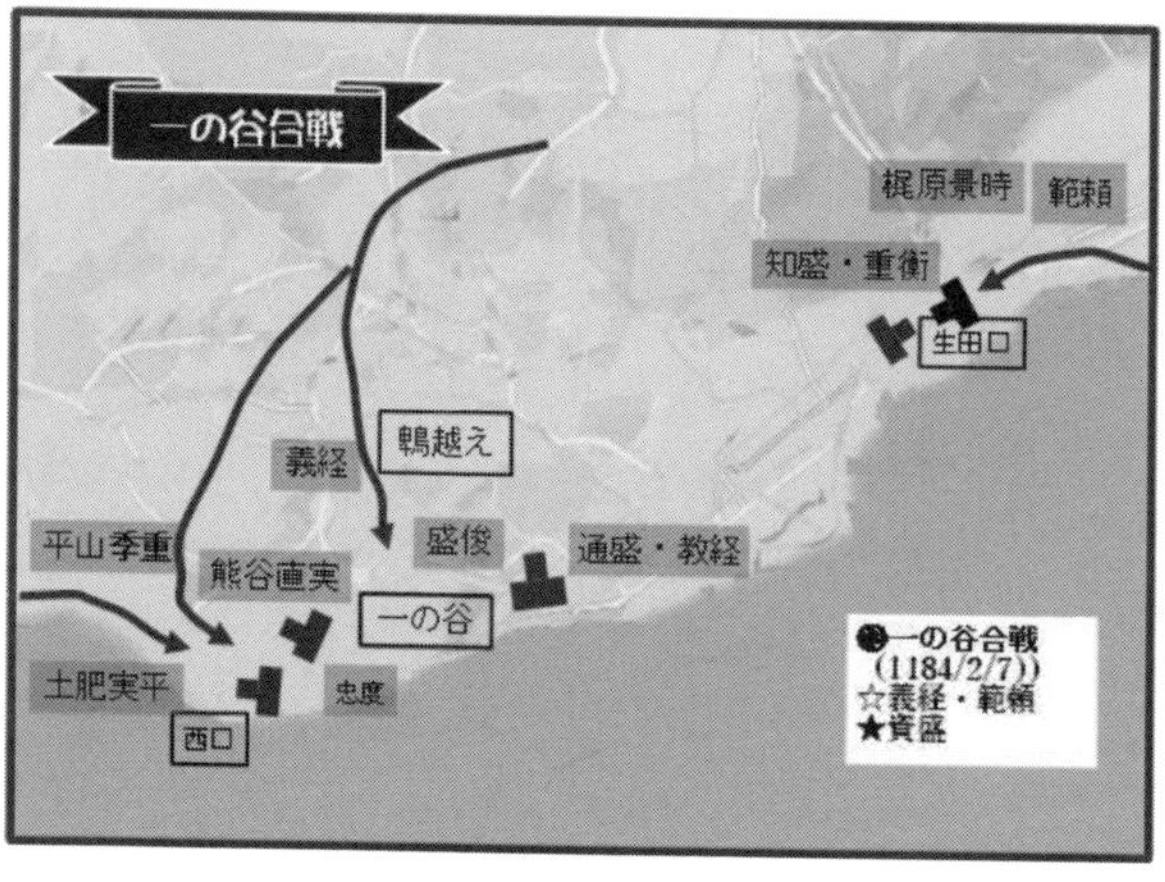


**西方戦場先陣争い**

熊谷次郎　直実と
息子小次郎　直家は
義経軍に　居たるやも
一番駆けをと　思いてに
抜け出し土肥の　実平が
受け持つ播磨路　これを経て
一の谷へと　向かいたり
それにと続く　かの如く
平山武者所　季重《すえしげ》が
先駆け思い　一の谷
やがてに空が　白む頃
今が機会と　この両者
直実駆くれば　季重も

季重駆くれば　直実も
互いに我れが　劣らじと
激しく馬に　鞭当てて
抜きつ抜かれつ　急がせて
火が出る如く　攻めたりし

向かい出で来た　平家軍
矢をば射掛けて　応ずるも
手強《ごわ》なるやと　城へ引く

その折熊谷　直実は
馬腹射られ　飛び降りし

息子の小次郎　直家も
「生年十六《じゅうろく》歳」　とて名乗り
攻むるに左の　腕射られ
乗れる馬から　飛び下りし

直実馬を　乗り替えて
またも敵へと　駆け行けり

馬休ませし　季重《すえしげ》も
後に続きて　駆け行けり

直実先に　攻め寄すも
木戸閉ざすにて　駆け入れず
季重後で　攻め寄せすに
木戸開きせば　駆け入りぬ

さても直実　季重の
何れが先駆け　なるかとて
我れが我れがと　争いし

## 東方戦場景時の二度駆け

一の谷その　東方の
大手の軍に　居たりしの
河原の太郎　次郎これ
大名にては　あらざりて
馬にも乗らず　藁草履
弓を杖にと　逆茂木を
上り越え城の　中にへと

屈強弓の　この二人
矢を射掛くるに　平家方
「大勢中に　ただ二人
　来るとは何と　向こう見ず
　暫し泳がせ」　とて言いて
相手せざるも　ややありて
真名辺六郎　「こしゃくな」と

出で来て矢をば　ひょうと射る
太郎は胸板　射抜かれて
次郎もあえなく　討ち取らる

これを知りたる　源氏軍
「兄弟先駆け　果たせしも
　討ち取られし」と　聞きたるに

「死を無駄にすな　寄せろ」とて
鬨の声をば　どっと挙ぐ

梶原景時　五百余騎
大勢敵中　駆け入りて
縦横無尽　戦うも
五十騎ほどに　討ち取られ
さっとに引きて　後陣へ

如何したるか　その中に
長男景季　姿《かげ》見せぬ

「如何に」と問わば　「深入りし
　討たれたかにと」　との返事

「子討たれ何の　生き甲斐ぞ
　返せ」と言いて　先陣へ

駆け行き遮二無二　戦いて
平家の武士らを　蹴散らすに
そこに景季　討たれずと
馬を射られて　徒歩《かち》にてに

喜び景時　馬寄せて
「さあ乗れ景季　弓取りは
　進むも引くも　時による」
言いて馬乗せ　退けり

「景時二度駆け」　云うはこれ

これに端発《は》し　両軍が
入れ替え立ち替え　乱れ合い
名乗り上げては　叫ぶ声
山を響かせ　馬駆くは
雷鳴如く　響きてに
行き交う矢これ　雨の如

源平両軍　譲らずに
殺し殺され　攻め合いし

## 背後からこれ坂落し

搦手回りた　義経は
七日その日の　明け方に
一の谷その　後方の
鵯越《ひよどりごえ》に　登り来し

城槨はるか　見下ろして
「馬を先ずに」と　義経は
鞍置馬を　追い落す

足打ち折りて　転がるや
下へと下る　馬もいる
馬三頭が　下り着きて
越中前司(盛俊)の　館《やかた》での
上方にてに　立ちあがる

これを見届け　義経は
「乗り手がうまく　さばきせば
間違いなしに　下りらるる
我れが手本ぞ　皆の者」
言いまず三十《さんじゅう》騎　ばかりにて
真っ先駆けて　下《くだ》りたに
後に続きて　大勢が

後陣下る　鐙《あぶみ》端
先陣兜に　当る程

小石混じりの　砂地故
流れる如く　二町(約200m)ほど
ざっと下《くだ》りて　平坦な
場所そのそこで　留まれり

そこから下を　見下ろすと
苔をむしたる　大岩が
垂直立ちて　その幅が
十四、五丈(約42〜45m)も　聳えおる
後に戻るも　能《あた》わずて
先へ下るも　恐ろしき

(もうこれまで)と　諦むに
佐原の十郎　義連が
進み出て来て　申すには

「我らの土地では　鳥一羽
飛ばせて追うに　朝夕と
斯かる所を　駆せ回る
ここは我らの　馬場なるぞ」

と真っ先に　駆け下り
後に兵ども　皆続く
「えぃえぃ」と言う　小声にて
馬を励まし　下り下《くだ》る
余りの恐怖で　目塞ぐも
人の業とも　見えなくて
ただに鬼神の　為せる業
下り終わるの　待てずやに
どっと挙ぐる　鬨の声
三千余騎の　声なるも
山にこだまし　十万余騎《じゅうまんよ》

村上判官《ほうがん》代　基国の
軍勢下り来　火を放ち
平家の邸《やしき》や　仮屋焼く

折しも風は　激しくて
黒煙一面　覆《お》い隠し
慌てふためく　軍兵ら
助かるかもと　前の海

渚に予備船　多きやも
我れ先乗らんと　一艘に
甲冑着たる　者どもの
四、五百人から　千人が
詰めかけ乗るに　堪らなく
三町《(約300m)》ばかり　漕ぎ出すに
大船三艘　沈みたる

その後に続く　船にては
「高貴は乗せるが　下賤は」と
太刀長刀《なぎなた》で　斬り払う

されど乗せじと　する船に
掴むに腕を　打ち切られ
あるいは肘を　落されて
一の谷その　渚これ
朱《あけ》にと染まり　凄惨に

重なる戦《いくさ》に　負けなしの
教経今度《こたび》は　敵わじと
うす黒とていう　馬に乗り
西に向いて　落ち行きて
播磨《はりま》国　明石の浦からに
舟乗り讃岐《さぬき》国　屋島へと

## 盛俊の最期

大手　浜手の　軍勢の
武蔵や相模の　兵どもが
命を惜しまず　攻め立つる

新中納言　知盛が
東に向い　戦うに
山斜面から　攻め寄せし
児玉党から　使者《つかい》来て

「殿は先年　武蔵国《むさし》にて
国司を　務めたれし故
好意を以ちて　申し上ぐ
そこの後ろを　御覧あれ」

言われ後ろを　振り向くに
押し寄せ来るの　黒煙

「何と西門　破らるか」
と言うや否　混乱し
取る物とても　取り敢えず
我れ先にとて　落ち行きし

山の手　侍大将の
越中前司　盛俊は
もはやこれまで　思いしか
そこ留まりて　敵待つに

猪俣小平六《こへろく》　則綱が
良き敵なると　目をつけて
鞭を打ち鐙《あぶみ》　踏ん張りて
急ぎ追い着き　押し並べ

むずと組みつき　どと落とす

則綱関東　八か国
そこに聞えし　強者《つわもの》で
鹿のその角　一、二本
たゝ易く引き裂く　との噂

越中前司　盛俊は
見た目は　二、三十人力
さても　六、七十人で
上げ下す舟　一人にて
押し上ぐほどの　力持ち

盛俊　則綱　取り押さえ
その身動きを　封じたり

押え込まるも　則綱は

刀抜かんと　為も指が
広がり柄《つか》を　握り得ず
物言おとすが　声も出ず

今にも首をと　云う時に
力劣るも　気強きの
則綱少しも　騒がずと
息を休めて　言いたるは

「我れの名乗りを　聞きたるか

敵を討つには　我れ名乗り
敵に名乗らせ　首取るが
大き手柄と　言うものぞ

名もなき首を　何とする」

と言われなるほど　思いてに
「元は平家の　一門で
今は　侍大将の
越中前司　盛俊ぞ

お前は誰か　名を名乗れ」

言われ則綱　ほっとして
「武蔵の国の　住人の
猪俣小平六《こへろく》　則綱ぞ

よくよくこの世　見たりせば
源氏の方が　強かりて
平家の方は　敗色が

敵の首取り　主君にと
見せてのこその　恩賞ぞ

主君の居なき　この今に
手柄挙ぐるも　甲斐なきや
いっそ助けよ　我が命

我が勲功に　代わりてに
何十人と　おろうとも
其方《そなた》の味方の　命をば
救い申して　差し上ぐに」

言うに盛俊　腹立てて
「不肖と言えど　この我れは
平家一門　その武者ぞ

源氏を頼りと　思わぬて
源氏もこの我れ　頼らぬや

何と小憎き　言種《いいぐさ》ぞ」

言いて首をと　構えるに
「貴殿情けを　持たれぬか
　降参したるの　首をなぞ」
言われ盛俊　気が挫《くじ》け
「ならば」と言いて　引き起こす

二人は畔《あぜ》に　腰掛けて
激しき息を　休ますも
後ろは深き　水田なり
ややあり武者が　一騎來る
黒革縅の　鎧着て
月毛の馬に　乗りたりし
盛俊不審　眺むるに

「あれはこの我れ　親しきの
　人見の四郎と　申す者
我れが居る見て　近づくや
気遣い無用ぞ　我が友ぞ」
言いつ則綱　心では
（近づきた折　盛俊に
　組み付きたれば　手を貸す）と
思いおる場に　寄りて来る
盛俊交互に　二人見つ
警戒するも　来る敵が
近くなりたで　睨み付く
その隙見たる　則綱は
すくっと立ちて　「えい」と言い
盛俊鎧の　胸を突き

後ろの田へと　のけぞらす
起き上がらんとす　盛俊に
則綱はむんずと　のしかかり
相手の刀　引き抜きて
鎧の草摺り　引き上げて
柄も通れとて　三度刺し
盛俊が首　掻き取りし
人見四郎が　駆け寄るに
（功名奪われ　なるか）とて
刀の先に　首を刺し
高く差し上げ　大声で
「日頃鬼神と　言われてし
　越中前司　盛俊を
猪俣小平六《こへろく》　則綱が

討ち取ったり」と　名乗りてに
一番手柄と　記されし

## 忠度最期

薩摩の守の　忠度《ただのり》は
一の谷その　西の手の
大将軍で　ありたりて
紺地錦の　直垂に
黒糸縅の　鎧着て
沃懸地《いかけじ》(漆地に金銀粉)これの　鞍置きた
黒くて太く　逞しき
馬にと乗りて　おられてし

味方百騎に　囲まれて
少しも騒がず　忠度が
攻め来る源氏が　来る度に
踏み留まりて　戦いつ
落ちて行くをば　見つけてに
猪俣党の　侍の

岡部の六野太《ろくやた》　忠純が
大将軍と　目を付けて
鞭当て鐙　踏ん張りて
馬を急がせ　追い着きて

「そも何者ぞ　名を名乗れ」
言うに忠度　謀《たばか》りて
「味方だ」と言い　振り返る
兜の中の　顔見れば
歯をば黒くと　染めおりし

これを訝《いぶか》り　忠純は
(味方にお歯黒　おりはせぬ
平家の公達　違《たが》いなし)
とて押し並べて　むずと組む

これを見て忠度　守りたる

百騎ほどいた　兵士ども
寄せ集めでの　武者なりて
忠誠心など　持ちおらず
一騎も寄らず　我れ先に

一騎残りた　忠度は
「こしゃくな奴め　味方だと
信じておれば　良きものを
命知らずめ」　とて言いて
熊野育ちの　大力の
早業にてに　刀抜き
忠純馬上で　二度突きて
落馬したをば　いま一度

最初は鎧の　上からで
身体の中まで　通らずて
後は兜の　中なるも

傷は浅くて　死なざりし

押さえ首をと　構えるへ
忠純家来の　若武者が
遅ればせにと　馳せ来り
これ忠度の　右腕を
肘根元から　切り落とす

右腕落とされ　忠度は
(今となりては　これまで)と
「念仏十回　唱うるに
しばらく退け」と　言いたりて
忠純掴み　投げ退けし

その後西に　向いてに
声高念仏　十回《とお》唱え
「光明遍照《へんじょう》　十方世界《かい》

念仏衆生　摂取不捨」(救いてこれを捨てざりし)
とにとて言うの　終わらぬに
忠純背後　近寄りて
忠度の首　斬りたりし

大将軍を　討ち取るも
名前誰とも　知れずやに
箙《えびら》に付けし　文見つけ
開きて見るに　そこに和歌《うた》
「旅宿《りょしゅく》の花」と　いう題で

《行き暮れて　木の下陰を
宿とせば　花や今宵の
主《あるじ》ならまし　忠度》

書かれおりたで　忠度と
判明したに　忠純は

忠度の首　刀刺し
高く差し上げ　大音声
「岡部の六野太　忠純が
平家でその名　知られたる
忠度これを　討ち取りし」
と聞きて敵も　味方をも
「何と哀れな　痛ましや
武芸に歌道に　優れしの
大将軍を　失いし」
と言い涙を　流してに
袖を濡らさぬ　者はなし

## 重衡生捕

生田の森の　副将軍
本三位中将　重衡は
軍勢皆が　逃げ散りて
主従二騎にと　なり落ちる
重衡その日の　装束《いでたち》は
濃紺下地に　鮮やかな
黄色の糸で　刺繍した
岩に千鳥の　直垂に
紫裾濃《むらさきすそご》の　鎧着て
童子鹿毛《どうじかげ》言う　評判の
名馬に乗りて　おられてし
重衡これの　乳母子《めのとご》の
後藤の兵衛《ひょうえ》　盛長は
滋目結《しげめゆい》（総絞りの染模様）での　直垂に
緋縅色の　鎧着て
重衡大切《だいじ》に　育てしの
夜目なし月毛に　乗りおりし
これを目敏く　見つけたる
梶原玄太　景季と
庄の四郎の　高家は
大将軍と　目を付けて
鞭当て鐙《あぶみ》を　踏みて追う
汀《みぎわ》ある舟　乗ろとすも
後から敵が　追い来るに
舟に乗る隙《ひま》　これなくて
湊川やら　刈藻川
渡り蓮池　右手にと
駒の林を　左見て

板宿《いたやど》　須磨をも　通り過ぎ
西をば指して　落ち駆くる

重衡乗るは　名馬にて
激しく走らせて　疲れたる
馬で追い着く　無理だとて
梶原玄太　景季は
鐙《あぶみ》踏ん張り　立ち上がり
もしや当たるか　とて遠矢
強くに引きて　射たりせば
重衡馬の　後ろ脚
その上部にと　刺さりたり

重衡馬が　弱りたに
後藤の兵衛《ひょうえ》　盛長は
馬を取られる　思いしか
馬に鞭当て　逃げ行けり

これ見て重衡　動揺し
「おのれ盛長　何をする
日頃の約束　忘れしか
この我れ棄てて　何処へ行く」

言うも聞えぬ　ふりをして
鎧につけし　赤印
かなぐり捨てて　逃げに逃ぐ
敵は近づき　馬弱り
逃げ切れなしと　重衡は
海へざンぶと　乗り入るも
そこは遠浅で　沈まざり

もうこれまでと　馬を下り
鎧の上帯　切り取りて

高紐外し　武具を脱ぎ
腹を切ろうと　する所に
庄の四郎の　高家が
鞭当て鐙《あぶみ》　踏ん張りて
急ぎ来《き》馬から　飛び下りて

「もってのほかぞ　自害など
悪いようには」　とて言いて
自分の馬に　担ぎ乗せ
鞍の前輪《まえわ》に　押え付け
代わりの馬に　我れが乗り
味方の陣へと　戻りたり

## 敦盛最期

平家が敗走　したるにて
熊谷次郎　直実は
「平家の公達　舟にとて
　渚に向かい　逃げ行けり

　あぁ名の高き　大将軍
　これと出会いて　組みたし」と
磯へと馬を　進ますに

鶴の刺繍の　直垂に
萌黄匂《もえぎにおい》の（萌黄色の濃淡ぼかし）　鎧着て
鍬形打ちた　兜の緒
黄金《こがね》造りの　太刀を佩き
切斑《きりふ》の矢をば　背負いてに
滋籐弓を　手に持ちて

金覆輪の　鞍置きた
連銭葦毛の　馬これに
乗りたる武者が　一騎にて
沖の船をば　目指してに
海へとざっと　打ち入りて
泳がせ行くを　目にしたり
直実（これは）と　逸りてに
「あぁそこ行くは　平家での
　大将軍と　お見受けす

　敵に後を　見せるとは
　これ卑怯なり　お戻りを」
と扇にて　招きせば
招かれ武者は　馬返し
元の渚に　引き返す

今に渚と　云う時に
直実馬を　押し並べ
むんずと組みて　どと落し
押え首をば　斬らんとて
兜押し上げ　見てみるに
年齢《とし》は　十六、七《ひち》歳ほどの
者で薄化粧《うすげしょ》　お歯黒ぞ
我が子小次郎　ほどの年齢《とし》
容貌《かお》がまことに　美しく
刀をどこにと　ためらいて

「そもそも貴殿　何者ぞ
　名乗り下され　助くるに」
言うに「お前は」　とに尋かれ

「名乗るほどでも　なかるやも
武蔵の国の　住人の
熊谷次郎　直実」と
「ではお前には　名乗るまい
お前にとりて　手柄首
斬りて人問え　知りおろう」
これをば聞きて　直実は
(何と見事な　大将軍
この人一人　討ちたとて
負くる戦が　勝ちにとは
またこの人を　討たずとも
勝つべき戦が　負けにとは

小次郎軽く　傷負うを
直実心を　傷めたに
討たれた聞きて　この父は
どれほど嘆く　分からじや
これ助けずて　何とする)
思うも後ろを　見たりせば
五十騎ばかり　引き連れて
土肥　梶原が　続き来る
直実涙を　抑えてに
「お助けせんと　思いしが
雲霞《うんか》の如き　軍勢が
もはや逃るる　能《あた》わざり

人の手などに　掛かるより
直実が手に　お掛けして
死後の供養を　我が手にて」
と言いたれば　その武者は
「ぐずぐず言わず　即首を」
あまり哀れで　直実は
何処に刃を立つ　分からずて
目前《めさき》くらみても　気も沈み
如何にすればと　思いしも
討たずにおるは　ならぬとて
泣く泣く首を　斬り取りし
「あぁ弓矢取る　身が悔し
武芸の家に　生れずば
斯かる悲し目　見ざるやに

情けなくをも　討ちたりし」
とその袖を　顔に当て
さめざめ涙　溢《こぼ》したり

暫くありて　落ち着きて
鎧直垂　取り外し
首包まんと　ふと見れば
錦袋に　入れた笛
武者の腰にと　差され居し

「ああ可哀想　哀れなり
今日の明け方　城中で
管弦奏《かな》づは　これらかや

味方東国　勢力が
何万騎とて　これ居るも
戦《いくさ》の陣に　笛などを
持つは一人も　おらざりし

貴人はやはり　優雅なり」
とて義経に　見せたれば
これを見る者　誰一人
涙流さぬ　者はなし

後にとなりて　知りたるは
この討たれたる　武者こそは
修理の大夫《だいぶ》の　経盛の
息子の大夫《だいぶ》　敦盛で
当年十七歳《じゅうひち》　なりと云う

これを契機に　直実は
出家の志《こころ》　強くにと

この笛祖父の　忠盛が
笛の名手で　ありたりて
鳥羽院からに　頂戴を
経盛これを　受け継ぎて
敦盛笛の　才覚が
ありて持たせた　ものなりて
笛の名前を　小枝とて

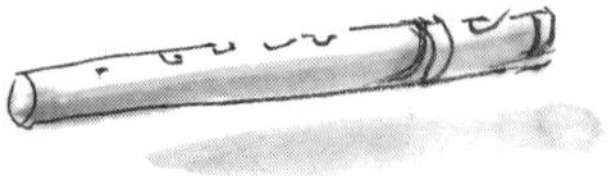

## 知章《ともあきら》最期

清盛これの　弟の
教盛末子《ばっし》　業盛《なりもり》は
常陸の国の　住人の
土屋の五郎　重行と
組みて討たれて　しまわれし

これも清盛　弟の
経盛嫡子　経正も
助け小舟に　乗ろうとて
汀《みぎわ》の方へ　逃げたるが
川越小太郎　重房の
軍に囲まれて　討たれてし

またこれ平家　一門の
経俊　清房　清貞は
三騎で敵中　駆け入りて
奮戦多くの　首取るも
同じ所で　討死を

新中納言　知盛は
生田の森の　大将軍
されど軍勢　皆逃げて
子の武蔵守　知章《ともあきら》
侍　監物　頼方の
主従三騎に　なりたりて
助け小舟に　乗ろうとて
汀《みぎわ》の方へ　逃げたるが

そこに児玉党《こだまと》　思わるる
者どもこれが　十騎程
喚声上げて　追うて来し
監物弓の　名手にて
真っ先来たる　旗挿しの
首をひょうとに　射たりせば
馬から逆さま　射落ちたり

中に大将と　思わるが
知盛これを　組み伏すと
馳せ並べるへ　知章《ともあきら》
間に割り込み　押し並べ
むんずと組みて　どと落とし
取り押さえてに　首をとり
立ち上がろうと　する際に
敵の若武者　やって来て
知章の首　討ち取りし

そこに駆けつけ　監物は

馬から飛び下り　若武者を
討ちてそのまま　立ちあがり
矢種あるだけ　射尽して
刀を抜きて　戦いて
敵を大勢　討ち取るも
左の膝の　関節を
射られ立つこと　出来ぬまま
座りしままで　討死を

このどさくさに　紛れてに
名だたる名馬の　知盛は
二十余町（約2.5km）を　泳がせて
宗盛乗る船　着きたりし

船には人が　混み合いて
馬乗る隙も　なき故に
仕方なしにと　馬返す

阿波の民部の　重能《しげよし》は
「敵の物にと　なる馬を
放り置けぬぞ　射殺す」と
矢番《つが》え出て来《く》に　知盛は

「誰の物にと　なるも良し
我れの命を　助けしに
射殺しならぬ」と　言いたにて
仕方なしにと　射殺さじ

助けられたる　その馬は
主人《あるじ》と　別れ惜しむかに
しばらく船を　離れかね
沖の方むけて　泳ぎしも
徐々《しだい》に船が　遠離くに
空しく岸に　帰り行き

脚立つほどの　渚にて
またも船の方　振り返り
二、三度ばかり　いななきし

陸に上がりて　休むをば
川越小太郎　重房が
捕え院にと　献上を

これ元　院の　秘蔵馬
一の厩に　繋がるを
宗盛内大臣《おとど》　就きし折
祝いとしてに　賜るを
知盛にとて　預けてし

宗盛前に　知盛は
「子の知章《ともあきら》　討ち取られ
監物これも　失くしたる

今は慙愧《ざんき》に　堪えやらぬ

父討たすまい　思いてに
敵と組むをば　その親が
助けず逃げ出す　ことやある

他人《ひと》事なれば　非難《なん》ずるに
我がことなれば　その命
惜しくとなりて　この様《ざま》よ

人がどう見る　思いせば
何と恥ずべき　ことなりし」

言いて袖顔　押し当てて
さめざめ涙　溢《こぼ》したり

これをば聞きて　宗盛は
「父の命に　代わるとは
見事なるやな　知章《ともあきら》

心も強く　腕も利く
良き大将軍　ありたやに
当年取りて　十六歳
我が子清宗　同い年」

言いて息子の　清宗が
いる方向きて　涙ぐむ

居並ぶ平家の　侍の
心ある者　無き者も
鎧の袖を　濡らさぬは

**敗北平家**

重盛これの　末っ子の
備中の守　師盛《もろもり》は
小舟に主従　七人で
乗りて逃げんと　しおりしへ
知盛これの　侍の
清《せい》の衛門の　公長《きんなが》が
馬で駆け来て　水際で
「師盛様の　お舟かと
　我れもお乗せ」と　声掛くに
舟を渚に　漕ぎ寄せる

大の男が　鎧着て
馬からばッと　舟へとて
飛び乗ろとして　足乗せる

舟は小さくて　身は重し
くるりと返り　沈没す

浮き沈みする　師盛《もろもり》を
畠山その　郎等の
本田次郎ら　十四、五騎
駆け来て熊手で　引き上げて
遂には首を　斬り落とす

生年十四歳《じゅうし》で　ありたりし

教盛これの　長男の
越前三位　通盛は
山手の軍の　大将軍

これがその日の　装束《いでたち》は
赤地錦の　直垂に
唐綾縅の　鎧着て
白覆輪の　鞍置きた
黄河原毛《きかわらげ》（たてがみだけ黒い白馬）の馬　乗りたるが
兜の中まで　射通され
そこいた弟　教経と
敵に間を　遮られ
離れ離れに　なりたりし

静かな所で　自害をと
東に向かい　逃げたるも
近江の国の　住人の
佐々木の木村　成綱《なりつな》と
武蔵の国の　住人の
玉井の四郎　資景《すけかげ》の
兵士七騎に　囲まれて
遂に討たれて　しまいたり

侍一人　付きいたが
最後の時には　誰もなし

東西その　城門で
一時《いっとき》（約二時間）ほどの　戦《いくさ》にて
源平兵士　多く死す

矢倉の前の　逆茂木の
下には人馬の　屍《しかばね》が
山の如くに　重なりし

一の谷その　緑色《りょくしょく》の
小篠原《おざさはら》これ　血に染まり
薄紅《くれない》に　変わりてし

一の谷やら　生田森
山の斜面や　波際で

射られ死したは　数知れず
源氏に斬られし　平家首
二千余人に　及びたり

今度《こたび》討たれし　主な者
重盛五男　師盛に
知盛嫡男　知章《ともあきら》に
清盛養子　清貞に
経盛嫡男　経正に
同じく四男　経俊に
同じく六男　敦盛に
教盛嫡男　通盛に
同じく三男　業盛《なりもり》に
忠盛七男　忠度に
清盛八男　清房で
都合十人　なりたりし

戦い敗れし　平家軍
安徳天皇　始めとし
皆々船で　漕ぎ出すも
悲しみばかりの　胸の内
潮に流され　風吹かれ
紀伊へと向う　舟もあり
芦屋の沖に　漕ぎ出して
波に揺らるる　舟もある

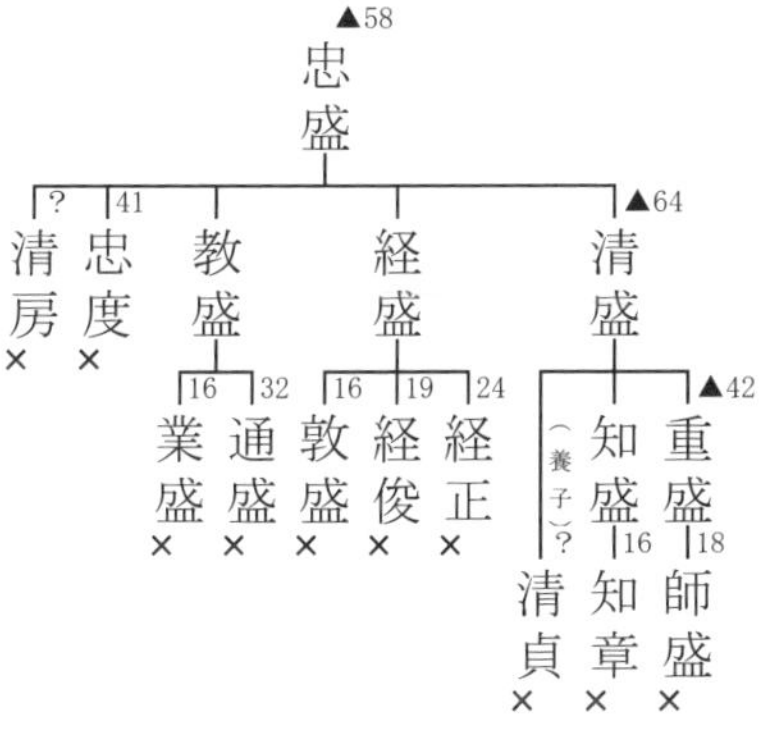


須磨から明石へ　流されて
泊り定めぬ　梶枕
片敷く袖も　萎《しお》れつつ
朧に霞む　春の月
それを眺めて　悲しまぬ
人は一人も　いなかりし

淡路の瀬戸を　漕ぎ通り
絵島の磯に　漂うに
波路かすかに　鳴き渡り
友にはぐれし　小夜千鳥
見てはこれしも　我が身かと
何処《どこ》へ行くとも　決められず
一の谷沖　休む舟

斯くて風にと　吹かるるまま

潮の流れに　ただ乗りて
浦々島々　漂ように
互いの生死も　分からざり

十四か国を　従えて
十万余騎の　軍勢で
都に一日　距離なれば
今度《こたび》こそはと　頼みしに
一の谷まで　落とされて
皆のは心は　虚ろなり

## 小宰相身投

教盛嫡男　通盛に
君太《くんだ》滝口　時員《ときかず》と
いう侍が　おりたりし

北の方乗る　船へ来て
「湊川その　川下で
敵七人に　我が殿は
取り囲まれて　討たれたり

時員《ときかず》共に　討たれてに
最後のお供　するべしが
かねて我が殿　言われてし
『通盛如何に　なろうとも
　命捨つるは　ならぬぞえ
　何があろうと　長らえて
　我が妻これの　行く末を』
と言われたに　従いて
生きるも甲斐なき　命やも
恥ずかし思《も》わず　逃げ来たる」

と言いたれば　北の方
何の返事も　なさらずと
衣を被りて　泣き伏せし

討たれたとには　言われしも
もしや間違い　生きていて
帰る事でも　あるかなと
二、三日これ　過ごすやも
四、五日過ぎて　しまいせば
もしやの望み　薄れ行き
心憂くにと　なりたりし

通盛討たると　知りたるの
七日その日の　日暮から
十三日その　夜までは
起き上がりすら　出来ざりし

屋島へ着かんと　する夜の
十四日まで　横臥すも
夜が更け舟中　静まるに
北の方起き　乳母女房《にょぼ》に

「殿討たれしと　聞きたるも
信じられずに　来しものの
暮からやはり　然なるかと
思うようにと　なりたりし

湊川にて　討たれしと
誰もがそうは　言うものの

生きいてそれに　会いたとて
言う者誰も　おらざりし

明日出陣の　前の夜
軍陣仮屋に　行きた折
心細そ気に　嘆きてに
『明日の戦《いくさ》で　この我れは
きっと討たると　思わるる

我れが死せしの　その後は
如何なさるの　おつもりか』
と言われしが　戦いは
常時なるにて　斯くなると
思はざりしが　悔やまるる

これが最後と　思いせば
後世《ごせ》で会おうと　約束《やく》したに

身籠りたるを　隠すやも
気強き女と　思わるは
嫌だと思い　言いたれば
ひとかたならず　喜びて

『この我れすでに　三十歳
なのに子供を　授からじ
男《おのこ》であれば　嬉しやな
この世に残す　形見とて
思うばかりぞ　この子供

何か月にと　なりつるや
気分はどうか　如何かや
いつまで続く　分からぬの

波の上での　住まい故
生まるる時は　如何すや』
などと言われし　あれやこれ
今では儚き　約束に

女はお産　その時に
十《とお》に九《ここのつ》　死ぬと言う
恥ずかし目にて　死ぬは嫌

静かに子をば　産みた後
幼き者を　育ててに
亡き人　形見と　思うやも
幼き者を　見るたびに
昔の人のみ　恋しくて
思いの数は　積りても
慰めらるは　あるまいに
逃れられぬが　死出の道

思いがけずと　この世にて
隠れ暮すが　出来たとて
思い通りに　ならなくが
世の常なりて　再婚の
話しが降って　湧くことも

それを思えば　心憂い

まどろみたれば　夢に見え
覚めれば幻　前に立つ
生きいてあれこれ　亡き人を
恋しかるやと　思うより
ただ水底へ　入ろうと
既に心を　決めおりし
そなた一人が　世に残り
嘆くは申し　訳なくも
ワレの着物を　持ち行きて
それをば僧に　与えてに
亡き人菩提　弔いて
ワレの後世をも　祈りてし

書き置きしたる　文などを
都へ伝えて　おくれ」とて

こまごま言うを　乳母の女房《にょぼ》
はらはら涙　流してに
「幼き子供を　振り捨てて
年老う親を　都置き
ここまで仕えし　我が心
如何に思《おぼ》すや　悲しかる

そのうえ今度《こたび》の　一の谷
討たれし人の　北の方
その悲しみは　並みならず
御身一つの　事ならじ

静かに出産　された後
幼き人を　お育てし
如何な辺鄙な　所でも
尼にとなりて　仏の名
唱え亡き人　菩提をば

生まれ変わりて　その後も
必ず一緒と　思わるも
何《いず》れの世界に　生まるやら
分からなきやが　定めなり

再び巡り　会われると
決まれるものに　あらずやに
御身投げても　詮《せん》方ぞなし

そのうえ書きたる　文などを
都の誰に　届けよと
おっしゃることが　恨めしい」
とさめざめと　必死にと
諭し言いせば　北の方
(身投げするとて　言いたるは
言い過ぎたる)と　思いしか
「悲し恨めし　遭いたれば
誰しも身投げ　思うもの
ワレが思うも　無理からぬ

なれどそうとて　決めたれば
お前に知らせず　措くものか
夜も更けたで　寝るとしょう」
とて言いたれば　乳母の女房《にょぼ》
ここの四、五日　湯水さえ
お飲みにならぬ　この人が
斯く言いたるは　真実《まこと》かと
悲しく思い　改めて
「よくよく考え　身投げをと
決心なされし　その時は
千尋の底まで　お連れをば
先立たれせば　片時も

長らうことは　能《あた》わざり」

と言いつつに　側にいて
少しまどろむ　その隙に
静かに起きだし　北の方
船縁《ふなべり》にへと　寄り行きて
忍び声にて　念仏を
百遍ほどにと　唱えられ

「何卒願い　届けてに
浄土へ導き　下されや
飽かずも別れし　この夫婦
必ず同じ　蓮《はちす》にと」
泣く泣く遥かに　頼みてに
「南無」と一言　海にへと

一の谷から　屋島へと
渡る夜半で　ありたにて
船の中これ　静まりて
誰もそれには　気づかざり

舵取り人が　起き居てに
これを見つけて　驚きて
「何としたこと　御船から
美し女房が　海にへと」
と大声で　叫びせば

乳母の女房　仰天し
側を探るも　姿《かげ》はなく
「あぁ」と呆然　自失にと

大勢海に　降りて行き
引き揚ぐべきが　春の夜で
霞がかかり　四方での
雲浮き漂よい　潜るやも
月は朧で　暗かりし

ようよう見つけ　引き揚ぐも
も早この世の　人ならじ

練貫《ねりぬき》(絹織物)　二衣《ふたえ》に　白袴
髪も袴も　ずぶ濡れで
引き上げたれど　甲斐もなし

乳母の女房は　手を握り
顔に顔をば　押し当てて
「斯ほどに　思いつめたれば
千尋の底まで　何故連れぬ

今一言を　お聞かせ」と
悶え焦がるも　返《へん》事はなし

春の夜の月　傾きて
霞みし空も　明け行くに
名残惜しくも　これまでと
浮かび上がるを　避けるとて
残りし通盛　鎧をば
結び付けてに　海にへと

乳母の女房が　遅れじと
続き海へと　思いしも
引き止められて　果たせざり

如何《いかん》し難く　せめてもと
自ら長き　髪を切り
通盛　弟　忠快《ちゅうかい》に
髪を剃らせて　泣く泣くに
仏の戒を　授けられ

主人《あるじ》の後世を　弔いし

女が男に　先立たる
例は多きと　言いたれど
尼にとなるは　よくあるが
身をば投ぐるは　滅多なし

忠臣二君に　仕えずて
貞女は二夫に　まみえずと
云うはこのこと　申すかや

この北の方　申すのは
頭《とう》の刑部卿《ぎょうぶきょ》　憲方《のりかた》の
娘でありて　仕えしは
上西門院《じょうせいもんいん》　女房で
宮中一の　美人にて
その名を小宰相　申したり

この女房が　十六歳《じゅうろく》で
ありしの安元　春の頃
女院が法勝寺《ほっしょじ》　花見へと

その時いまだ　通盛は
中宮亮《ちゅうぐのすけ》にて　お供にと

そこでこの女房《にょぼ》　一目見て
愛らしきやと　思い初め
面影だけが　目に浮かび
忘れる暇も　なかる故
和歌《うた》詠み文を　書き送る
文遣る数は　増えるやも
突き返される　ばかりなり

もはや三年　経ちたにて
これが最後と　通盛は
文をば書きて　小宰相に

その時取次ぐ　女房が
居ずて会えずに　その使者《つかい》
空しく帰る　途中にて
実家《さと》から帰る　小宰相の
牛車《くるま》にぱったり　出会いたり

空しく帰るの　情けなく
牛車《くるま》のそばを　走り抜け
御簾の中へと　投げ入れし

怪訝に思い　小宰相が
供に「誰ぞ」と　尋ぬるも
「判じ得ず」とて　答うのみ

さればと文を　開け見るに
何と書き手は　通盛ぞ

牛車《くるま》に留める　訳いかず
大路捨つるも　ためらわれ
袴の裾に　挟みてに
そのまま御所へ　お戻りに

戻り女院に　伺候すに
よりにもよりて　御前にて
その文これを　落としたり

女院目敏く　これを見て
急ぎ取らせて　袂にと

「珍し物が　ここにある

この持ち主は　誰であろ」

言うに御前の　女房らは
神にかけても　知らぬ言う

中に小宰相　一人のみ
顔赤めてに　俯きぬ

女院も経緯《しだい》　知りいたで
文ばを開けて　覧てみるに
焚き込め香も　心地良く
筆のさばきも　見事なが

《あまりに貴女《そなた》が　つれなくて
それが今では　嬉しかる》
とこまごまと　書きたりて

奥には一首の　和歌《うた》ありて
我が恋は　細谷川の　丸木橋
ふみ返されて　濡るる袖かな
読み終え女院　言いたるは
「これは会えぬを　恨む文
あまりにつれなく　これなせば
それが仇にと　なることも
小野小町と　言いたりて
眉目よく気立ても　良かるにて
見る人聞く者　皆誰も
思いを寄せて　その心
悩ませなきは　おらざりし

されど気強さ　知れ渡り
人惑わせし　報いかや
風をば防ぐ　塀もなく
雨洩り凌《しの》ぐ　術もなき
廃屋《あばらや》これに　一人住み
破れ屋根から　差し込むの
月の光に　涙して
野辺の若菜や　沢根芹《ねせり》
摘みて繋ぎし　露命
これの如くに　ならぬ様
必ず返事　なさねば」と
言いて近くの　者命じ
硯取り寄せ　自らが

ただ頼め　細谷川の　丸木橋
ふみ返しては　落ちざらめやは
（文を返すも　靡かぬことは）
通盛これの　胸の内
富士《ふじ》山の煙の　如く立ち
袖の上落つ　その涙
清見が関の　波の如
美貌は幸の　元なりて
通盛これを　妻として
互いに思い　深かりし
故に西海　旅の空
船の中また　波上の
住いまでにも　引き連れて
最後は同じ　道にへと

門脇中納言《なごん》　教盛は
嫡子越前　通盛と
末子《ばっし》業盛《なりもり》　先立たれ

今に頼りと　されるのは
能登守での　教経と
僧では中納言《なごん》　忠快《ちゅうかい》ぞ

教盛　通盛　形見とて
この女房をも　見ていたに
それまで斯くと　なりたにて
心細きは　限りなし

| 西暦 | 年号 | 年 | 月日 | 天皇 | 院政 | 出来事 |
|---|---|---|---|---|---|---|
| 1184年 | 寿永 | 3 | 2/4 | 安徳・後鳥羽 | 後白河 | 範頼、義経平氏討伐のため京都を出発 |
| | | | 2/5 | | | 三草山の戦い |
| | | | 2/7 | | | 合戦開始、鵯越の坂落しで平家大敗 |
| | | | 2月 | | | 重衡捕えられる、他の一門は屋島へ退く |

# 衰微《おとろえ》の巻

## 重衡の章

### 首渡し

寿永三年　二月七日《なな》
一の谷にて　討たれたる
多くの平氏の　その首が
十二日には　都にと

平家と縁の　ある人は
今度《こたび》は我が身が　辛き目に
遭うて憂き目を　見るかやと
嘆き悲しみ　合いたりし
大覚寺にと　隠れ住む

小松の　三位中将の
維盛これの　北の方
ことさら不安を　覚えてし

「一の谷では　一門の
人が大勢　討たれてに
残り少なく　なり果つも
三位中将　とにという
公卿一人が　生け捕られ
上り来る」との　噂聞き

「夫に相違　なかろう」と
衣を被り　倒れ伏す

とある女房が　参りてに
「三位中将　とて言うは
殿の事では　ありませぬ
　これ本三位　中将ぞ」
言うも「それでは　京に入る
首の中にと　あるかや」と
なおも不安は　拭えざり

同じき二月　十三日
大夫判官　仲頼が
六条河原に　出向きてに
届きし首を　受け取りし

「東洞院　大路をば
北へ向かいて　引き回し
獄門木にと　懸くるべし」
と蒲の冠者　範頼と
九郎義経　訴える
法皇扱い　あぐね兼ね

太政大臣　左右大臣《さゆおとど》
内大臣に　それ加え
堀河大納言《なごん》　忠親に
如何すべしと　相談に

五人の公卿が　言いたるは
「公卿の位に　昇りしの
首をば大路　引き回す
先例これは　なかるにて

ましてこれらは　安徳天皇《せんてい》の
御代には天子の　外戚の
臣下としてに　仕えてし

範頼　義経　申し状
お許しなるは　如何かと」

と各々が　口揃え
言いたで大路　引き回し
一旦止めにと　なりたるが

範頼　義経　さらにとて
「保元の昔　思うには
祖父為義の　敵《かたき》にて
平治の昔　考うに
父義朝の　敵《かたき》なり

法皇《きみ》の怒りを　お抑えし
父祖の恥をば　雪《そそ》ぐため
命捨てても　とて攻めし

今度《こたび》平氏の　首どもを
引き回さじと　言うならば

これ以降《いこ》何を　励みとて
凶賊ばらを　退ける」

と頻りにと　訴うに
仕方なくなく　許したり

首引き回し　見る人は
いくらたるとも　数知れず

## 維盛の文

三位中将　維盛の
若君六代　お仕えの
斎藤五とに　斎藤六《さいとう》
あまり気がかり　なるにてに
見すぼらしくに　姿変え
見るに見知りは　多けれど
維盛首は　見えざりし

されど悲しさ　溢《あふ》れきて
涙しきりに　流るにて
人に気付かる　恐れてや
大覚寺へと　戻り来し

「それでそれで」と　北の方

「重盛殿の　お子様は
師盛殿の　お首のみ
外は誰それ　彼それ」と

「どの首どれも　他人《ひと》事と
思えぬ」言いて　涙にと

しばらくしてに　斎藤五
涙抑えて　申すには
「この一、二年　隠れ居て
人に見知られ　おらなくば
今しばらくと　見入るうち
詳しく事情　知る者が

『重盛殿の　ご子息は
播磨丹波の　境での
三草山をば　固めしも

義経これに　敗れてに
資盛《すけもり》殿　有盛《ありもり》殿　忠房《ただふさ》殿は
播磨の高砂　から舟で
讃岐屋島へ　渡られし

何故はぐれた　知らねども
師盛殿が　ただ一人
一の谷にて　討たれし』と

『維盛殿は　如何した』
と尋きたれば　その男
『戦《いくさ》の前から　病にて
屋島へ渡られ　戦《いくさ》には』
とにの答えが　帰り来し」

とに言いたれば　北の方
「それはワレらを　案じてに

病なりたに　違いなし
（風の吹く日は　今日も船
戦《いくさ》と聞くに　討たれぬか）
とて日々これを　案じしに
まして病で　あろうとは
誰が傍居て　介護をば

詳しき様子　聞かねば」と

言うに若君　姫君も
「何故に如何なる　病かと
聞かずや」言うも　哀れなり

一方こちら　維盛も
通う心は　同じにて

「都で如何ほど　案ずるや

首ども中に　居なくとも
水に溺れて　死ぬもあり
矢にと当たりて　死ぬことも
もはやこの世に　とて思《も》うや

露の命を　長らうと
せめて一言　知らせねば」

と侍一人　使者にとて

書かれし文は　三通で
まず北の方　への文は

《都は敵が　満ち溢れ

身の置き所も　なかるやに
幼き者共　引き連れて
如何に悲しく　過ごさるや

ここに迎えて　一緒にて
あの世へとてに　思うやも
我れはともかく　其女《そなた》まで
巻き添えさすは　出来ぬ》とて
こまごま書きて　和歌《うた》一首

《いずことも　知らぬ逢瀬の
藻塩草
かき置く跡を　形見とて見よ》

幼き人の　元にへは
《為すことなしの　この日々を
如何に慰め　おられるや

急ぎこちらへ　思いてし》
と同じ文を　書きたりし
使いの者が　都行き
北の方にと　差し上ぐに
またも嘆きて　悲しみに
四、五日過ごし　その使者が
発つにとなりて　北の方
泣く泣く返事　認《したた》めし
若君姫君　筆を染め
「さて父君へ　御返事は
何と書けば」と尋ぬるに
「ただ貴方《そなた》らが　思う如」

と北の方　言いたるに
《如何で今まで　迎えには
あまりに恋しく　思う故
早くお迎え　くだされ》と
二人同じの　内容を
これら預かり　その使者は
屋島帰りて　維盛に
まず幼きの　文見られ
如何《いかん》し難き　様子《さま》なりて
「この世厭《いと》いて　出家する
気概もすでに　持ちおらぬ
現世に未練　強き故
浄土願うのも　覚束じ

山伝いにと　都行き
恋し者ども　一目会い
互い見つめて　その後に
自害する他　道なしか」
とその使者に　泣く泣くに

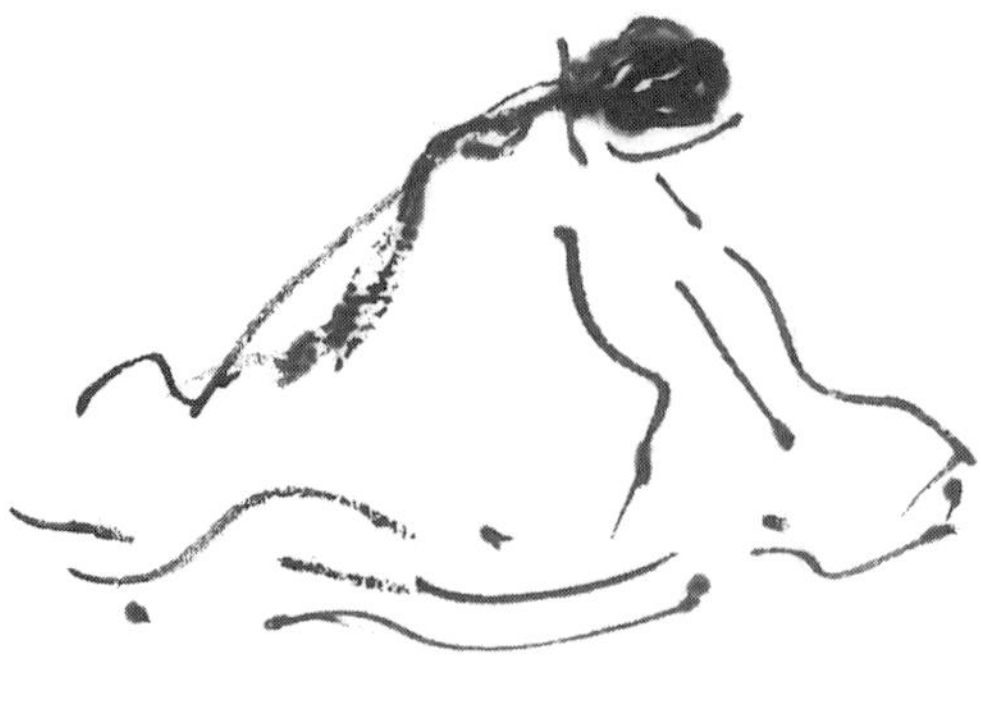

## 三種の神器を

同年二月　十四日
生け捕られしの　重衡が
六条通りを　東へと
牛車《くるま》乗せられ　見易くに
前後ある簾を　巻き上げて
左右の物見　開かれし

土肥の次郎の　実平が
三十余騎の　兵士連れ
牛車《くるま》の前後を　警護する
京中《きょうじゅう》の人　これを見て
「何と哀れな　お気の毒
如何なる罪の　報いかや

大勢おらる　公達の
中でこの人　お一人が
入道殿や　二位殿に
可愛がられし　お子にてに
一門皆が　重き置き
院や内裏へ　行く時も
老いも若きも　見惚れしに

これは南都を　亡ぼせし
伽藍の罰で　あろうか」と

六条河原　まで行きて
戻り　八条堀河の
御堂に監禁　されたりし
土肥の次郎が　警護にと

院の御所から　使者《つかい》とて
蔵人左衛門《さえもん》権佐　定長が
八条堀河　向われし
赤色衣に　剣を帯び
笏《しゃく》持つ正装　姿なり
重衡紺村濃《こむらご》　直垂に
立烏帽子《えぼし》をば　被られし
日頃は気にせぬ　定長を
冥途で罪人　扱うの
冥官《みょうかん》かとに　重衡は
定長そこで　申せしは
「申し下され　たることは

『屋島へ帰り　たくあらば
　一門中へ　言い送り
　三種の神器を　都へと』
とのお気持ちで　おられる」と

これを聞かされ　重衡は
「重衡命　千万と
三種の神器　換えるなど
宗盛以下の　一門の
誰もが決して　申すまい
母の二位尼　女性故
もしや『然なれば』　言わるかも
されどこのまま　何《な》も言わず
院宣返しすは　畏れ多《お》い
ひとまず屋島へ　院宣を」

と言い使者《つかい》を　戻したり

重衡これの　使者《つかい》とて
平三左衛門《へいぞうざえもん》　重国が
私的な文は　許されず
口頭のみの　伝言ぞ
北の方への　伝言は
「いつもは互いに　慰むも
別れたその後　そちらでは
如何に悲しく　お思いか

『契りは朽ちぬ』と　申すにて
またに後世にと　生れてに
必ず巡り　会いたや」と
泣く泣く言うに　重国も

涙を抑え　出発に

平重国　屋島着き
院宣これを　差し上ぐる
宗盛以下の　公卿やら
殿上人が　集まりて
来たる院宣　開きせば
≪一人の天皇《みかど》が　内裏出て
諸国あちこち　流浪され
三種の神器も　南海の
四国に埋もれ　数年が

これ朝廷の　嘆きにて
国が亡びる　原因《もとい》なり

そもそもこれの　重衡は
東大寺焼く　謀反臣

頼朝願う　趣旨に沿い
当然死罪に　処すべきも
一人親族　別れてに
生捕り身にと　なりたりし

籠鳥雲を　恋うる如
思いは遥か　四国海
友失いて　帰る雁
それと同じに　重衡の
心は遠き　屋島へと

故に　三種の神器をば
返せば重衡《これ》を　放免に

院宣にてに　これ伝う

寿永三年　二月での
十四日にて　これ記す
大膳大夫《だいぶ》　業忠が
承《うけたまわ》りて　平時忠《ときただ》へ》

**返し文**

重衡からも　文ありて
宗盛ならびに　時忠に
院宣趣旨が　書かれてし

母の二位殿　宛てには
こまごま書きて　届けらる

《今もう一度　この我れに
会いたきとてに　思《おぼ》すなら
三種の神器　その事を
宗盛殿に　よろしくと》

などと書かれて　おりたりし

これを見られて　二位殿は

何も言わずに　その文を
懐納め　うっ伏せに

その胸内の　悲しみは
さぞや思うに　憐れなり

やがて時忠　始めとし
一門公卿　殿上人《てんじょびと》
寄りて院宣　受け取りや
返事如何にと　談じ合う

皆並びおる　後ろでの
襖引き開け　仁位殿が
重衡の文　顔に当て
宗盛前に　倒れ伏し

「重衡京より　寄越せしの
文の何たる　痛ましさ

心の内は　如何ほどか
三種の神器の　扱いは
ワレに免じて　都へと」

これを聞きてに　宗盛は
「そうとは我れも　思うやも
然すればこの世の　笑いもの

これぞ頼朝　思う壺
平家の恥に　他ならじ

安徳天皇《みかど》が帝《みかど》で　あられるは
偏《ひとえ》に神器　ありてこそ
子が可愛いくも　時による

重衡一人と　引き換えに
子や一門を　見放すや」

言うに二位殿　重ねてに
「入道殿に　先立たれ
一時たりとも　生きたやと
思わずいたが　斯様にと
天皇《みかど》をあてなき　旅空に
お連れ申すが　気詰りで
帝《みかど》の御代を　今一度
思うからこそ　生きて来し

重衡生け捕り　された聞き
心折らるる　心地して
今一度とて　思うやも

夢にさえこれ　見えなくて
いっそう胸が　潰れてに
湯水も喉に　通らざり

今この文を　見し後は
ますます思い　募りたる

重衡死したと　聞きたれば
ワレも共にと　思うのみ

斯くと思わぬ　その前に
殺し下されこのワレを」

と大声で　喚《わめ》きせば
ほんに斯くとに　思うやと
人々涙を　流しつつ

皆々下を　向かれたり

新中納言　知盛が
「三種の神器を　返すとて
重衡戻る　ことはなし
ただできぬとて　書けばよし」

と言いたれば　宗盛も
「それが良かろ」と　言いたりて
これの返事を　書きたりし

泣く泣く仁位殿　重衡へ
文を書くやも　涙くれ
筆立て所も　分からずも
子を思《も》う気持ちに　導かれ
こまごま書きて　重国に

重衡これの　北の方
泣く他なくて　文書けず

《二月十四日《じゅうし》の　院宣が
二十八日　屋島着く

謹みこれを　受けたりし

これをつらつら　考うに
通盛以下の　親族が
一の谷にて　殺されし

重衡一人　帰るとて
何の喜び　あるべきや

高倉天皇　譲位受け
天皇《みかど》となりて　四か年

その間善政　これ敷くも
源氏の武士ども　徒党組み
群れなし入京　したるにて
幼帝　母后《ぼこう》が　嘆かれて
我ら平家も　これ怒り
暫し九州　退きし

京への帰還　叶わぬに
三種の神器を　天皇《みかど》から
離すことなど　出来ようか

我ら平家は　代々と
朝敵謀臣　誅罰し
天皇《みかど》の命運　守り来し

それ故我が父　清盛が
保元 平治の　合戦で

勅命重んじ　己《お》の命
軽んじてまで　働きし

これは偏《ひとえ》に　君の為
己の為では　ありませぬ

とりわけあれの　頼朝は
平治元年　十二月
父義朝の　謀反にて
誅罰すべきと　決せしが
清盛慈悲の　心にて
赦《ゆる》しを乞いて　流罪にと

なのに昔の　恩忘れ
痩せ狼の　如きにと
一斉蜂起し　乱起す

その愚かさは　論またず
天罰受けて　大敗し
滅亡するの　覚悟かと

数代及ぶ　奉公と
清盛数度の　忠節を
お忘れなくば　畏るやも
四国に向けて　お越しなり
我らに院宣　賜ればて
再び都へ　帰りてに
敗戦の恥　雪《そそ》ぐにて

もしもこのこと　叶わずば
我等平家は　喜界島
高麗　天竺(印度)　震旦《しんたん》(中国古称)に
逃れて参る　覚悟なり

悲しかるべき　事なるも
八十一代　御代になり
神代からこれ　伝わるの
三種の神器は　これ遂に
空しく異国の　宝にと

これらの趣旨を　汲み取られ
後白河法皇《ほうおう》向けて　お伝えを
畏れ慎み　申し上ぐ
寿永三年　二月での
二十八日　これを書く
平の朝臣　宗盛》と

**重衡受戒**

これを聞きたる　重衡は
「さもありなんや　さもやさも
　さぞや一門　人々が
　この重衡を　蔑《さげす》むや」
との後悔も　詮《せん》方ぞなし
重衡出家　願うやも
許されずして　「されば」とて
「死後のことなど　相談に
　法然坊に　会いたし」と
言いて許され　会うことに
法然坊を　前にして
「栄えし折は　多忙にて
　後世のことなど　考えじ
　運が尽きたる　その後は
　戦《いく》さ戦《いく》さで　何事も

　奈良で寺々　焼きたるは
　我れの意志では　なかるやも
　大将軍の　この我れの
　責めに帰すべき　ことなりて
　今に出家を　願いしも
　許されざるに　如何にせば」
言うに法然　涙して
「出家せずとも　戎これを
　授けたりせば　救わるる」
言いて髪剃る　真似をして
重衡に戒　授けたり

重衡布施に　硯をと
「我れと思いて　念仏を」
言いて法然　にと与う

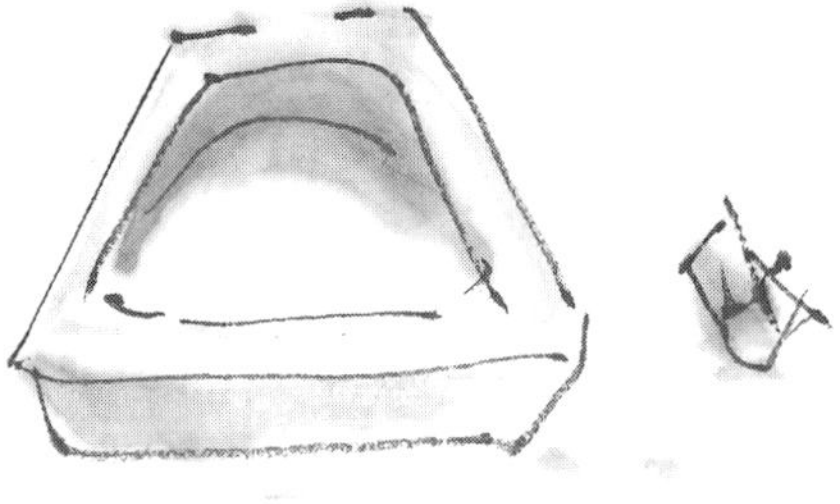

## 重衡鎌倉へ

さて重衡の　身柄をば
鎌倉頼朝　頻りにと
引き渡すべく　言い来るに
「なら下すべし」　とて言いて
同年三月　十日の日
梶原平三《へいぞう》　景時に
伴われてに　鎌倉へ

頼朝すぐにと　対面し

「そもそも南都　滅ぼすは
清盛これの　命なるか
機に乗じての　策なるか
以っての外の　罪業ぞ」

言うに重衡　声鎮め
「まずは南都の　炎上は
父清盛の　命でなく
重衡愚意の　策ならず

衆徒の悪行　懲らさんと
出向くも　思い掛けなくも
伽藍滅亡　至るにて
我が力では　如何《いかん》とも

昔は源平　競いてに
朝廷警護を　なしいたも
源氏の運が　傾むくは
世に見る如く　定かなり

保元 平治の　乱以来
たびたび朝敵　たいらげて

身に余るかの　褒美得て
勿体なくも　天皇《みかど》その
外戚として　一族の
昇進　六十余人にて
二十余年の　繁栄は
測ることなど　能《あた》わざり

されどその運　尽きたるか
我れ捕えられ　下り来し

それにつけても　帝王の
御敵討ちし　者これは
七代までも　朝恩を
失せずと言うは　嘘なりし
清盛　帝《みかど》の　御為に
今にも命　失うは

数度のことに　及びたり
されど僅かに　一代の
幸いだけで　その子孫
斯くとなるやは　解せませぬ

まして運尽き　都出て
屍《かばね》　山野に　曝してに
名は西海に　流すとて
思いおりしも　計らずも
ここ下るとは　思わざり

前世の宿業　恨めしや
弓取りこれの　運命《さだめ》にて
敵の手掛かり　死ぬること
何ら恥とは　思わざり

貴殿に情け　これあらば
すぐさま首を」　と言いたりて
その後何も　言わざりし
これを聞きたる　景時は
「これはあっぱれ　大将軍」
と言い涙を　流したり
その場に並ぶ　人々も
皆々袖に　涙せり

黙し聞きいた　頼朝も
「平家を私敵と　思わざり
後白河法皇《ほうおう》仰せが　重きにて
南都は伽藍の　敵故《かたき》
衆徒はきっと　襲撃を」

言いて伊豆国　住人の
狩野介宗茂《かのすけむねもち》　これに身を

この狩野介は　情けあり
さほど厳しく　当たらずて
あれこれ労り　湯殿をば

（道中汗で　汚れせば
　身をば清めて　殺すか）と
思うもこれは　然にあらで

年頃二十歳《はたち》　ほどなるの
色白清潔　身形《みなり》した
実に美し　女房が
絞り染めでの　帷子《からびら》（一重の衣服）に
染付したる　湯巻して

湯殿の戸をば　開け入り来《き》

またしばらくし　紺村濃《こむらご》の
帷子《かたびら》を着て　その髪を
腰あたりまで　伸ばしたる
十四、五《ご》歳ほどの　童女《わらわめ》が
盥《たらい》に櫛入れて　持ちて来し

女房は付き添い　世話をして
少しの間　湯浴みさせ
髪を洗わせ　上りたり

女房帰るに　申すには
「男などでは　味気なし
　これ女なら　支障《さわ》じと
　ワレがここへと　遣わさる

『望みがあれば　如何なりと
　聞くに思いを』　との仰せ」

聞きし重衡　頷きて
「斯かる身になり　何事も
ただに出家を　望むにて」

言うを戻りて　申すやに

「思いもよらじ　然なること

頼朝個人の　敵ならば
良きが朝敵　身なりせば
それはならぬ」と　言いたりし

守護の武士にと　重衡が
「さても美し　女房なり

名は何と」とて　問いたれば
「あれは手越の　長者の娘《こ》
眉目　心映え　優雅にて
この二、三年　仕うるの
名をば　千手の前と言う」

その夜雨降り　なにもかも
物寂しくに　思う頃
件《くだん》の女房《にょぼ》が　琵琶と琴
召し使いにと　これ持たせ
重衡の許　やって来し
狩野介　家子《いえのこ》　郎等の
十数人を　連れて来て
重衡の前　控えてに
酒をば頻り　お勧めに

千手の前が　酌をする
重衡少しく　受くるやも
興なさげなを　狩野介が
「お聞き及びと　存ずるが
鎌倉殿は　この我れに
『構えてよくよく　お慰め
怠りたりて　罰受くも
この頼朝を　恨むな』と
狩野介はもと　伊豆《いず》国者で
鎌倉ここは　旅先も
思いの限り　御奉仕を
何なり歌いて　お勧めを」

言い千手前　促すに
盃《はい》傾けぬ　重衡に
千手の前は　酌を止め
「薄衣これを　重きやと
舞えぬを機織り　所為にする」
と二度謡うに　重衡は
「北野天神《てんじん》（菅原道真）『これを謡う人
一日《ひとひ》に三度《みたび》　駆け下りて
その身守る』と　お誓いに
北野天神《てんじん》無実を　救うやも
重衡罪受け　救われぬ
二句目謡うも　効果《こう》はなし
罪軽まるなら　謡うやも」

言うをば聞きて　千手前
「十悪犯すも　弥陀救う」
との朗詠を　致してに
「極楽願う　人は皆
弥陀の称号　唱うべし」
との今様を　四、五遍と
心澄まして　謡いせば
重衡はじめて　盃《さかずき》を
傾け酒を　飲まれたり
盃《さかずき》受け取り　千手前
それ狩野介《さのすけ》の　手に渡す
狩野介《さのすけ》飲むに　千手前
側にある琴　弾き始む

それを聴きつつ　重衡は

「この楽《がく》その名　五常楽
我れに取りては　後生楽
すぐに往生　急ぐべし」
と戯《たわむ》れて　琵琶を取り
棹をねじりて　弦張りて
皇麞《おうじょう》の急（雅楽の急速な楽章）　弾かれたり
夜は徐々《しだい》に　更け行きて
心すっかり　落ち着かせ
「ああ知らずやな　東国に
斯かる優雅な　人おると

思う歌をば　今一曲《ひとつ》」

重衡言うに　千手前
「一樹の陰に　宿りあい
同じ流れを　汲み飲むも
皆これ前世の　契りなり」
という白拍子《しらびょし》　たいそうに
面白くにと　謡いたり

そうこうするに　夜も明けて
武士ども別れ　告げて去り
座の千手前　これもまた

翌朝頼朝　持仏堂
そこで法華経　読みおるへ
千手前これ　やって来し
頼朝笑いて　千手《せんじゅ》前にと
「昨夜は　お前たちのため

粋な仲人　したものよ

あれの平家の　人々は
戦い以外　思わずと
思いおりしが　重衡の
琵琶の撥音　詩歌など
思いのままに　朗詠《ろうえ》すを
一晩中にと　立ち聞くに
まこと優雅な　人なりし」
と感心げ　言いたりし

これきっかけで　千手前
重衡思慕が　募りしか
重衡南都へ　渡されて
斬られしとにの　噂聞き
すぐ剃髪し　尼となり
濃い墨染に　身を窶《やつ》し

信濃国善光寺《しなのぜんこじ》　身置きてに
修行し重衡　後世それの
往生祈念し　その身をも
極楽往生　遂げしとぞ

# 維盛の章

**横笛**

三位中将　維盛は
身体は屋島に　ありながら
心は妻子の　都との
間を行きつ　戻りつに

故郷残せし　北の方
幼き子らの　面影が
維盛身から　離れずに

（生きる甲斐なき　この身）とて
元暦元年　三月の

十五日その　明け方に
屋島の館《やかた》　抜け出して
与三兵衛《よそうひょうえ》の　重景と
石童丸云う　童にと
舟漕ぐ心得　これあるの
武里と云う　牛飼いの
これら三人　召し連れて
阿波《あわ》国の　結城の浦からに
小舟に乗りて　鳴門浦
これを通りて　紀伊路《きのじ》へと

「山伝いにと　都行き
恋しき人に　今一度
思うも重衡　捕らわれて
引き回されて　都でも
鎌倉にても　恥さらす

これ悔しきに　この身まで
捕われ死せば　父の名を
　辱《はずかし》むるも　情けなし」

とに幾度とて　都へと
思うも（いいや）と　思う気も
悩みに悩み　その挙句
高野の山へと　行かれたり

高野《こうや》山に長年　知り合いの
聖がおりて　その名をば
斎藤滝口　時頼と
云い元重盛　侍ぞ

年齢十三《としじゅうさん》歳で　滝口の
陣に詰めるに　なりたるが
建礼門院　雑仕女《ぞうしめ》（下級女官）の

横笛これを　愛しやと
父の茂頼《もちより》　これを知り
「身《み》分高き家の　婿となり
容易に官職　得さそすに
身《み》分低き女に　気寄すとは」
と厳しくに　諫めせば

「たとえ長生き　したとても
七、八十は　過ぎざりし
そのうち盛り　なる時期は
僅か二十余《にじゅうよ》年　ばかりなり

夢幻の　儚な世を
気に染まなきの　女をば
妻としたとて　何になる
気に染む女と　連れ添えば
父の命にと　背くやに
これこそ仏道　入る機会

斯かる憂き世を　厭《いと》いてに
仏道入るに　及くはなし」
と十九《じゅうきゅう》歳の　その年に
髻《もとどり》切りて　出家をし
嵯峨の　往生院にてに
仏道修行に　励まれし

横笛これを　伝え聞き
(ワレを捨つるは　ともかくも
出家するとは　恨めしき
現世避くると　言いたれど
如何で一言　知らせぬか
如何につれなく　されようと
尋ねて行きて　恨みをば)
思いとある日　暮方に
都を出でて　嵯峨野へと

往生院とは　聞きいたが
どこの坊とも　知れぬまま
ここに立ち寄り　あそこ立ち
尋ぬる事も　能《あた》わずは
何と痛まし　事ならし

そうこう歩き　回るうち
ある住み荒らせし　僧坊に
念仏唱う　声がする
滝口入道《にゅうどう》の　声と知り
「ワレがここまで　訪ね来し

出家姿で　おらるやも
今も、一度に　お顔」とて

連れて来た女に　言わしむに

様子を知りた　滝口は
襖の隙間　覗くとに
尋ねあぐねし　様子にて
如何な気強き　道心者
それさえ心　弱る様子《さま》

間もなく人を　遣わして
「ここには斯かる　人おらじ
お門違いで　ござろう」と
言いて会わずに　帰したり

情けなくてに　恨めしく
力なくとに　横笛は
涙抑えて　戻り行く

その後　滝口入道が
同宿僧に　申せしは
「ここはいかにも　静かにて
念仏唱うに　適すやも
好きで別れし　女にと
ここの住いを　見られてし

気強く追いて　返すやも
再度慕いて　来たりせば
心動くの　こともある
ここをば去りて」　とに言いて

嵯峨野を出でて　高野《こうや》山行き

清浄心院　そこに身を
滝口入道　横笛が
出家と聞きて　和歌《うた》送る

《剃るまでは　恨みしかども
　あづさ弓
まことの道に　入るぞ嬉しき》

これにと対し　横笛は

《剃るとても　何か恨みん
　あづさ弓
引き留めるむべき　心ならねば》

横笛思い　積もりしか
奈良法華寺に　身置きしが

間もなくこの世　去りたりし
滝口入道《にゅうどう》これを　伝え聞き
増すと修行に　励みせば
父も勘当　許したり

親しき者の　皆々が
滝口入道　尊崇し
高野の聖と　呼ばれたり

三位中将　維盛は
滝口入道　会い見るに
都で武士で　いた時は
布衣《ほうい》姿に（中級官人の狩衣）　立烏帽子《えぼし》
衣服をきちんと　装いて
鬢《びん》を整え　優美やも
まだ三十歳《さんじゅう》にも　ならぬやに

老僧姿に　痩せたりて
濃い墨染に　袈裟を着て
深く仏道　修行にと
励む修行者　なりており
羨ましくに　思われし

**維盛出家**

滝口入道《にゅうどう》　維盛　前にして
「これは現実《うつつ》と　思われぬ
そも屋島から　如何にして」

とて尋ねられ　維盛は
「他の者とに　都出て
西国落つも　故郷に
残せし幼な　恋しさを
忘れるべしと　思いしも
口に出さねど　知りたるか
宗盛　二位殿　共にとて
『頼朝頼り　逃げ行きし
　頼盛同様　この人は』
などと申して　除け者に

生きて甲斐なき　この身とて
思い屋島に　留まれず
ふらふら出でて　ここへ来し
（山伝いにと　都行き
恋しき者に）と　思いしも
重衡殿が　捕えられ
都大路を　引き回す
屈辱受けしが　悔しくて
それも叶わず　ここにへと
いっそのことに　出家して
火の中水底　何れでも
ただ熊野へも　参りたし」
言うに　滝口入道は

「夢幻の　儚き世
如何に生くとも　構わぬが
地獄の闇にと　堕つるなは
辛きことトとて　思わるる」
言いて堂搭　巡礼し
奥の院へと　お参りに
高野山《こうや》は都を　二百里で
人里遠く　離れいて
人声しなき　深山で
清らな風が　梢吹き
葉ずれの音を　立てさせて
夕日の影は　静かなり
物思《も》い続け　維盛は
顔は黒ずみ　痩せたりて

（これが優雅な　あの人か）
とて思えるも　美貌にて
典雅な様子　残してし
その夜は滝口入道《にゅうど》の　庵室で
夜通し今昔《こんじゃく》　話をば
聖の立ち居　振る舞いを
見るに深きの　信仰に
基づく　修行生活で
仏道真理　探究の
様子窺え　生き死にの
迷いの夢を　醒ますかと
夜が明けたれば　東禅院
そこおる　知覚上人を
招き出家を　なさんとて

与三兵衛《よそうびょうえ》　重景と
石童丸《いしどうまる》を　呼ばれてに
「維盛物思《も》いを　抱きつつも
それ逃れ得ぬ　身なる故
我れの最期を　見届けて
都へ上り　生計《たつき》立て
妻子養い　この我れの
後世も弔い　くれぬかや」

聞きし二人は　もろともに
さめざめ泣きて　返《へん》事もせず

やがて重景　顔上げて
「この重景の　父なるの
与三左衛門《よさんざえもん》　景康は
平治の騒乱　その時に

重盛様の　お供をし
二条堀河　辺りにて
鎌田の兵衛《ひょうえ》と　組討ちし
悪源太（源義平）にと　討たれたり
その時我れは　二歳にて
何の覚えも　なかりたり
母とは七歳《ななつ》で　死別れに

憐れみ目掛くる　人なきに
重盛様が　哀れなと
『我れの命に　代え死にし
　者の子なるに』　とに言いて
御前でお育て　頂きて
九歳なりし　その時に

維盛様の　元服時
髪を結い上げ　髷を結い
元服させて　頂きて
畏れ多くも　『盛の字は
家の字なるに　五代（維盛の幼名）にと
　重の字これを　お前に』と

重盛様が　臨終時
我れをば御前の　近く召し
『お前は我れを　父だとて
我れはお前を　景康の
形見と思い　過ごし来し

今後はよくよく　維盛の
意に背かずと』　とて言わる
何か起こりし　その時に
見捨て逃ぐると　お思いか

そのお心が　無念なり

仏道入る　その機会
今を措いては　他になし」
と髻《もとどり》を　切り落とし
泣く泣く滝口入道《にゅうど》に　頭をば

八歳からに　維盛に
仕え重景　劣らずと
可愛がられし　者故に
石童丸も　これを見て
元結際から　髪を切り
滝口入道に　頭をば
我れに先立ち　二人して
頭丸むを　御覧なり

維盛ますます　不安にと

ややあり気をば　取り直し
「三界の中に　流転をし
恩愛断つを　能《あた》わずも
恩棄て無為《むい》(悟りの境地)に　入るなは
真実恩《まこと》にと　報うなり」
とてこれ三遍　唱えてに
遂に髪をば　剃られたり

維盛　重景　同い年
今年は　二十七歳で
石童丸は　十八《じゅうはち》歳に

山伏修行者　如くにて
高野《こうや》山を出でて　紀伊国内《こくない》の
山東《さんどう》にへと　出られたり

藤代王子を　始めとし
王子　王子を　伏し拝み
千里の浜の　北にある
岩代王子の　御前《おんまえ》で
狩装束の　七、八騎
維盛一行　近づき来《く》

捕えらるかと　それぞれが
腰の刀に　手を掛けて
腹を切ろうと　なさりしが
一行近づき　馬を下り
畏まりてに　去り行けり

「見知る者かや　誰であろ」
と訝《いぶか》しみ　足早に
先を目指して　行きたりし

この者当国　住人の

湯浅七郎兵衛《しちろべ》　宗光で
宗光　郎等　尋きたるは
「如何なる方ぞ　あの人は」
言うに七郎兵衛《しちろべ》　涙して
「口に出すこそ　畏れ多《お》い
あれこそ重盛　嫡男の
三位中将　維盛ぞ

如何に抜けしや　屋島から
既に出家を　なされおる
お目通りをと　思いしも
遠慮なさるを　憚りし
あぁ哀れなる　お姿ぞ」
と袖に顔当て　さめざめと

## 維盛入水

進み行くうち　日数経《た》ち
岩田川にと　さしかかる
「この川流れ　渡る者
悪行　煩悩　罪業も
皆消えるとて　言うならし」
とて頼もしく　思われし

熊野本宮　大社着き
証誠殿《しょうじょうでん》に　膝まづき
しばらく経を　読まれてに
御山の有様　拝まるに
尊さ筆舌　尽くし得ず
夜明けとともに　本宮《ほんぐ》から

舟にと乗りて　新宮へ
神蔵山《かみくらやま》を　拝観《み》たりせば
岩立つ松が　聳えいて
山風迷いの　夢破る
川を流るる　水清く
波が塵埃《じんあい》　雪《すす》ぐ如
飛鳥の社《やしろ》　伏し拝み
佐野の松原　通り過ぎ
那智の御山に　参りたる
滝は三筋に　滾《たぎ》り落ち
数千丈の　高さかと
観音霊像　岩の上
観音菩薩の　住みおらる

補陀落山《ふだらくさん》の　如くなり
那智に籠りの　僧中《なか》に
維盛見知る　僧おりて
同じ仲間に　言うことに

「はてここにいる　修行者は
如何なる人かと　思いしが
重盛殿の　御嫡男
三位中将　維盛ぞ
もう八年も　前のこと
今にも大臣《おとど》　大将と
期待されたに　この今は
何とお窶《やつ》れ　給われし

移れば変る　世の習い
とは言うものの　はて哀れ」

とて袖顔当て　泣きたれば
居並ぶ僧らも　皆涙

熊野三山　参詣を
何事もなく　無事終えて
浜野宮いう　王子社の
前から一艘　舟に乗り
万里の海に　漕ぎ出せり

山成の島　沖にあり
そこへと舟を　漕ぎ寄させ
岸にあがりて　維盛は
大きな松の木　削りてに
そこに名前を　書き付くる

《祖父これ　太政大臣《だじょうおとど》なる
平の朝臣　清盛公
これが法名　浄海ぞ
父内大臣《うちおとど》　左大将の
重盛法名　浄蓮ぞ

三位中将　維盛は
法名浄円　なりたりて
生年　二十七《にじゅうなな》歳なりし
寿永三年　三月の
二十八日　那智沖に
入水す》と書き　沖にへと

かねて覚悟を　なしおるも
いよよ最後を　迎うるに
心細くて　悲しくに

西に向いて　手を合せ
念仏唱う　胸内に
（この我れ今が　最後とて
知るはずなしに　都では
今か今かと　待ちおろう

後には知れる　ことなれば
聞きし嘆きは　如何ばかり）
思うに念仏　途切れてに
合わす手乱るに　聖へと

「あぁ妻子など　持つべきは
物《も》思いさせる　のみならず
後世の菩提の　妨げに

今も妻子が　思わるる」

聖も哀れ　思いしも
（我れが気弱で　如何する）
思い涙を　拭いてに

「然にと思うは　無理からぬ

身分高きも　卑しきも
恩愛の道　避けられぬ

夫妻で一夜　契るをも
前世からの　宿縁ぞ
生者必滅　会者定離《えしゃじょうり》
これは俗世の　習いなり

草木の葉末に　たまる露
遂には根元に　落つるとの
譬えた言葉　これありて

遅き早きの　差こそあれ
遅れ先立つ　お別れが
遂に来なきは　あり得ぬて」

（仏道導く　聖とて）
思いすぐさま　邪念捨て
西に向いて　手を合せ
声高らかに　念仏を
百編ばかり　唱えつつ
「南無」と唱える　声と共
海へお入り　なられてし

兵衛入道　重景と
石童丸も　同じくに
阿弥陀の御名を　唱えつつ
続き海へと　入りたり

牛飼い武里　同様に
入水《じゅすい》思うも　聖にと
留められ舟に　残りたり

「何故に遺言に　背くかや
下臈はやはり　困りもの
後世の菩提の　弔いを」
と泣く泣くに　言いたれど
お供叶わぬ　悲しさに
死後の供養は　頭なく
舟底転がり　泣き叫ぶ

しばらく舟を　巡らせて
もしや浮くかと　見たれども
深く沈みて　見えざりし
夕陽は西に　傾きて
海も暗くと　なりたにて
名残尽きぬも　舟返す

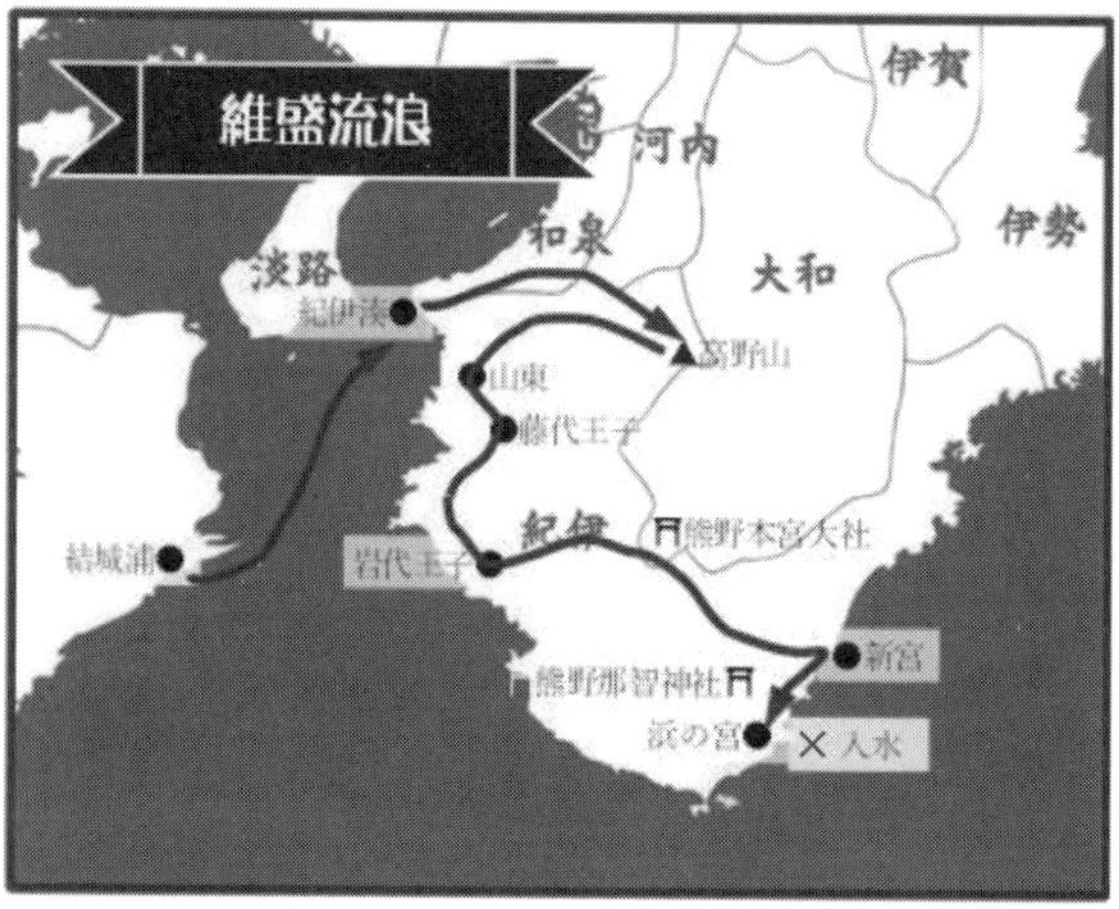


聖は高野《こうや》山へ　帰り行き
武里泣く泣く　屋島へと
維盛弟　資盛に
文を取り出し　差し上ぐに
「あぁ情けなや　この我れが
頼るほどには　兄上は
我れを思わぬ　悔しさよ
頼盛殿の　如くにと
頼朝にへと　心寄せ
都行きたと　思いたに
宗盛殿も　二位殿も
疑い掛けて　おられしも
那智の沖にて　身投げしか

我れも生き行く　気も失せし」
とて袖顔に　さめざめと
維盛似たる　資盛の
泣く見て皆も　涙にと
宗盛殿も　二位殿も
「維盛これも　頼盛と
同じと思い　いたなれど
然にはあらずて」　とに言いて
今更の如　嘆きたる
さて維盛の　北の方
風の便りの　言伝《ことづて》も
絶えて久しく　なりつるに
如何に如何にと　気を揉みし

月に一度は　とて待つも
春過ぎ夏も　盛り過ぐ
「維盛今は　屋島には
居なきと人言う」　聞きたりて
気になり屋島へ　人遣るも
一向帰る　気配なし
夏も過ぎ行き　秋になり
七月の末に　帰り来し
「如何にや　どした」と　尋かるるに
『維盛殿は三月の
十五日その　暁に
屋島を出でて　高野山《こうや》行き

そこにて髪を　下ろされて
熊野へ行きて　後々を
よろしく言いて　那智沖で
身投げされた』と　供してし
武里これが　言いたる」と
これをば聞きて　北の方
「やはりそうかや　このところ
便り無かるを　怪訝《おかし》やと」
と言い衣を　引き被り
その場にどっと　泣き伏しぬ
若君　姫君　これもまた
声を上げてに　泣かれてし
若君乳母の　女房が
泣く泣く申せし　そのことは

「何を今更　驚かる
日頃覚悟の　ことならし

重衡殿の　如くにと
生け捕られてに　都へと
帰られたるは　辛きやも

高野《こうや》山で出家し　熊野行き
後世の事をば　頼まれて
心安きに　死なれしは
嘆きの中の　喜びぞ

故にお心　安らかに

今は如何なる　山間の
辺鄙な所　行かれても

幼き方々　お育てと
お覚悟さるが　良かろかと」
と様々に　慰むも

なおなお維盛　偲びてに
生きる気力は　見えざりし

それでもようよう　髪下し
維盛後世を　弔いに

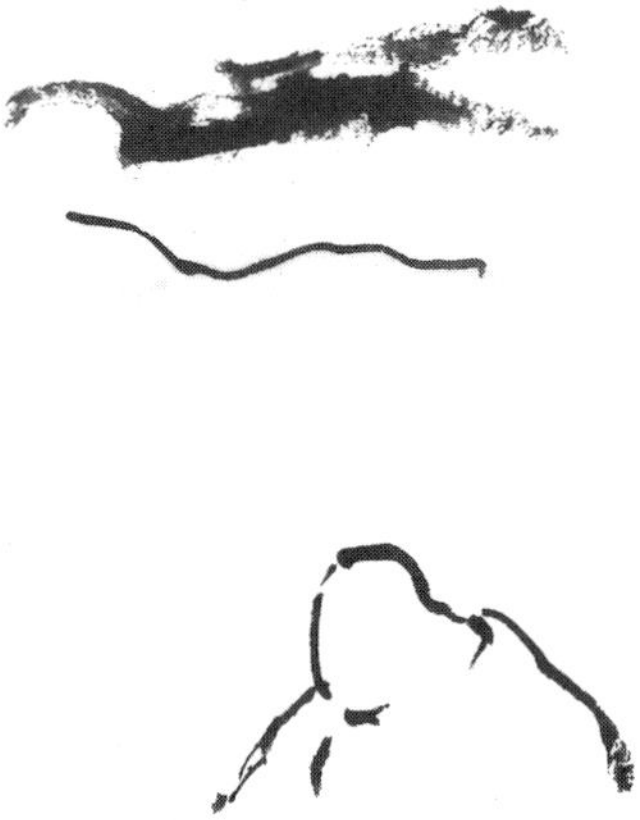

| 西暦 | 年号 | 年 | 月日 | 天皇 | 院政 | 出来事 |
|---|---|---|---|---|---|---|
| 1184年 | 寿永 | 3 | 3/15 | 安徳・後鳥羽 | 後白河 | 維盛、滝口入道に導かれ出家 |
| | | | 3/28 | | | 那智の沖で維盛入水（27歳） |

## 頼盛鎌倉へ

四月一日　都では
改元ありて　元暦に
その日の除目《じもく》で　頼朝は
正下《しょうげ》の四位に　叙せられし
元は従下《じゅげ》その　五位なるに
五段階をも　飛び越すは
義仲追討　恩賞ぞ
五月四日に　頼盛は
関東にへと　下らるに
頼朝度々　文寄越し
《貴殿を疎か　思わざり

故池殿(忠盛の妻)から　受けし恩
頼盛殿に　報いんと》
とて言い来たに　一門と
別れ都に　残りてし
（頼朝斯くと　申すれど
他の源氏は　如何思う）
と恐れ過ごし　おられしが
「故池殿に　会える思《も》い
待つにすぐにも　お越しをば」
と言い来たに　下るにと
この頼盛の　所には
弥平兵衛《やひょうえ》宗清　おりたりし

代々仕うる　家臣にて
一の忠義の　者なるに
供し下ろう　ともせずを
「何故《なにゆえ》」とにと　尋きたれば
「殿は斯くして　おられるも
一門君達　皆々が
西海波上　漂わる
それを思うに　胸痛く
落ち着く気分　なれなくば
気が落ち着かば　後追うに」
とにと申すに　頼盛は
苦《にが》く恥ずかし　思いてに

「都に一人　残りしは
我れさえ良しと　思わぬも
世捨てもならず　命さえ
惜しく思われ　留まりし

残りしからは　下らねば」

とにと言われて　宗清は
「身分高きも　低きやも
人の身なれば　命惜し
世を捨つるとも　身捨じと

都に留まり　為されしを
悪きと申すに　あらざりし

頼朝これも　尼御前に
甲斐無き命　助けられ
故に幸運《さいわい》　会いたりし

故尼御前の　御指示にて
流罪となりた　頼朝を
近江《おうみ》国篠原　送りしを
『いまだ忘れじ』　とて言うに
お供し関東　下りせば
引出物やら　饗応を
受くるに相違　なかるやも
それが返りて　辛かりし

これを西国　赴かる
人が人伝て　聞かるやと
思うに恥じ入る　心地にと

今度《こたび》ばかりは　お許しを
頼朝我れを　尋せば
『病を』とてに　お伝えを」

言うにさすがに　頼盛も
気恥ずかしゅうは　思いしも
留まるわけにも　いかずして
やがて出発　なされたり

十六日に　頼盛は
鎌倉にへと　着きたりし

頼朝すぐに　対面し
「宗清お供　如何した」
とに言いたれば　頼盛は

「あいにく病で　お供には」
言うに頼朝　怪訝げに

「如何にや何を　患うや
何か存念　ありしかや

昔 世話受く　宗清を
今も忘れず　おるにてに
きっとお伴と　待ち焦がれ
すぐにも会いたや　思いしに
下り来なきは　恨めしき」

六月九日　頼盛は
関東発ちて　都へと

頼朝　「暫しここで」とて
言うも「都で　案ずるが」
言いて急ぎて　発つことに

仕方なしとて　頼朝は

頼盛これの　庄園や
所領召し上げ　ならじとて

また大納言　復すべし
との旨後白河法皇《ほうおう》に　送りたり

鞍置馬を　三十頭
裸馬これ　三十頭
長持三十《さんじゅう》枝　また砂金
染物 巻絹　与えたり

頼朝斯くと　するを見て
我れも我れもと　大小名《だいしょうみょう》
引出物をば　差し上ぐる

馬これ合わせ　三百頭

関東行きた　頼盛は
命助かる　のみならず
富を増やして　帰京さる

## 藤戸合戦

平家が讃岐の　屋島へと
戻りた後も　東国《あずま》から
新手の軍勢　数万騎
都に着きて　四国にと
攻めて来るとの　噂あり

それ聞くにつけ　驚きて
恐れ慄《おのの》く　外はなし

一の谷での　戦いで
平家の人々　大勢が
討たれ少なく　なりたにて
主な侍　その中の
半ば以上が　亡くなりし

女房達も　集まりて
泣くより外は　なかりけり

七月　二十五日なり
「去年の今日は　都出し
　早くも一年　経ちた」とて
慌ただしくも　情けなき
あのことこのこと　思い出し
泣くや笑うを　なしいたり

同月　二十八日に
京都で新帝　即位式

三種の神器　無きままの
即位は　神武帝以来
八十二代　無かりしに

八月六日に　除目《じもく》あり
蒲冠者範頼　三河守
九郎義経　左衛門尉《さえもんじょ》

すぐさま使者の　宣旨受け
検非違使尉《けびいしじょう》と　なりたりて
九郎判官　名乗るにと

やがてに秋も　深まりて
萩の上をば　吹き抜ける
風もようよう　身に沁みて
萩の下露　深くなり
恨み鳴くよな　虫の声
風が稲の葉　そよがせて
木の葉たちまち　舞いて散る

物思いにと　耽らずも

更け行く秋空　悲しきに
まして平家の　人々の
心中さぞかし　悲しくと
推察さるるも　哀れなり

同年九月　十二日
三河の守の　範頼は
平家を追討　なさんとて
西国にへと　出発を

総勢　三万余騎にてに
都出　播磨《はりま》国の　室《むろ》に着く

平家の方では　大将軍
新三位中将《さんみちゅうじょう》　資盛に
小松少将　有盛と
丹後の侍従　忠房が

兵船　五百余艘乗り
備前《びぜん》国児島に　着きたりし

これ聞き源氏は　室《むろ》を発ち
こちらも備前《びぜん》国　西河尻
そこの藤戸に　陣を張る

海上隔つ　その距離は
二十五町（約二千七百m）　程なりし
舟が無ければ　渡れずて
源氏の多数の　軍勢は
向いの山に　寝泊まりし
無駄にと日数を　送るのみ

一方こちら　平家では
血気に逸る　若者ら
小舟に乗りて　漕ぎ出《い》だし
扇を掲げて　手招きし
「ここまで来い」と　挑発す

源氏方では　「ええ口惜し
如何にすべし」と　言ううちに
二十五日の　夜になり
佐々木三郎　盛綱が

浦の男の　一人にと
白き小袖や　大口《おおぐち》袴と
白鞘巻など　与えてに
うまく騙して　問い質《ただ》す

「馬で渡れる　場所あるか」

それに答えて　その男
「浦には大勢　人おるが
それ知る者は　稀なるも
この我れ一人　存じおる

川の瀬如き　場所があり
月初めには　東にて
月の終わりは　西にあり
瀬の間十町(約千m)　ばかりにて
馬で容易に　行けるかと」

言うに佐々木は　喜びて
誰にも知らせず　二人して
秘かに室《むろ》を　抜け出して
裸になりて　瀬を見るに
たしかにさほど　深くなし

膝　腰　肩が　濡れる場所
鬢《びん》が濡れるの　場所もある
深き所は　泳ぎてに
浅き所に　泳ぎ着く

「ここから南は　北よりも
はるかに浅う　ござるやも
敵が矢揃え　待つからに
裸で行くは　危険なり

お戻りあれ」と　言いたるに
佐々木は諾《うべ》と　うなずくも
(下郎なるにて　この男
他にも言われ　案内《あない》すも)
と思い男を　刺し殺し
首掻き切りて　捨てたりし

二十六日　辰の刻(午前八時頃)
またも小舟を　漕ぎ出させ
「ここまで来い」と　招きたる
渡れる場所を　知る佐々木
家子《いえのこ》郎等　七騎連れ
ざッと海にと　うち入りし

これ見て範頼　慌ててに
「何する止《や》めよ　止《と》めよ」とて
言うにそこにと　控えてし
土肥の次郎の　実平が
馬を走らせて　追いつきて

「如何にや佐々木　狂いたか
大将軍の　許し得ず
行くは無謀ぞ　留まれ」と
言うも聞かずて　先行くを
土肥の次郎も　制しかね
そのまま共に　渡り行く

深所は馬を　泳がせて
向こうの浅所に　上がりたり
これを見たりて　範頼は

「謀《たばか》られたか　佐々木めに
浅かりけるぞ　渡れ」とて
三万余騎の　大軍が
皆馬海に　うち入れし

「来たぞ」と平家は　舟並べ
矢先揃えて　射るに射る

されど源氏は　構わずと
兜の錏《しころ》を　傾けつ
平家の舟に　乗り移り
喚《おめ》き叫びて　攻め込みし

源平互いに　乱れ合い
舟　覆《くつがえ》り　慌てるも
舟沈められ　死ぬ者も

一日戦い　夜になり
平家の舟は　沖浮び
源氏は児島で　馬休む

明くる日平家は　屋島へと

意気が上がりし　源氏勢
なおも攻めんと　したるやも
舟なかりせば　追いも得ず

三河の守の　範頼が
すぐに続きて　攻めたれば
平家滅すが　叶いたに
室　高砂で　休みおり
遊君遊女　呼び集め
遊び戯れ　月日をば

ただに国費の　無駄遣い
民の苦しみ　だけありて
今年もすでに　暮れたりし

# 決戦《たたかい》の巻（二）

# 義経の章（二）

## 逆櫓

元暦二年　正月の
十日に義経　院御所へ

「平家は神にも　見放され
法皇様にも　見捨てられ
都を出でて　波の上

されど三年《みとせ》の　その間
攻め落とせずに　国々を
塞がれたるは　口惜しかる

今度《こたび》この我れ　義経は
鬼界《きかい》島　高麗　天竺(印度)や
震旦《しんたん》(中国古称)までも　追い詰めて
平家を滅ぼし　果つるまで
都へ戻らぬ　覚悟なり」

と頼もしげ　言いたれば
後白河法皇《ほうおう》甚《いた》く　感激し
「昼夜を問わず　戦いて
勝ちて戻れ」と　仰されし

義経宿所　戻りてに
東国軍兵　これ向かい

「鎌倉殿の　代わりとて
義経院宣　給わりて
平家を追討　する所存

陸では馬の　行く限り
海では櫓櫂《ろかい》　漕ぐ限り
戦い攻むる　覚悟なり

我れに続かぬ　言う者は
直ちに鎌倉　帰るべし」
と言われ皆々　奮い立つ

同年二月　三日には
義経都を　出発《いでた》ちて
摂津《せっつ》国渡辺　にて舟を
揃え屋島を　攻む準備

範頼同じ日　都発ち
摂津《せっつ》国神崎　にて舟を
揃え目指すは　山陽海

同月これの　十三日
伊勢大神宮　石清水八幡宮《はちまんぐ》
賀茂神社《かもかすが》春日神社へと　遣い出し
「主上　三種の神器これ
無事内裏にと　お返しを」
とて祈るべく　命じたり
同月十六日《じゅうろく》　その日には
向かい合わせに　位置するの
渡辺神崎　両岸に
揃えし舟の　艫綱を
今にも解かんと　する時に
北風　木を折り　激し吹き
大波揺られ　壊されて

船出すことが　能《あた》わずて
その日の出発《いでたち》　中止にと
大名小名　寄り合いて
「我が軍そもそも　舟戦《ふないくさ》
訓練いまだ　不足なり
如何すべしや」　話すとに
そこ来合わせし　景時が
「今度《こたび》の海の　戦いは
舟に逆櫓を　備うべし」
言うに聞きたる　義経は
「なに逆櫓だと」　とて問うに
「馬は駆け引き　自在にて
右も左も　回せるが
舟すばやくは　戻せざる

艫《とも》にも舳《へ》にも　櫓をば立て
脇に楫付け　漕ぎたれば
行き来自在の　舟となる」
言うに義経　かッとして
「引く用意とは　何事ぞ
戦《いくさ》門出に　不吉なり
貴殿の舟に　逆櫓をば
百挺千挺　付くもよし
この義経は　櫓一つで
戦う」とにと　言いたれば
「良き大将軍　申す者
駆くべき所は　駆けさせて
引くべき所は　引きてこそ

身守り敵を　滅ぼせる
無暗やたらに　進むをば
猪武者と　申すなり」

「猪 鹿は　いざ知らず
戦《いくさ》はひたすら　攻めてこそ
勝ちをば得るの　基本なり」

侍どもは　景時を
恐れ大きく　笑わねど
眼付鼻にて　嘲《あざ》笑う

（義経　景時　争うを
為すやも）思い　騒《ざわ》めきぬ

そのうち日暮れ　夜になり

義経これが　言うことに
「舟が新し　なりたにて
肴一品　酒一瓶
これで皆々　祝いを」と

皆喜ばせ　それ乗じ
兵粮米や　武具積ませ
馬を舟中　立たせてに
「さあ舟出せ」と　言いたれば
船頭　舵取り　声揃え

「この風追風　なるやにも
普通《なみ》の風では　ありませぬ

沖はさぞかし　強かりし
如何でか舟を　出せましょう」

言うに義経　怒りてに
「野山の果で　死にたるも
海の底にて　溺るるも
これ前世の　因縁ぞ

向い風なら　不都合《ふつご》やも
追い風少し　強きとて
舟を出さずに　何とする

出さぬと言うなら　その者を
一人残さず　射殺せ」と

言うにすかさず　奥州の
佐藤三郎兵衛《さぶろべ》　嗣信《つぐのぶ》と
伊勢の三郎　義盛が
矢つがえ前に　進み出て
「何をぐずぐず　申しおる

早く舟出せ　命令ぞ」
これ聞き船頭　舵取りは
「同じ殺さる　言うのなら
風強くとも　やみくもに
舟遣り死ねや　者ども」と
二百余艘の　舟の中
ただ五艘のみ　海にへと
残りの舟は　景時を
恐るか風を　怖《おそ》れてか
皆海岸に　留まれり
義経大声　叫びしは
「続く無かるも　留まるな
普段は敵も　用心す
斯かる大風　大波の

思いもよらぬに　押し寄すが
目指す敵討つ　極意なり」
五艘の舟と　云うはこれ
義経乗る舟　筆頭に
金子兄弟　信綱に
後藤実基　その父子《おやこ》
淀の江内《こうない》　忠俊と
云う舟奉行　乗せた舟
そこで義経　命じしは
「篝《かがり》灯すな　暗くせよ
艫《とも》舳《へ》の篝《かがり》　目印に
我れの舟にと　従えや
火数多くば　見た敵が
怖れ用心　するからに」
と追い風に　吹かれつつ
一晩中を　漕ぎ続け

三日で渡るを　三時《さんどき》で（約六時間）
十六日の　丑の刻（午前一時頃）
渡辺　福島　そこ出てに
翌朝これの　卯の刻に（午前七時頃）
阿波の地そこに　着きたりし

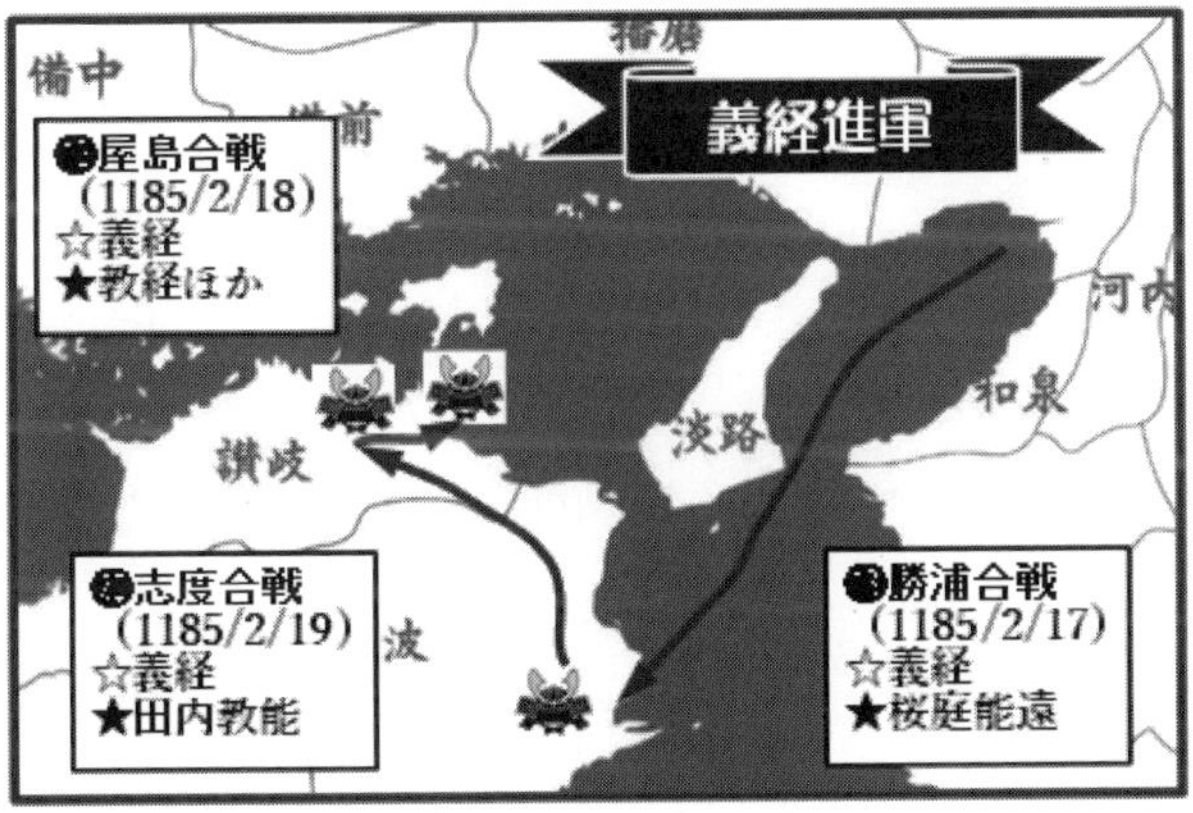

## 勝浦

夜が明けたにて　見てみると
渚に赤旗　ひらめきし

「敵は防備し　待ち受くぞ
舟を岸着け　下りるのは
標的になり　矢を射らる

岸着く前に　馬下ろし
舟に引きつけ　泳がせよ
浅くなりせば　馬に乗り
一気呵成に　駆け攻めよ」
と義経は　命じたり

岸近なりたに　馬に乗り
喚《おめ》き駆け寄り　攻めたれば

百騎ほどいた　者どもは
支え切れずと　二町(約200m)ほど
ざっとばかりに　退きし

水際《みぎわ》に立ちて　義経は
暫しは馬を　休めしが
伊勢の三郎　義盛に

「平家の兵では　あるまいや
ただの助勢と　見て取れる
行きて話を　付けて来い」

言うに義盛　畏まり
ただ一騎にて　駆け行きて
如何に言いたか　分からねど

黒革縅しの　鎧着た
四十歳《しじゅう》ばかりの　武者これに
兜を脱がせ　弓弦《ゆづる》取り
義経許へ　連れ来たり

「何者なり」と　問いたれば

「当国住人　坂西《ばんざい》の
近藤六の　親家」と

「ここから屋島に　攻め入るに
そこへの案内《あない》　申し付く
妙な動きを　したなれば
すぐに射殺す　承知置け

ところでここは　何と言う」

「ここはかつ浦　とて申す」
言うに義経　笑いてに
「世辞を言うな」と　言いたれば
「いいえたしかに　勝浦で
皆はかつらと　申すやも
文字では勝の　浦と書く」
「皆も聞いたか　勝浦ぞ
戦《いくさ》に向う　義経が
かつ浦に着く　目出たさよ」
「ここの辺りで　平家にと
味方し源氏の　背後から
矢をば射そうな　者やある」

言うに答えて　親家は
「阿波の民部の　重能の
弟桜庭《さくらば》　能遠《よしとう》が」
「ならば蹴散らし　通ろうぞ」
言いて親家　軍勢の
百騎ばかりの　中からに
三十騎ほど　選り出して
味方につけて　発進す
能遠《よしとう》の城　押し寄すに
三方沼で　一方《いっぽ》堀
堀の方から　押し寄せて
鬨の声をば　どっと挙ぐ
城中兵も　これ応じ

矢先揃えて　構え引き
構えては引き　射掛け来る
ものともせずに　源氏兵
兜の錣《しころ》を　傾けて
喚《おめ》き叫びて　攻め入るに
これ敵《かな》わじと　思いしか
防ぎ矢これを　射させつつ
能遠《よしとう》馬に　飛び乗りて
命からがら　逃げ行けり
これに勝ちたる　義経は
防ぎ矢射たる　兵どもの
二十余人の　首を斬り
晒し祭壇　供えてに
悦び鬨の　声挙げて
「幸先良し」と　祝いたり

## 大坂越

親家よびて　義経は
「平家勢力　如何ほどか」
「よもや千騎を　越ゆまいと」
「なぜに斯ほどの　無勢かや」
「四国の浦々　島々に
五十騎百騎と　配置せり
こともあろうに　その上に
阿波の民部の　嫡子なる
田内左衛門　教能《のりよし》が
呼ぶも来なきの　河野四郎《しろ》
これ攻めるべく　三千余《さんぜんよ》騎
山越え阿波《あわ》国から　伊予《いよ》国にへと」

「それは正しく　好都合
ここから屋島へ　如何ほどか」
「二日掛かりで　着きまする」
「二日か　ならば　ただち発ち
敵知らぬ間に　攻め寄せろ」
言いて走るや　歩きつつ
馬を駆けさせ　休ませつ
阿波《あわ》国と讃岐《さぬき》国の　境での
大阪越えを　夜通しで
それの夜半に　義経は
立文《（正式書状）》持ちた　男にと
出会いこれをば　連れ行けり

夜にてあれば　この男
敵とは夢にも　思わずに
味方の兵が　屋島へと
行くと思いて　話する
「その文これは　何処《いずこ》へと」
「屋島の宗盛　様にへと」
「誰が差し上ぐ　文なるか」
「京都の女房　からと聞く」
「何が書かるや　その文に」
「中身は存じ　なかるやも
他の事では　無かろうて

源氏は淀川　尻に出て
舟を浮べる　それ告げに」
「然もありなんて　この我れも
屋島へ参るが　不案内
そちに案内《あない》を　願えぬか」
「たびたび参るに　その道は
ではご一緒に」　とて言うに
義経がらり　声替えて
「こ奴捕らえよ　文奪え
　罪作り故　首斬るな」
言い山の木に　縛り付く
奪いた文を　開け見るに
まこと女房の　文らしく

《義経機敏な　者なりて
　大風波風　厭わずと
　攻め寄せるかも　知れませぬ
　勢力散らさず　用心を》
とにとの主旨が　書かれてし
「天が与えし　文なるぞ
　鎌倉殿に　お見せを」と
言いて義経　大切《だいじ》にと

## 屋島攻め

明けて十八《じゅうはち》日　寅の刻(午前四時頃)
讃岐《さぬき》国引田《ひけた》に　降り下り
一旦人馬　休めてに
丹生屋《にうのや》　白鳥　通り過ぎ
屋島の城へ　攻めにへと
まずは親家　呼びつけて
「屋島の様子　如何なる」と
尋ぬに親家　答えしは
「海は極めて　浅かりて
　潮引く時は　陸と島
　その間馬の　腹さえも」
「さすればすぐに」と　言いたりて

高松民家に　火を掛けて
屋島の城へと　攻め掛くる

その折こちら　屋島では
阿波の民部の　嫡子なる
田内左衛門　教能《のりよし》が
三千余騎で　伊予《いよ》国行くも
河野四郎を　討ち漏らし
百五十余《ひゃくごじゅうよ》人の　首を斬り
屋島内裏へ　送り来し

「内裏で首は　よからぬ」と
宗盛宿所で　首検分
まさにその折　騒ぎ声
「高松辺りで　火の手が」と

「昼故失火は　あり得ぬに
敵が寄せ来て　火掛けしか
大軍なるに　違いなし
囲まれたれば　大事ぞ
早く船にと　お乗りをば」
言いて城郭　大門の
前の海へと　船並べ
我れも我れもと　乗り掛くる
安徳天皇《みかど》乗られし　御座船に
女院に　北《きた》の政所《まんどころ》（摂政基通の妻・清盛の娘）
二位殿（清盛の妻）　以下の　女房らも
宗盛　清宗　父子《おやこ》しも
同じ船にと　乗りたりし
他はそれぞれ　舟に乗り

或いは一町（約100ｍ）　七、八反《たん》（約80ｍ）
五、六反ほど　漕ぎ出すに
甲冑武装の　源氏軍
七、八十騎が　岸辺にと
引き潮なれば　その深さ
馬の関節　腹辺り
それより浅き　所もある
蹴上げる潮が　霞立ち
白旗さっと　掲《かか》ぐるを
大軍なりと　見た平家
これがまさしく　運の尽き
小勢に見せじと　義経は
五、六騎　七、八《はち》騎　十騎ずつ

隊をばらかし　現れし

**嗣信《つぐのぶ》最期**

義経その日の　装束《いでたち》は
赤地錦の　直垂に
紫裾濃《むらさきすそご》の　鎧着て
黄金《こがね》造りの　太刀を差し
切斑《きりふ》の矢これ　背負いてに
滋籐《しげとう》の弓　をば握り
舟の方睨み　大音声

「後白河院　その使者《つかい》
検非違使五位尉《けびいしごいじょう》　源の
義経なり」と　名乗りたる

次に伊豆国　住人の
田代の冠者の　信綱に
武蔵の国の　住人の
金子の十郎　家忠と
同じく　与一親範と
伊勢の三郎　義盛が
それぞれ名乗り　挙げたりし

続き名乗りし　者どもは
後藤の兵衛《ひょうえ》　実基に
息子の　新兵衛基清に
奥州これの　住人の
佐藤三郎兵衛《さぶろべ》　嗣信に
同じく四郎兵衛　忠信に
枝野源三　弘基に
熊井の太郎　忠基に
武蔵坊なる　弁慶と
声々名乗り　馳せ来たる

「あれをば射よ」と　平家方
遠矢で射かくる　舟もあり
近く来《き》矢を射る　舟もある

源氏の兵は　敵舟の
左手からに　射て通り
右手に見ては　射て通り
陸地舟陰　馬休め
喚《おめ》き叫びて　攻めに攻む

後藤の兵衛《ひょうえ》　実基は
老練武士で　ありたにて
戦《いくさ》はせずと　内裏入り
各自手分けて　火を放ち
あっという間に　煙にと
侍呼びて　宗盛が

「源氏勢力　如何ほどか」
聞くに侍　答えしは
「敵は僅かに　七、八十《はちゅじゅ》騎」

「ああ情けなや　その髪の
毛を数えても　我が軍の
軍勢これにも　満たなくに
囲み討たずて　慌ててに
舟乗り内裏　焼かせしは
まこと慙愧《ざんき》に　堪えざりし

教経殿は　おられぬか
陸へ上がりて　一戦を」
聞きた教経　「承知を」と
越中次郎兵衛　盛嗣を

連れて小舟に　飛び乗りて
焼けし大門　前に陣

八十余騎を　義経は
矢届く距離に　控えさす
盛嗣舟立ち　大音声
「名乗りは聞きしが　遠きにて
良く聞こえざり　今一度
誰ぞ源氏の　大将軍」

伊勢義盛が　歩み出て
「聞くも愚かぞ　良くと聞け
清和天皇　その子孫
鎌倉殿の　弟の
九郎義経　殿なるぞ」

言うに応えて　盛嗣は
「思い出したぞ　そう言えば

先年平治の　合戦で
父が討たれて　孤児となり
鞍馬寺にて　稚児せしの
黄金《こがね》商人　家来なり
食料背負い　奥州へ
彷徨《さまよ》い逃げし　小童《こわっぱ》か」

「言わせておけば　べらべらと
砺波山《となみやま》の戦《いくさ》で　ぼろ負けし
北陸道を　彷徨《さまよ》いて
泣く泣く戻りし　乞食めが」

「帝《みかど》の御恩　これを受けて
何の不足で　乞食する

伊勢の鈴鹿《すずか》山で　山賊し
妻子養い　飯食いて
糊口凌《しの》ぎし　者なるに」

金子の十郎　家忠が
「下らぬ雑言《ぞうごん》　止めにせよ
虚言雑言　言い合うも
それで勝負は　着かざりし

覚えおるかや　去年春
一の谷での　戦いで
武蔵相模の　若武者の
腕前篤《とく》と　見たであろ」

言い終らぬに　傍にいし
弟与一が　前に出て

長きの矢をば　ひょう放《う》つ
その矢は狙い　過《あやま》たず
盛嗣胸板　深く射て
口争いは　止めにとて

「こうするものぞ　舟戦《ふないくさ》」
言いて能登守　教経は
鎧直垂　脱ぎ捨てて
唐巻染の　小袖にと
唐綾縅の　鎧着て
厳めし造りの　太刀を佩き
二十四本矢　箙《えびら》負い
滋籐弓を　手に持ちし

都で一の　強弓で
矢面立つは　その誰も

射通されぬは　なしと云う
教経　義経　狙うやも
源氏もこれを　心得て
一騎当千　武士どもが
馬の頭を　縦並べて
大将軍の　矢面に

「そこどけ雑魚《ざこ》ども」　言いつつに
矢継ぎ早にと　射たりせば
十余騎ばかりが　射落さる

中に真っ先　進みいた
佐藤三郎兵衛《さぶろべ》　嗣信が
左肩から　右脇へ
射抜かれどっと　馬を落つ

教経家来の　菊王が
首を取らんと　駆け寄るが
取らせまいとて　弟の
佐藤四郎兵衛　弓絞り
菊王めがけ　ひょうと射る

腹を射貫かれ　菊王は
四つん這いなり　倒れ伏す

教盛急ぎ　飛び降りて
左に弓を　持ちつつに
右手で菊王　引っ下げて
舟へからりと　投げ入るに
首こそ取られは　しなきやも
痛手を負いて　死したりし
生年まさに　十八歳

陣の後ろへ　嗣信を
担ぎ入れさせ　義経は
馬から下りて　その手取り
「嗣信如何《いかが》」と　言いたれば
虫の息にて　嗣信は
「もはやこれまで　お別れを」

「思い残すに　何かある」
「思い残すは　何もなし

殿が出世し　栄ゆるを
見ずに死ぬるが　口惜《くや》しかる

武士が矢当り　死ぬるのは
もとより覚悟の　上の事

『源平戦《いくさ》の　最中《さなか》にて
佐藤三郎兵衛《さぶろべ》　嗣信が
讃岐《さぬき》国屋島の　磯辺にて
主人《あるじ》命に　代わり死す』
とて末代の　語り草
これぞ武人の　面目で
冥途の土産と　なりつるに」
と申すや否や　弱り行く
義経涙を　はらはらと
「ここの辺りに　尊かる
僧おらぬか」と　捜し出し
「深手負いたが　死ぬるにて
経文書きて　弔いを」
とて逆落とし　乗りたるの
黒色逞し　馬にとて

金覆輪の　鞍置きて
その僧にへと　与えたり
弟《おとと》の四郎兵衛　始めとし
兵ども皆が　涙して
「この殿の為　命をば
　失う事は　惜しくなし」
と口々に　言いたりし

## 那須与一

阿波《あわ》国や讃岐《さぬき》国で　平家をば
背き源氏を　待ちし者
あそこの洞窟　ここの峰
十四、五騎やら　二十騎が
次々連れ立ち　参じしに
義経の軍勢　そのうちに
三百余騎にも　なりたりし
「今日は日暮れし　また明日に」
とて退却を　し始むに
沖から立派に　飾りたる
小舟が一艘　水際《みぎわ》へと
七、八反(約80ｍ)の　距離になり
舟横向きに　したるをば

「あれは如何に」と　見ておるに
年齢《とし》の頃なら　十八、九歳《じゅうはっく》
優雅で美し　女房が
柳襲《がさね》の　上着着て
紅の袴を　身に着けて
全体朱塗りの　下地にと
金色日の丸　あしらいた
扇を舟縁《ふなべり》　挟み立て
陸に向いて　手招きを

それを見たるの　義経は
後藤の兵衛　実基に
「何か」と言うに　実基は
「射よと誘うの　扇かと」
「射落とせる者　誰がいる」

「弓の上手は　多きやも
中でも下野国《しもつけ》　住人の
那須の太郎の　資高《すえたか》の
息子の与一　宗高が
小柄なるやも　手練《てだ》れにて」

「証拠は如何に」と　問いたるに

「飛ぶ鳥射落す　競技では
三羽うち二羽　射落せり」

「ならば呼べ」とて　与一をば

その年齢《とし》二十歳《はたち》　ばかりにて
滋籐弓を　脇挟み
兜を脱ぎて　紐結び

義経前に　畏まる

「扇の真ん中　狙い射よ
平家に腕前　見せてみよ」

言われて与一　畏まり
「射れるか否か　定かでは
射損じたれば　長きにと
源氏の恥に　なりまする
射止める者に　お任せを」

言うに義経　怒りてに
「義経命《めい》に　背くかや
従わなきは　ここを去れ」

(これは)と思い　この与一
「当たり外れは　不定《ふじょう》やも

命《めい》となりせば　仕方なし」
とて弓を持ち　手綱引き
渚に向かい　歩かすに
後姿を　見送りて
味方の兵は　口々に
「あれは必ず　やり遂ぐる」
言うに義経　頼もしげ
馬上の与一　見ておりし

矢ごろが少し　遠きにて
海へ一反(約10m)　入りたれど
なお扇迄　七反(約80m)は

頃は二月の　十八日《じゅうはち》の
酉の刻(午後六時頃)にて　折悪しく
北風激しく　吹きつけて

磯に打ち寄す　波高し
波にと揺られ　舟上下
立てしの扇　揺れ動く

沖では平家　一門が
舟を並べて　固唾のみ
陸では源氏の　者どもが
馬先並べ　これを見る

那須の与一は　目を閉じて
(南無や八幡　大菩薩
我が下野《しもつけ》国の　神明《しんめい》に
日光権現　それ加え
宇都宮この　大明神
那須の温泉《ゆぜん》の　大明神
願わくばあの　舟にある

扇の真ん中　射させよや
射損じたれば　弓を折り
自害し再び　顔見せぬ

も一度本国　迎うとて
お思いならば　外さすな)
と心中《むねうち》で　念じてに
目をば開くに　風弱り
扇の的も　揺れを止む

与一は鏑矢　弓つがえ
引き絞りてに　ひょう放つ
小兵と云えど　矢は長く
弓強ければ　鏑矢は

長くと浦に　響きてに
飛び行き何ら　過《あやま》たず
扇の要《かなめ》　一寸(約3㎝)を
外しふっとて　射切りたり

鏑矢海に　落ちたれど
扇は空へと　舞い上がり
しばらく大空　ひらめきて
一もみ二もみ　風に舞い
海へさっとに　散りたりし

夕日輝く　その中に
紅の下地に　金色の
日の丸描《か》きた　その扇
白波の上　漂いつ
浮きつ沈みつ　揺られせば

沖の方では　平家これ
船縁《ふなべり》叩き　感激し
陸の方では　源氏これ
箙《えびら》を叩き　どよめけり

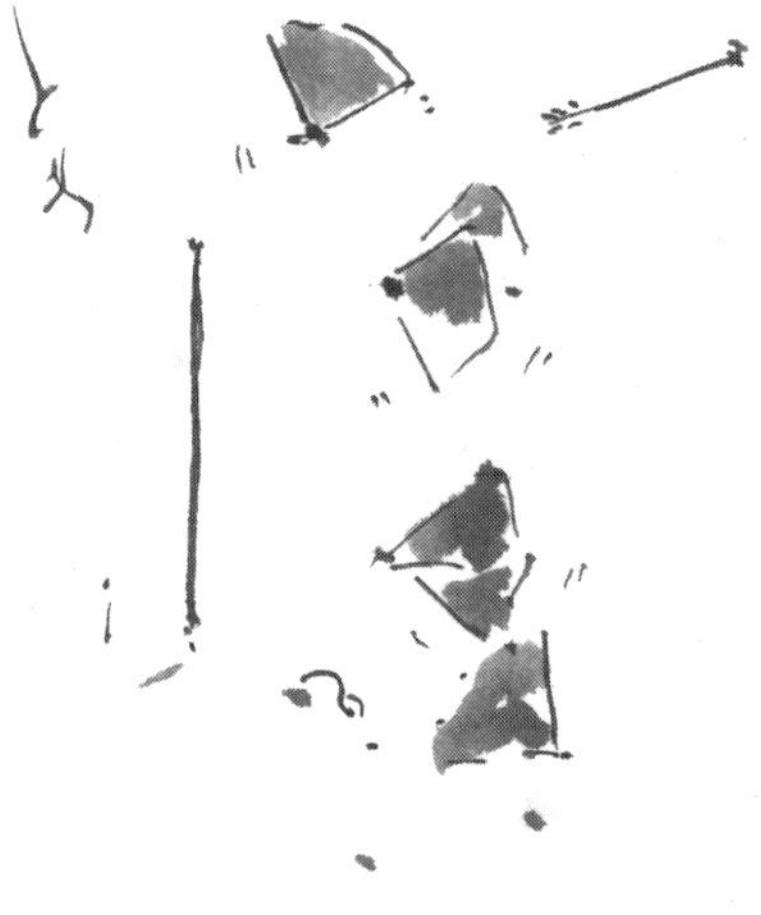

**弓流れ**

これの妙技に　感じしか

黒革縅の　鎧着て
白柄長刀《なぎなた》　手にしたる
五十歳《ごじゅう》ばかりの　男出て
扇の場所で　舞を舞う

伊勢の三郎　義盛が
与一の後ろに　馬寄せて
「あれを射よとの　命なる」と
言うに与一は　矢をつがえ
ひょうふと射てに　その首を
射貫き舟底　逆さまに

平家は驚き　声も出ず

源氏は箙《えびら》を　また叩く
「よくぞ」と言うも　ありたりて
「情《じょう》なし」言うも　ありたりし

これに腹立て　平家から

一人は盾を　持ち突きて
一人は弓を　手に持ちて
一人は長刀《なぎなた》　これを持ち
三人《みたり》渚に　上がり来て
「さあ来い源氏」と　手招きを

これを見たりて　義経は
「何をこしゃくな　蹴散らせ」と
言うに武蔵《むさし》国の　住人の
三尾谷《みおのや》四郎　筆頭に

同じく藤七　十郎と
上野《こうずけ》国住人　丹生《にう》四郎
信濃《しなの》国の住人　木曾中次《ちゅうじ》
合せて五騎が　一丸と
なりて喚《おめ》きて　駆け寄せる

盾の陰から　射たる矢は
真っ先に進みし　十郎の
馬の胸にと　ずぶッとに

屏風倒れに　馬倒れ
十郎飛び下り　太刀を抜く

盾の陰から　平家方
長刀《なぎなた》持ちて　打ち来るに
小太刀でありし　十郎は
敵わじ思い　這い逃ぐる

逃ぐるを追いて　その武者は
長刀《なぎなた》左の　脇挟み
右手で兜の　錣《しころ》をば
掴もうとてに　手伸ばすが
掴まれまいと　逃げ走る

三度は掴み　損ねしが
四度目にむずと　掴みたり

錣《しころ》掴まれ　十郎は
それ引き千切り　さらに逃げ
射られじ思い　見ていたる
残り四騎の　馬陰に
逃げ込みほッと　息を吐く

敵は追い来ず　長刀《なぎなた》を

杖突き錣《しころ》を　差し上げて
「日ごろは噂に　聞きおろう
今日はその目で　篤と見よ
京童らが　噂する
悪七兵衛《ひちひょうえ》　景清ぞ」
とて名乗り捨て　戻りたり

平家はこれに　力得て
「悪七兵衛　討たすなや
続け者ども」　とて言いて
二百余人が　渚に来
盾隙間なく　並べてに
「源氏よ来い」と　手招きを

「こしゃくなりや」と　義経は
後藤兵衛《ひょうえ》の　父子《おやこ》にと

金子兄弟　先頭に
奥州佐藤　四郎兵衛と
伊勢の三郎　左右立て
田代の冠者を　後ろ立て
八十余騎が　喚《おめ》き出る

馬に乗らずの　平家方
馬蹴られじと　皆舟へ

残されし盾　散々に
馬の脚にて　蹴散らさる

勝ちに乗じて　源氏方
馬腹水に　浸るまで
海に入りて　攻め掛くる

深追いしたる　義経を

狙い舟から　熊手にて
兜の錣《しころ》に　掛けるべく
二度三度にと　振り来るを
太刀長刀《なぎなた》で　源氏兵
払いのけつつ　戦うに
如何したるや　義経の
弓が掛けられ　海に落つ

これ拾うべく　義経が
うつ伏せ鞭で　かき寄すを
「お捨てなされ」と　兵どもが
言うも構わず　弓拾い
笑いて岸に　戻りたり

老武者どもは　呆れ果て
「何と云うこと　なされます
如何な高価な　弓だとて

命に代える　ことなどは」
とて言いたれば　義経は
「弓を惜しみて　取るでない
二、三人張り　弓なれば
わざと落として　拾わすも

ひ弱き弓を　敵が取り
『これが源氏の　大将の
九郎義経　その弓ぞ』
とて笑わるが　口惜《くや》しくて
命がけにて　拾いし」と
言うに皆々　感心を

やがてにその日　暮れたにて
海沿い渚　引き退きて
牟礼《むれ》　高松の　中間の

野山に陣を　取りたりし
一昨日《おととい》渡辺　福島出
大波揺られ　まどろまず
昨日は阿波《あわ》国の　勝浦で
戦い夜通し　中山《やま》を越え
今日は戦い　暮せしに
皆々疲れ　果てたりて
兜や袖や　箙《えびら》など
枕に前後　不覚にと

皆寝る中で　義経と
伊勢三郎は　寝なきまま

義経高所に　上がりてに
攻めて来ぬかと　遠見をば

三郎窪みに　座し隠れ
敵が寄せれば　馬腹を
射るべく待ち伏せ　しておりし

一方こちら　平家では
教経これを　大将に
五百余騎にて　夜討をば
なさんと準備《したく》　しおりしが

越中次郎兵衛　盛嗣と
江見の次郎の　盛方が
先陣争い　主張して
その夜は空しく　明け行けり

せめて夜討を　なしおれば
ひとたまりこれ　無かりしに
攻めて寄するを　怠るは

## よくよくの運の　尽きなりし

### **志度合戦**

その日も明けて　十九日
平家は船で　讃岐国
志度の浦へと　退くへ
三百余騎から　選りたるの
八十余騎にて　義経が
それを追いかけ　攻め掛くる

これを見たるの　平家軍
「敵は小勢だ　囲み討て」
言いて渚へ　千余人
喚《おめ》き叫びて　応戦に

そのうち屋島に　残りいた
二百余騎その　源氏勢
遅ればせにと　駆け付くる

平家これ見て　慌てに
「源氏の大軍　続き来る
何十万騎か　知れぬ故
取り籠められては　敵わじ」と
また船に乗り　潮引かれ
風吹くままに　何処《いずこ》とも
目指すことなく　落ち行けり

四国は義経　手に落ちて
九州にへも　入れずに
海に漂う　ばかりなり

志度浦降り立ち　義経は
首検分など　しおりしも
伊勢の三郎　義盛に
「田内左衛門　教能《のりよし》は

河野四郎を　討ち取ると
攻むも四郎を　打ち漏らし
郎等首を　送りしが
今日に戻ると　伝え聞く

其方《そち》がこれをば　向かい行き
宥め賺《すか》して　連れ参れ」

言われ義盛　これ受けて
旗一本を　揚げさして
その勢わずかに　十六騎
白装束で　向かい行く

義盛方の　白旗と
教能方の　赤旗が
二町(約200m)隔てて　睨み合う

義盛使者立て　申すには
「我れは源氏の　大将軍
九郎義経　その身内
伊勢の三郎　義盛ぞ

申すべき事　ありたにて
合戦装束　しておらず
弓矢もこれを　持たざりし

道をば開けて　お入れをば」
言うに兵どの　開け通す

義盛　教能　馬並べ
「お聞き及びと　思うやも
鎌倉殿の　弟の
義経院宣　賜わりて
西国向い　発進し

一昨日《おととい》阿波《あわ》国の　勝浦で
貴殿の伯父の　桜庭《さくらば》を
散々とにと　討ちたりし

昨日は屋島に　攻め寄せて
御所や内裏を　焼き払い
宗盛 清宗　生け捕りて
教経これは　自害をば

他の公達　皆々は
討死あるいは　海にへと

僅か残りた　者どもも
志度の浦にて　皆討たる

貴殿の父の　阿波民部
降服申し　出られたで

この義盛が　預かるも
『可哀想なる　教能や
　これを知らずと　戦いて
討たれ申すは　無惨なり』
と夜もすがら　嘆く見て
気の毒思い　お知らせに

戦《いくさ》をしてに　討死ぬか
降じて父に　会われるか
貴殿の胸内　一つにて」

と大袈裟に　言いたれば
名知れし武士の　教能も
運が尽きたと　言うべきか
「おおよそ聞きし　通り」思《も》い
兜を脱ぎて　弓弦《ゆづる》取る

大将斯様　するを見て
三千余騎も　従いし

僅かに数は　十六騎
それに降ずは　情けなし

「見事なるやの　謀《はかりごと》」
とて義経も　感じ入る

やがてに教能　武具取られ
義盛ににと　預けらる

「さてこの軍勢　如何する」
義経言うに　義盛が
「皆遠国の　者なりて
　決まりし主君《あるじ》　持ちおらじ

世乱れこれを　鎮めてに
国を治むる　者こそを
主君《あるじ》と崇《あが》むに　相違なし」

「諾《うべ》なり」言いて　義経は
三千余騎を　味方にと

二十二日の　辰の刻（午前八時頃）
摂津国《せっつ》渡辺に　残りいた
二百余艘の　船々が
梶原景時　先頭に
屋島の磯に　着きたりし

「西国　九郎　義経が
　全てに亘り　落としたり
今頃来てに　何になる

法会《ほうえ》に遅れし　花なるか
はたまた六日の　菖蒲《あやめ》かや
喧嘩の後の　棒きれか」
と言い義経　笑いたる

## 壇の浦合戦

義経周防国《すおう》の　地に渡り
兄範頼と　合流す

平家は長門国《ながと》　彦島に

熊野別当　湛増《たんぞう》は
平家か源氏か　悩みてに
新熊野《いまぐまの》（和歌山県田辺市）にて　神楽して
権現向かい　占うに
「白旗付け」と　御宣託

尚も帰趨を　占うと
白き鶏《にわとり》　七羽にと
赤き鶏　七羽とで
権現前で　勝負すに
赤鶏一羽も　勝たずして
皆々負けて　逃げたにて
源氏に付くと　決したり

一門の者　招集し
合計総勢　二千余人
二百余艘の　船に乗り
連なり一斉　漕ぎ出せり
若王子《わかおじ》神体　船に乗せ
金剛童子を　旗に描き
壇の浦へと　寄せ来たる

援軍来たと　喜びて
源氏も平氏も　拝み待つ

その船源氏に　行きたにて

平家の気落ち　ただならず
また伊与国の　住人の
河野四郎の　通信《みちのぶ》が
百五十艘　兵船を
連ねて源氏と　合流を

源氏の船は　三千余艘《さんぜんよ》
平家の船は　千余艘

元暦二年の　三月の
二十四日の　卯の刻（午前六時頃）に
豊前《ぶぜん》国門司その　赤間関
矢合せすると　決したり

その日義経　景時が
またも争い　同士討ち
梶原景時　進み出て
「今日の先陣　景時に」
これ聞き義経　かッとなり
「義経居ずば　ともかくも」

「いいぇ殿これ　大将軍」
「何を奇怪な　ことを言う
鎌倉殿こそ　大将軍
義経奉行（執行役）を　受けし身ぞ
お前と同じ　身分なり」
押し止められて　景時が
「この殿もともと　侍の
頭《かしら》に立てる　器では」
と呟くに　義経は
「日本一《ひのもと》の　馬鹿者め」
と太刀の柄に　手を掛くる
「鎌倉殿の　以外には
主《あるじ》持たぬに　こ奴め」と
これも太刀の柄　手をかけし

これ見て景季　景高に
景家これの　三兄弟
父に加勢と　駆け寄りし

これ見ておりた　奥州の
佐藤史郎兵衛　忠信と
伊勢の三郎　義盛に
源八広綱　江田源三
熊井の太郎　武蔵坊《むさしぼう》弁慶
などの　一人当千が
景時これを　取り囲み
我れ討ちとると　進み来し

これはならじと　義経に
三浦介が　縋りつく

景時にては　土肥次郎
これが取り付き　押し止め
それぞれ手をば　すり合わせ
「大事を前に　同士討ち
なせば平家が　力づく
鎌倉殿の　耳入らば
こと穏やかに　済みませぬ」

言うに義経　落ち着きて
景時これも　口出せず

いろいろありて　景時は
義経憎み　最後には
讒言《ざんげん》なして　義経が
滅ぶ羽目にと　なることに

さて源平の　陣の間は
海上　三十余町（4km弱）なり

門司や赤間や　壇の浦
これの辺りは　潮が合い
滾《たぎ》り落つるの　場所なりて
源氏は潮に　戻されて
平家は潮乗り　前進む

いよいよ合戦　時来たり
源平これの　両陣営
同時に　鬨の声挙ぐる

新中納言　知盛は
舟にと立ちて　大音声
「最後と思え　戦いは

退《しりぞ》く気など　これ持つな
名将勇士と　云いたるも
命運尽くる　時もある
命惜しまず　名を惜しめ」

言うに皆々　奮い立ち
上総悪七兵衛《あくしちひょうえ》　進み出て
「坂東武者は　馬上では
一人前の　口利くが
舟戦訓練　しておらず
魚が木にと　登る如
皆々捕まえ　海にへと」

越中次郎兵衛　申すには
「どうせ組むなら　大将軍
義経これと　組みなされ
義経色白　背が低く
出っ歯なりせば　すぐ分かる」

知盛　宗盛　前に来て
「味方の兵は　意気高し
されど阿波民部《みんぶ》の　重能は
心変りし　思わるに
首を刎ぬるが　よかるかと」

「そうは見えぬに　首斬れぬ
忠実奉公　しておるに
重能参れ」と　呼ばれるに
重能前来て　畏まる

「重能如何に　変心か
意気上がらぬに　見えおるが
臆したるかや　源氏にと
四国の者に　しっかりと
戦いせよと　命下せ」

「如何で臆する　ことやある」
と言い前を　退《た》とうとす

(ふざけるな)思《も》い　知盛が
首を打つべく　持つ太刀の
柄も砕けよと　握りしめ
宗盛の顔　窺うも
許されざるに　手を引きし

攻撃仕掛くる　平家軍
千余艘の舟　三手分け

山鹿兵藤次《ひょうどじ》　秀遠が
五百余艘で　先陣に

三百余艘で　松浦党
先陣続く　第二陣

二百余艘で　公達が
第三陣とて　続き出る

第一陣の　秀遠は
九州一の　精兵で
五百《ごひゃく》人の兵を　選びてに
艫舳《ともへ》に立たせ　それ並べ
五百の矢をば　一斉に

三千余艘の　舟なりて
源氏の軍勢　多かるも
一斉射られ　首すくめ
何処《いずこ》に居るか　見えざりし

義経真っ先　進むやも
一斉射る矢を　防ぎ得ず
射すくめられて　岸にへと

平家は味方が　勝ちたると
頻りに攻めの　太鼓打ち
悦び合いて　鬨の声

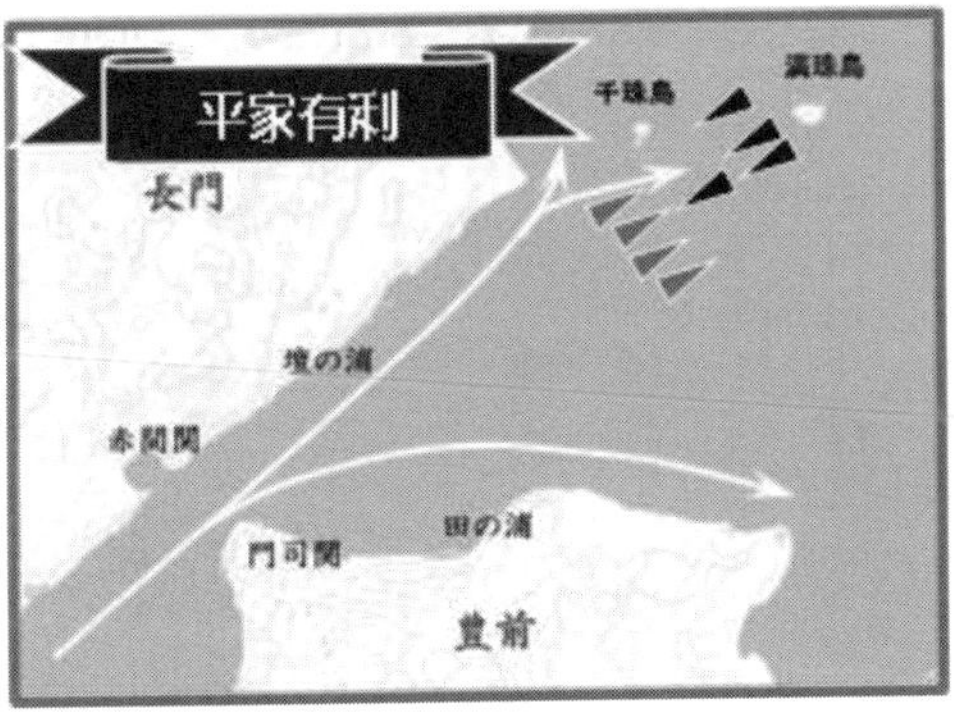


**遠矢競い**

岸に控えし　源氏方
和田の小太郎　義盛が
舟に乗らずて　馬に乗り
海にと入り　平家へと
次々矢をば　射掛けたり

三町《(約300m)》先に　いる者も
外さず射るの　名手なり

中でも遠く　飛びた矢を
戻してみろやと　手招きす

知盛この矢を　抜かせ見ば
和田の小太郎　義盛と
漆でそこに　書きおりし

平家に精兵　多きやも
遠矢を射る者　少なかり

されど伊予国　住人の
仁井の紀四郎　親清が
この矢受け取り　射返しし

これも三町　さっと飛び
義盛後ろに　控えてし
三浦石左近《いしざこ》　太郎その
左の腕に　ぐさりとに
「何こしゃくな」と　義盛は
小舟に乗りて　漕ぎ進み
矢継ぎ早にと　射掛けせば
平家は大勢　射殺さる

ややあり沖から　義経の
乗りたる舟に　矢を射てに
「その矢を返せ」と　手招きを

後藤の兵衛　実基を
呼びて義経　抜きた矢を
見すに伊予国　住人の
仁井の紀四郎　親清と
漆でそこに　書きおりし

「この矢射れるは　誰やある」
義経言うに　実基は
「名手は多数　おりますが
その中にても　甲斐源氏
浅利の与一　義遠の
腕が抜きんで　おりまする」

「ならば与一を　呼べ」言うに
与一義遠　そこ参る

「この矢沖から　射られしが
戻せと盛んに　手招きを
其方《そち》ができるか」とに　問えば

「少しお見せ」と　眺め見て
「これは矢竹が　軟弱で
寸法少し　短かけば
射るは我れの矢　それに替え」

言いて長き矢　番《つが》えてに
射るに四町(約400m)　余り飛び
大船舳先に　立ちいたの
仁井の紀四郎　親清の
心臓ひゅっと　射貫きてに

# 真っさかさまに　船底へ

## 敗れ平家

その後源平　両兵士
命惜しまず　攻め合いし

しかし平家の　方にては
安徳天皇　おらる上
三種の神器も　持ちおれば
源氏（如何に）と　攻め倦《あぐ》に
白雲かとぞ　思わるる
ものが虚空に　漂い来《く》

雲かと思うに　然にあらで
白旗一旒《りゅう》　舞い下りて
源氏の舟の　舳先へと
旗竿触るるに　近づけり

「八幡大菩薩《ぼさつ》の　現れ」と
義経喜び　兜脱ぎ
手水《ちょうず》とうがいし　これ拝み
兵らも皆々　同様に

ややあり沖から　海豚《いるか》群れ
一、二千匹　顔を出し
平家の船へと　泳ぎ来る

これ見た宗盛　陰陽師
安倍晴信を　呼び付けて

「常より海豚《いるか》が　多かりし
何を意味すか　占え」と
命ずに晴信　答えしは
「海豚《いるか》が後ろ　振り向かば
源氏はただちに　滅ぶやも

前見て泳ぎ　過ぎ去れば
味方の軍が　危うかる」
言う間も待たず　その海豚《いるか》
世の趨勢を　見る如く
顔出し平家の　船傍を

阿波の民部の　重能は
三年平家に　尽くせしも
息子教能　生け捕られ
もう負けるとて　思いしか
心を変えて　舟を出し
源氏へ向かい　漕ぎ行けり

これ知り知盛　激怒して
「裏切りたるか　重能め
斬り捨てたれば　良かりしを」
とにと悔やむも　甲斐ぞなし

平家は身分《み》高き　武者兵船《ふね》に
雑人らをば　唐船と
源氏唐船　攻るとに
囲み討つとの　作《さく》戦練るも
重能寝返えり　作戦《これ》漏らし
源氏唐船　目もくれず
兵船これを　攻めたりし

その後は四国や　九州の
兵らが源氏の　味方にと

今まで従い　おるものが
主君に向かい　弓を引き
太刀をば抜きて　攻め来るに
あの岸着くには　波高く
この渚にと　舟寄すも

矢先揃えて　敵が待つ
源平国盗り　合戦は
今日が最後と　見えたりし

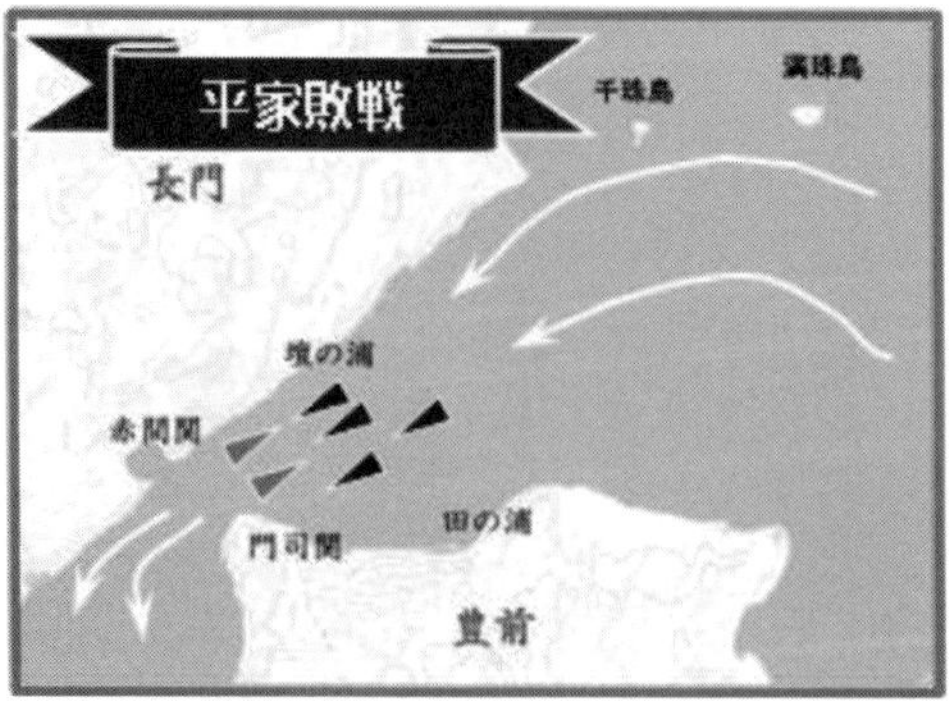

## 先帝身投

源氏の兵は　次々と
平家の船に　乗り移り
船頭水夫　射殺すや
切り殺したに　船御《ぎょ》せず

知盛小舟　操りて
御座船参り　言うことに

「今はこれまで　お覚悟を
　見苦しき物　皆海へ」
言いて船中　駆け回り
掃きて拭いて　塵拾い
自ら掃除　しなされし

それを見つつに　女房らが
「戦《いくさ》の具合は　如何」とて
口々問うに　知盛は

「見るも珍し　卑しきの
　東男を　御覧に」と
言いてからから　笑わるに
「今さら何の　お戯《たわむ》れ」
と言い散々　詰《なじ》りたる

二位殿（清盛の妻）　有様　御覧なり
日頃覚悟の　ことなれば
鈍色袙《にびいろあこめ》　引き被り
袴の腿立ち　挟みてに
神璽《しんじ》（勾玉）を脇に　挟み持ち
宝剣これを　腰に差し
安徳天皇　抱き抱え

「ワレは女で　ありしやも
敵のその手に　掛かるまい
君の御供を　なすからに
主上《おかみ》に心　寄する者
急ぎワレにと　続くべし」
言いて船縁《ふなべり》　歩み出る

帝《みかど》は今年　八歳も
年齢《とし》より大人び　おられてに
容貌殊に　美しく
髪は黒くて　揺らぎおり
背中を過ぎて　伸びおられ
辺り輝く　如くなり

思いがけぬに　驚きて
「尼御前《あまごぜ》朕《ちん》を　何処《いずこ》にと」
問うに二位尼　顔覗き

涙を抑え　申されるは
「いまだご存じ　なかるかや

前世の善行　積みし故
帝《みかど》としてに　生まるやも
ご運は最早　尽きたりし

まずは東に　向われて
伊勢大神宮《いせじんぐう》に　お暇《いとま》を
その後に西を　お向きなり
西方浄土の　お迎えを
念じ念仏　唱えませ

この国粟粒　散らす様な
小《ち》さく穢れし　所ゆえ
極楽浄土と　これ云うの
めでたき所へ　お連れをば」

と泣く泣くに　言いたれば
幼帝ひどく　涙しつ
小さき美し　手を合わせ
まずに東を　伏し拝み
西に向かいて　念仏を

二位尼すぐさま　これを抱き
「波の下にも　都が」と
帝を慰め　申しつつ
千尋の底へ　その身をば

無常の春風　吹き来たり
花のお姿　散らし過ぐ
生死の荒波　押し寄せて
天子沈むる　悔しさよ

長生殿と　名付けてに
長く住めよと　定めしに
不老門とて　これ称し
老いもせぬ様《よ》と　書きたるに
十歳《とお》にも満たぬ　若さにて
海の藻屑と　消え果てし

天子の位　就きたるに
運の拙《つたな》さ　哀れなり

雲の上住む　竜下り
海底の魚　お成りにと

宮殿内に　住まわれて
大臣《おとど》公卿に　取り巻かれ
平家一門　靡かすに
今は船内　日々過ごし

身投げし　命失うは
何と悲しく　痛ましき

海に沈みし　宝剣は
これ草薙《くさなぎ》の　剣《つるぎ》にて
素戔嗚尊《すさのおみこと》　出雲《いずも》国にて
八つの頭　八つ尾持つ
大蛇《おろち》退治し　その際に
尾から得たるの　霊剣で

後には　日本武尊《やまとたけるみこ》
これが授かる　剣《つるぎ》にて
駿河の国で　火責め合い
野草を薙ぎ焼き　助かるに
草薙ぎ剣　云われたる

時にある人　言いたるは

「斬られし大蛇《おろち》　惜しやとて
八つの頭　八つの尾
これに因《ちな》みて　八歳の
人王八十《はちじゅう》代　帝《みかど》なる
安徳天皇　となりて
取り返してに　水底へ

千尋の海の　底にてに
神竜　宝に　なりし剣
再び人に　帰らず」と

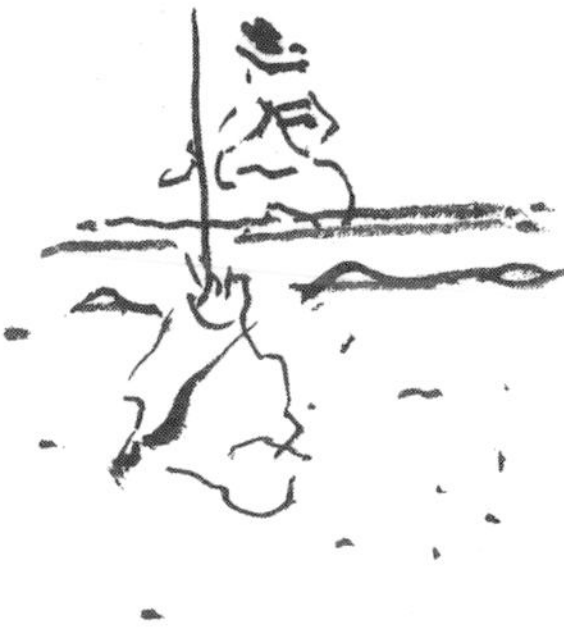

## 教経最期

建礼門院　二位殿（清盛の妻）の
入水《じゅすい》するをば　見られてに
温石《おんじゃく》（温め暖を取る石）硯を　袂入れ
海へと入るも　渡辺党
源吾右馬允《げんごまのじょう》　昵《むつる》これ
誰とも知らず　その髪を
熊手に掛けて　引き揚げし

それ見ておりし　女房らが
「あぁ何するや　女院なり」
と口々に　申したに
これ義経に　伝えせば
急ぎ御座船　戻されし

平重衡　北の方

八咫鏡《やたのかがみ》の　唐櫃を
抱え海にと　急ぎしが
袴の裾を　射貫かれて
足運べずて　倒れたり

武士ども唐櫃　こじ開けて
中を見んとて　なすや否
たちまち目眩み　鼻血をば

生捕りされし　平時忠《ときただ》が
「八咫鏡《やたのかがみ》ぞ　それなるは
　凡夫見るべき　ものならず」
言われ兵ども　皆離る

その後義経　この処理を
時忠にへと　伺いて
元の如くに　結わえ付く

最早これまで　思いてに
次々身投げ　する中で
教盛　経盛　兄弟は
鎧の上から　碇負い
手に手を取りて　海にへと

資盛　有盛　兄弟と
従弟《いとこ》の行盛　三人が
手に手を組みて　海底へ

次々人々　入水すも
宗盛　清宗　この父子は
然するの様子　見られずに
船縁《ふなべり》おりて　四方を見
ただ呆然と　立つのみを
これを見兼ねし　侍が

通ると見せ掛け　宗盛を
どんと海へと　突き落す

これを見て清宗　後追いし

皆々重き　鎧着て
重き物持ち　沈みしが
これの親子は　鎧着ず
泳ぎ上手くて　沈まざり

泳ぎ浮かぶを　見つけたる
伊勢の三郎　義盛が
小舟をつっと　漕ぎ寄せて
先ず清宗を　熊手にて
引っ掛け舟に　引き揚ぐる

これ見て宗盛　潜るやも

同じく引き揚げ　捕えらる
宗盛これの　乳母子《めのとご》の
飛騨三郎左衛門《さぶろうざえもん》　景経が
小舟で義盛　舟移り
「誰ぞ主君を　捕らえるは」
言いて太刀抜き　斬りかかる
危なく見えしが　義盛の
家来が中に　割り込むも
景経下せし　太刀これで
兜の真ん中　打ち割られ
次いで首をば　落とされし
義盛なおも　危なきも
横に並びし　舟からに
堀の弥太郎　親経が

弓引き絞り　射たりせば
景経兜を　射られてに
怯《ひる》むを弥太郎　舟移《うつ》り来て
その景経を　組み伏せし
郎等これも　移り来て
刀で景経　二回差す
剛力強者《つわもの》　景経も
運が尽きたか　痛手負い
ついに討たれて　しまいたり
生捕りされし　宗盛が
目の前乳母子《めのとご》　討たるるを
如何な心で　見られしや
教経これの　矢面に
立とうとする敵　誰もなし

教経矢種　射尽くして
今日が最後と　思いしか
赤地の錦の　直垂に
唐綾縅の　鎧着て
厳めし造りの　大太刀《たち》を抜き
白柄の大長刀《なぎなた》　鞘払い
左右に持ちて　薙《な》ぎまわり
面と敵する　者なくも
多くの者を　討ち取りし
これ見て知盛　使者《つかい》遣り
「罪作りをば　なされるな
たいした敵でも　あるまいに」
と言われたる　教経は
(大将軍と組め)　と取り

刀柄短かめ　握りてに
源氏の舟に　次々と
乗移《うつ》り喚《おめ》きて　戦えり

義経の顔　知らざれば
立派な甲冑　着る武者を
目掛け探して　掛け回る

義経もとより　心得て
表に立ちて　指揮するも
舟操りて　出会わぬに

なれども如何　したるかや
義経舟に　乗り当てて
「やあ」と声あげ　飛びかくる

義経敵わじ　思いしか
長刀《なぎなた》脇に　挟みてに
二丈(約6m)ばかりに　離れいた
味方の舟に　ひらりとて

教経身軽で　なかりせば
続きて飛ぶは　能《あた》わずて
今はこれまで　思いしか
大太刀《たち》や大長刀《なぎなた》　海に投げ
兜も脱ぎて　捨てられし

鎧の草摺り　これも捨て
胴着だけ着け　髻《もっとり》が
はずれざんばら　髪となり
大手を広げ　立ちたりし

周囲圧倒　する姿
恐ろし言うも　愚かなり

教経大声　張りあげて
「我と思わん　者来たれ
我れと組みてに　生け捕れや

鎌倉下り　頼朝に
会うて一言　言うがある

掛かる勇気を　持たぬかや」
言うも近寄る　者はなし

土佐国これの　住人で
安芸の郷《こうり》を　治めてし
安芸の大領(郡長官)　実康の
子の安芸太郎　実光は
三十人力　剛の者

力劣らぬ　郎等に
人並み以上の　弟の
次郎三人　そこおりし

安芸の太郎が　申すには
「如何に勇猛　たりとても
我等三人　取り付かば
敵《かな》う敵では　あるまいや」

とて小舟乗り　舟並べ
「えぃ」とばかりに　乗り移り
太刀抜き一斉　打ち掛かる

教経すこしも　騒がずと
真っ先来たる　郎等を
海へどっとに　蹴り入れる

続き近寄る　太郎をば
左手脇に　捕まえて
次郎を右手の　脇挟み
ぐいッとばかり　絞り上げ
「死出の旅路の　道連れぞ」
と海へざんぶと　飛び込みし

生年　二十六歳ぞ

こちら一方　知盛は
「見るべきものは　全て見つ」
と言い連れ来た　乳母子《めのとご》の
伊賀平内左衛門《へいないざえもん》　家長に
「約束したを　守るかや」
言うに　「言われるまでも」とて
鎧二両を　着せさせて
己も鎧を　二両着て
手を取り組みて　海にへと

これ見て侍　二十余《にじゅうよ》人が
遅れならじと　後続き
手に手を取りて　諸共に

静まり返りし　海上に
捨てられ浮かび　流れ行く
平氏の赤旗　赤印
竜田の川に　吹き浮かぶ
紅葉か紛《まが》う　景色なり

渚に寄する　白波も
薄紅色に　見えたりし

主《あるじ》なくせし　空舟が
潮に流され　風吹かれ

何処《いずこ》ともなく　揺られてに
流れ行く様　悲しかる

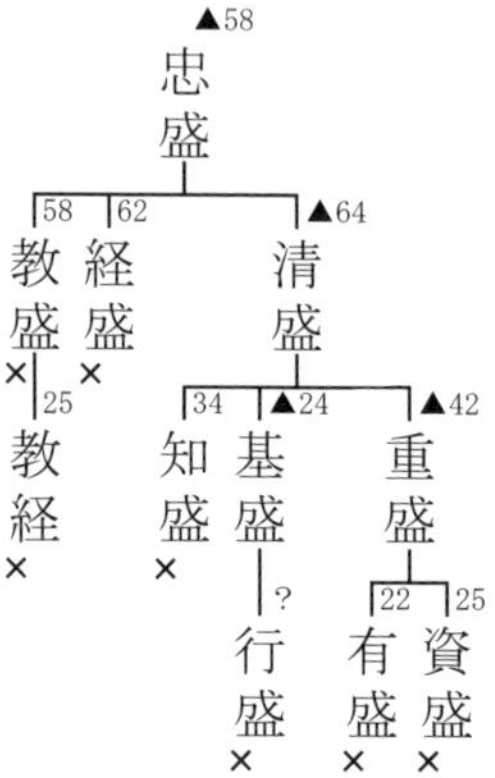


| 西暦 | 年号 | 年 | 月日 | 天皇 | 院政 | 出来事 |
|---|---|---|---|---|---|---|
| 1184年 | 元暦 | 元 | 9/27 | 安徳・後鳥羽 | 後白河 | 範頼軍、藤戸の戦いで平氏を屋島へ |
| 1185年 | | 2 | 1/16 | | | 義経、四国討伐と渡辺津を出る |
| | | | 1/18 | | | 義経、屋島攻め |
| | | | | | | 那須与市、屋島で扇の的を射る |
| | | | 2/21 | | | 平家、讃岐国志度の浦に寄れず彦島へ |
| | | | 3/24 | | | 壇の浦海上で源平合戦し、平家敗れる |
| | | | | | | 安徳天皇入水、建礼門院は助け出される |

# 滅亡《ほろび》の巻

# 宗盛の章

## 凱旋報告

生捕りされし　者とては
前《さき》の内大臣《おとど》の　宗盛と
子の右衛門督《えもんかみ》　清宗に
平大納言　時忠ら
都合　三十八人ぞ

女で捕らわれ　たる者は
女院に　北の政所《まんどころ》
他も合わせて　四十三《しじゅうさん》人
女院やお付きの　女房らは

東国　西国　それぞれの
荒暮れ武士に　従われ
臣下や公卿は　数万の
軍隊囲まれ　都へと

同年四月　三日の日
九郎判官　義経は
源八《げんはち》広綱　遣わして
後白河院　報告に

「去年の三月　二十四《にじゅうし》日に
豊前《ぶぜん》国田の浦　門司の関
長門の国の　壇の浦
赤間が関にて　平家攻め
三種の神器の　内二つ
無事に我が手に　収めてし」

これ聞き院中　誰も皆
喜びたりて　大騒ぎ

後白河院　広綱を
御所の庭にと　これ召して
合戦様子　お聞きなり
感激あまり　広綱を
左兵衛尉《さひょうえじょう》に　任じたり

「神器戻るは　確かかを
見て参れ」とに　言われてに
五日に　北面武士なるの
藤判官の　信盛を
西国向けて　出でさせり
同月十四《じゅうし》日に　義経は
平家の男女　引き連れて

播磨国明石浦《はりまあかし》に　着きたりし
名前知られし　浦なれば
更けいくままに　月は冴え
秋の空にも　劣らざり

女房らそこに　集まりて
「先年ここを　通りしは
斯かるになるとは　思わざり」
とてさめざめと　忍び泣く

同月　二十五日には
八尺瓊曲玉《やさかにまがたま》　八咫鏡《やたかがみ》
その箱鳥羽に　着きしとの
知らせが内裏に　届きたる

その夜の子の刻（午前零時頃）　二つ箱

太政官その　庁舎にと
天叢雲剣《あめのむらくもつるぎ》　これ
失わせしも　曲玉は
箱が海上　浮かびしを
片岡太郎　経春が
拾い上げたと　言われおる

戻されたるの　八咫鏡《やたかがみ》
これ　天照大神《あまてらすおおみかみ》
岩戸隠れの　その時に
出で来ぬ覚悟　決めたるに
形見と作らす　鏡なり

伝え伝えて　その鏡
やがてに宮中　保管にと

ある時火事が　起りてに
焼けた思いし　その鏡
炎の中から　飛び出して
南殿《なでん》の桜に　懸かりてに
キラキラ輝き　照らしてし

今は鎮座す　温明殿《うんめいでん》

## 一門大路渡し

同月　二十六日に
平家の者が　都へと
皆々牛車《くるま》に　乗せられて
前後の簾上げ　窓開く
宗盛浄衣《じょうえ》　着ておりて
白直垂《ひたたれ》の　清宗も
同じ牛車《くるま》の　後ろにと
時忠牛車《くるま》が　それ続く
華やか清げな　宗盛が
痩せ衰えて　見る影も

それでも四方を　見回して
沈みたるには　見えざりし
清宗うつ伏せ　目も上げず
物《も》思い沈む　様子なり

土肥の次郎の　実平は
木蘭地《もくらんぢ》(黒みを帯びた黄色)その　直垂着
小具足だけを　身に着けて
三十余騎の　兵を連れ
牛車《くるま》の前後を　守護しける
見る人都人《みやこ》に　留まらず
遠国　近国　から来るや
山々寺々　そこからも
老いも若きも　集い来る

鳥羽南門や　鳥羽新道
四塚《よつづか》までも　群衆が
犇《ひし》めき続き　その数は
幾千万か　知れざりし

人は後ろを　振り向けず
牛車《くるま》は車輪を　回せざり
情け解せぬ　卑し身《み》分の
男女までもが　涙して
袖を絞らぬ　者はなし
まして平家に　親《ちか》し人
如何に悲しく　思いたか

六条　東洞院に
牛車《くるま》を停めて　法皇が

公卿や殿上《てんじょう》人　その牛車《くるま》
同じく並べ　停めおりし

かつてあれほど　近く召し
親しみたるの　者なれば
さすがに法皇　胸痛め
哀れなるやと　思いてし

御供の人らは　夢かとて
「如何にとすれば　目に掛れ
言葉を掛けて　貰えると
思いいたるに　斯くなると
誰が想像　出来たろか」
とて皆々が　涙せり

平家一門　者どもは

賀茂河原まで　引かれ行き
九郎義経　宿所なる
六条堀河　連れ行かる

食事が出たが　胸詰まり
箸を取るさえ　能《あた》わざり

互いに物も　言わずして
目合せ涙　流すのみ

夜になりても　帯解かず
片袖敷きて　伏されしが
子の清宗に　宗盛が
袖を着せるを　見ていたる
源八兵衛《げんはちひょうえ》　江田源三
熊井太郎の　三人は

「身分の上下　拘わらず
親子の情これ　変わらずや

袖着せたとて　何になろ
親の情かや　せめてもの」

言いて勇猛　武士なるに
涙流して　同情を

## 秘密の文

時忠父子も　共どもに
義経宿所の　近くにと

斯くなりなれば　止む無しと
思うべきやに　時忠は
命惜しきと　思いしか
子の時実を　近く呼び

「見られたくなき　文の束
　これ義経に　取られてし

　頼朝これを　見たりせば
危害多くに　及びてに
この命さえ　危うかる
如何なすや」と　問われてに

「『義経情に　厚き故
　女房《にょぼ》らにひたすら　願いせば
如何なる大事も　放りおかぬ』
とて人伝に　聞きたりし

何をば悩む　ことやある

多くの姫君　おらる中
一人を義経　妻にして
親しくなりし　その後で
文のことなど　言わせれば」
これを聞き時忠　涙して
「我れが栄えて　いた折は
女御　后《きさき》と　思いしに
如何でか斯かる　男にと」

言いて泣くをば　時実は

「今それ言うも　詮《せん》方ぞなし
北の方これ　産みたるの
十八《じゅうはち》歳になる　姫君を」

言うも時忠　「惜しき」とて
先妻産みし　姫君の
二十三《にじゅうさん》歳をば　義経に
年齢《とし》行きたるも　美しく
心優しき　人なれば
義経嬉しく　思いてに
本妻おりしが　別所《べつどこ》の
邸《やしき》整備し　そこ移し
時忠娘を　手近にと

やがて馴れ来て　その娘
文の事をば　言い出すに
何と義経　文の箱
封も解かずに　時忠に

時忠小躍り　喜びて
すぐさまその文　焼き捨てし

如何なる文で　ありたかと
これ知る人は　思いたり

平家滅びて　国々は
鎮まり行き来　元にへと

都平穏　なりしかば
「義経ほどの　人はなし
何をしたかや　頼朝は
義経殿が　この国を」
とてその腹は　収まらじ

言うの噂が　広まりて
やがてに頼朝　耳入り
「何たることか　この我れが
計らい兵を　遣りたにて
平家た易く　滅びたり

如何でか義経　一人にて
世を鎮めるが　出来ようぞ

人が言うをば　これ良しと
世を我が物に　したきやな

人多きやに　よりにより
時忠づれの　婿になり
時忠《これ》を遇する　怪しからぬ」

## 「副将」斬られ

同年五月　七日の日
義経平氏の　捕虜連れて
関東下るの　噂立ち
宗盛使者立て　義経に

「明日関東と　聞きたりし

親子の情は　切れずにて
捕虜の中にて　八歳の
童とありしが　如何せし
今にも一度　会いたかり」
言いせば義経　返事とて
「誰しも切れなき　親子の情
然にと思うも　諾《うべ》なりし」

言いて河越　重房が
預かり申せし　若君を
宗盛許へ　戻すべく
命ずに重房　牛車《くるま》借り
若君それに　お乗せして
付き添う女房　二人付け
一つ牛車《くるま》で　宗盛へ

久しく父に　会わなくば
甚《いた》く嬉しく　思いたり

「これへ」と宗盛　言いたれば
すぐ膝上に　乗られたる

宗盛髪を　掻き撫でつ
涙はらはら　これ流し

守護の武士ども　向かいてに

「おのおのお聞　下されや
この子は母の　なき子にて
産むに安産　なりしやも
産後そのまま　病伏し

『今後に誰が　子を産むも
　この子捨てずに　形見とて
乳母預けるも　しなき様《よ》に』
言うが不憫で　清宗を
今後朝敵　征伐の
大将軍に　させる折
副将軍に　出来ればと
名を副将と　付けたれば
ひとかたならず　喜びて
死に際までも　その名呼び

可愛がりてに　おりしやも
産後七日目　亡くなりし
　この子見るたび　その事を
思い出しては　涙にと」
言いて涙の　堪えずを
見て武士どもも　皆涙

しばらく経ちて　宗盛が
「然れば副将　もう帰れ」
言うも若君　帰らざる

これ見て清宗　涙拭き
「おい副将よ　もう帰れ
もうすぐ客人　来られるに
明日またここに　来れば良い」

言うも若君　宗盛の
浄衣《じょうえ》の袖に　縋り付き
　「嫌じゃ帰らぬ」　とて泣かる

斯くして時が　経ちたりて
日もしだいにと　暮れ行くに
乳母の女房が　若君を
抱き上げ牛車《くるま》に　お乗せして
袖を顔にば　押し泣くの
女房二人を　共に乗す

宗盛はるかに　見送りて
「今の別れに　比ぶれば
　日ごろの恋しさ　無き等し」
とに悲しみて　また涙

母の遺言が　痛ましと

乳母にも預けず　朝夕に
宗盛手元で　お育てに
三歳《みっつ》で元服　なされてに
義宗とにと　名乗らせし

しだいお育ち　なるにつれ
眉目や姿は　美しく
心は優しく　育ちせば
宗盛愛おし　思われて
西海旅空　波の上
船の中での　住まいでも
片時たりと　離さずに

なのに敗れし　その後は
会えたは今日が　初めてぞ

重房義経　前へ来て
「如何なさるや　若君を」
言うに義経　にべも無く
「鎌倉連れる　こともなし
　ここで宜しく　計らえ」と

重房邸《やしき》　戻りてに
二人の女房に　言いたるは

「宗盛殿は　鎌倉へ
若君都に　お留まり
重房共に　下るにて
緒方の三郎　惟義《これよし》に
預けるにてに　お乗りをば」
言いて牛車《くるま》を　近付くに
何も思わず　乗りたりて
「今日も父上　会える」かと
喜ばれしは　空事《そらごと》か

牛車《くるま》は六条　東へと

女房どもは　驚きて
「何する怪訝《おかし》や」　慄《おのの》くに
少し離れて　付きいたる
五、六十騎の　軍兵が
近づき河原へ　出でたりし

軍兵どもが　牛車《くるま》止め
下に敷皮　敷きたりて
「お降りを」とにと　言いたれば
若君牛車《くるま》を　降りられし

怪訝《おかし》と思い　若君が
「我れを何処《いずこ》へ」　とに訊《き》くも
二人の女房は　返事《へん》できず

重房郎等　太刀抜きて
若君背後に　立ち行きて
まさに斬らんと　した刹那
若君これ見　逃れんと
乳母の懐　隠れ入る

若君抱えし　その乳母は
空をば仰ぎ　地に伏して
人の聞くのも　憚らず
喚《わめ》き叫ぶの　その心
推し量られて　哀れなり

そうこうするに　時経ちて
河越重房　涙拭き
「今は如何にと　申さるも

望み叶うる　こと行かじ
疾く」とに言いて　若君を
懐《ふところ》中から　引き出して
刀で首を　掻き切りし

首を義経　検分と
見おるにその乳母　女房が
裸足で走り　追いつきて
「もし差支え　なかりせば
　御首頂き　供養をば」

言うに義経　哀れなと
「それが一番　早く」とて
若君の首　お与えに

これを受け取り　懐に
入れて泣く泣く　都へと
帰る如くに　見えしやも
五、六日とて　経ちた後
女房二人が　桂川
身投げしことが　ありたりし

そのうち一人が　幼きの
首懐に　抱き居たが
これ若君の　乳母なりし

今もう一人　骸《むくろ》抱き
沈むは付き添い　女房なり

乳母が覚悟を　決めたるは
よくよくなりて　止む得ぬも
付き添い女房《にょぼ》まで　身投げすは
まこと珍し　ことなりし

### 腰越留め置き

義経連れられ　宗盛は
五月七日の　明け方に
粟田口これ　過ぎたれば
皇居は空の　彼方にと
心細そ気な　様子見て
義経あれこれ　慰むる

「命だけは」と　頼みせば
「遠国もしくは　遠き島
　そこに移すは　これあるも
　まさか命を　取るまでは

　然になりしかば　この我れが
　勲功に代え　お救いを」

とに頼もしげ　言いたるに
「たとえ蝦夷住む　千島でも
なにとぞ命　だけは」とて
言うは何とも　情けなし
日が経ち　二十四日には
鎌倉にへと　着かれてし
先立ち戻りし　景時が
「国中残る　所なく
頼朝様に　従うも
弟義経　様これが
最後の敵と　なりましょう」
言うに頼朝　頷きて
「今日に九郎が　鎌倉に
来るに用心」　言いたれば

大名　少名　駆せ集い
まもなくその数　数千騎
金洗沢《かなあらいざわ》　その場所に
頼朝関所を　設けてに
宗盛父子を　受け取りて
義経腰越　追い返す
館《やかた》周りに　七重八重
警護兵をば　配置して
己はその中　おりつつも
「九郎は身軽き　男故
畳下から　這い来るも
そうはさせぬ」と　息巻けり
追い帰されし　義経は
「義仲追討　して以来

一の谷から　壇の浦
命を賭して　平家攻め
八尺瓊曲玉《やさかにまがたま》　八咫鏡《やたかがみ》
これをお戻し　申し上げ
宗盛父子を　生け捕りて
ここまで下り　来たからは
如何なる不審　あるとても
一度ぐらいは　対面を
なさるべきやに　此は如何に
日本国をば　鎮めしは
義仲　義経　働きぞ
同じ父親　子なるやも
先に生れし　子を兄と
後で生まるを　弟と
呼ぶに過ぎなき　ことならし

天下治むは　その器

対面叶わず　戻りせば
謝る術さえ　見当たらぬ」
とて呟くも　力なし

不忠心の　無き事を
起請文をば　書きたれど
景時讒言　これにより
頼朝聞く耳　持たざれば
義経泣く泣く　文書きて
大江広元《ひろもと》にへと　届けたり

# 頼朝の章（二）

## 宗盛斬られ

頼朝　宗盛　対面に
簾の内からに　頼朝は
庭を隔てた　向かい屋に
留め置かれたる　宗盛に
比企藤四郎　能員《よしかず》を
通じ言われし　そのことは
「平家に恨みは　何もなし
尼御前《あまごぜ》池殿　口添えも
清盛入道《にゅうどう》許し　これなくば
とても命は　助からじ
死罪免れ　流罪にと
されしは入道　お陰にて
二十余年を　生き来たも
平家が朝敵　なりしにて
追討すべしの　勅受くに
これに背くは　能《あた》わずて
斯かる仕儀にと　なりたりし」
これ聞く際に　宗盛が
居住まい正し　畏まり
受け給わるは　情けなし
大名　小名　居並びて
京住民も　中に居り
平家の家人　これも居し
皆が呆《あき》れて　言いたるは
「畏まるとて　その命
助かるはずは　無かろうに
西国にてに　死すべきが
捕虜にてここへ　下るとは
それも諾《うべ》なり　これ見るに」
中にある人　申すには
「猛虎が山奥　いる時は
百獣震え　恐るるが
檻の中にと　入りせば
尾を振り食い物　ねだるとか」
とて宗盛を　蔑《さげす》みし

さて義経は　頼朝に
「疾く疾く京へ」と　言われたで
同年六月　九日に
宗盛親子を　お連れして
都戻ると　出でたりし

宗盛命　延びたにて
嬉しく思うも　道すがら
「もはやここにて　殺さるか
死に場所ここか」と　怯《おび》えつも

国々宿々　通り過ぎ
尾張国内海《おわりうつみ》に　着きたりし

そこは義朝　斬られたる
場所にて（さては）と　思いしが
難なく通り　過ぎたにて

宗盛少し　落ち着きて
「もしや助かる　ことも」とて
呟きたるは　浅はかぞ

一方こちら　清宗は
（如何でか命　長らうや
斯かるの暑き　時期故に
首痛まぬに　とて思い
都近くで　斬らるる）と
思いおりせば　宗盛が
あれこれ思うを　見苦しと
思うも言わず　念仏を
ただ一心に　唱えてし

斯くて日数《ひかず》も　経ちたりて
近江《おうみ》国篠原　宿にへと

義経情け　深きにて
京へ三日と　なりし折
人を遣わせ　大原の
本性坊《ほんじょうぼう》なる　湛豪《たんごう》と
いう名の聖　呼ばれてし

昨日《さくじつ》までは　親子して
同じ所に　居られしが
今朝から離され　別にされ
（さては今日にも）　とて思い
宗盛湛豪《たんごう》　向かいてに

「ところで清宗　何処《いずこ》にと

手を取り死ぬる　積もりにて
首は落ちても　その骸《むくろ》
一つ莚に　伏さんとて

思いおりしに　生きながら
別れし事は　悲しかる

十七年間　片時も
離れし事は　無かる故
海底これにも　沈まずて
汚名流すも　子の故ぞ」

言いて泣かるに　この聖
哀れ思うも　このここで
(気弱なるには)　思いてに
涙拭いて　さり気なく
「今はとやかく　思《おぼ》さるな
最後の様子を　見たりせば
父子共どもに　悲しくに
貴方《あなた》はこの世に　生を受け

楽しみ多く　栄え来し
帝の外戚　なられてに
大臣《おとど》の位に　上られし
この世の栄華は　一つとて
残すところは　なかるにて

今また斯かる目　遭われるも
これ前世の　宿業ぞ

世をも人をも　恨むまじ」
とて念仏を　勧めたり

(なるほど) 思い　宗盛は
たちまち妄念　振り払い
西に向いて　手を合わせ

声高念仏　唱えるへ
橘右馬允《きつうまのじょう》　公長《きんなが》が
太刀を引きつけ　左から
後ろに回り　斬ろと為に
宗盛念仏　止めたりて
「清宗如何」と尋きたるは
何と哀れな　ことならし

何も答えず　公長が
太刀を振りせば　首前に

この公長は　何代も
平家に仕えし　家人にて
知盛の所　居たる者

「世に諂《へつら》うは　人の常
言うも何とも　情けなし」

と人々は　恥ずかしく
その後に湛豪《たんごう》　清宗に
戒を授けて　念仏を

「父の最期は　如何に」とて
尋かれ湛豪　答えしは
「立派な御最期　なりた故
安心召され」と　言いたれば
涙を流し　喜びて
「この世に思い　残すなし
疾くとお斬りを」　とて言いし

今度《こたび》斬りたは　堀弥太郎
首は義経　都へと
骸《むくろ》は公長　指図にて
親子を一つの　穴にへと

同月　二十三日には
宗盛父子の　首京に

三条河原　出向きてに
検非違使これを　受け取りて
大路を散々　引き回し
獄門左の　樗《おうち》の木
これにと掛けて　晒し首

三位以上の　人の首
引き回されて　獄門に
掛くるは異国に　例あるも
我が国にては　例ぞなし

**重衡斬られ**

本三位中将《さんみちゅうじょう》　重衡は
狩野介宗茂《かのすけむねもち》　預けられ
伊豆国いたが　南都から
身柄渡せと　せっつくに
「ならば」と言いて　頼朝は
源三位《さんみ》頼政　その次男
伊豆の蔵人　頼兼に
命じ奈良へと　遣わせり

都へ入らず　大津から
山科通り　醍醐路を
経るにて日野は　近かりし

この重衡の　北の方
安徳天皇　その乳母の

大納言《なごん》典侍殿《すけどの》　申したる
一の谷にて　重衡が
生け捕られたる　その後も
帝《みかど》に付いて　おられしが
帝《みかど》が死なれ　荒武者に
捕われ都　戻りてに
姉と日野にと　住みおりし
重衡いまだ　生きおると
聞くに（も、一度）　思うやも
それもならずて　泣き暮らす
守護の武士にと　重衡は
「今度《こたび》は世話なり　有難し
最後に願い　一つある

我れは子なきに　憂いなし
なれど長年　連れ添いし
女房が日野に　おると聞く
も一度会いて　後世をば」と
少しの暇《いとま》を　請いたれば
岩木でなしの　武士どもは
それぞれ涙　流しつつ
「支障《さわり》はなし」と　許したり
重衡甚《いた》く　喜びて
「典侍殿《すけどの》ここに　おられるか
重衡奈良へ　参るにて
立ちたままやも　一目」とて
言うに典侍殿《すけどの》　聞くや否

「何処《いずこ》いずこ」と　走り出る
藍摺直垂　折烏帽子《えぼし》
着た黒ずみた　痩せたるが
縁《えん》寄り掛かり　そこおりし
典侍殿《すけどの》御簾の　傍に寄り
「如何にや夢か　幻か
こちらへ」言う声　聞くにつけ
先立つものは　涙なり
信じられなき　典侍殿《すけどの》は
目くらみ心　消え失せて
暫しは物も　言えざりし
重衡御簾上げ　泣く泣くに
「一の谷にて　死ぬはずが

犯せしの罪の　報いかや
生き長らえて　捕えられ
大路を引きて　回されて
京　鎌倉で　恥曝《さら》す
これさえ悔しに　最後には
興福寺《なんと》衆徒に　渡されて
斬られる奈良へ　向かい行く

（せめても一度　御姿を）
とに思いしに　お会いでき
思い残すは　もはやなし

出家し形見に　髪をとて
思うもそれも　許されず」
言い前髪を　少し分け
口届く所　食い切りて
「これを形見に」とて渡す

典侍殿《すけどの》悲しみ　増したりて
「お別れ申せし　その後は
入水《じゅすい》すべきの　身なりしが
亡くなられしと　聞かぬにて
もしやと思い　辛きやも
今まで長らえ　来しなれど
今日が最後と　思いせば」

とてあれこれと　今昔
話すも尽きぬは　ただ涙

「みすぼらしきの　姿故
お召し替えを」と　言いたりて
袷《あわせ》の小袖に　浄衣《じょうえ》をば

これに着替えて　重衡は
元に着てしを　そこに置き
「これを形見に」　とて言いし

「仏縁あれば　後の世で
一つ蓮にと　お祈りを
日も暮れ奈良も　遠かりし
武士を待たすも」　とて言うに

典侍殿《すけどの》袖に　縋りつき
「今しばらく」と　留めるをば

「我れの気持ちが　分からぬか
天寿全う　出来ぬ身ぞ
また生れ来る　次の世で」
と言いその場を　立ちたるも
これが最後と　思いせば
今も一度の　気になるも

（いいやならじ）と　そこを出る
簾の外までも　転《まろ》び出て
典侍殿《すけどの》叫ぶ　その声が
門外遥か　聞ゆるに
馬早めるも　能《あた》わずて
（いっそ会わずば）　とて悔やむ

興福寺《なんと》の衆徒　重衡を
受け取り処理の　協議をば

「大罪犯せし　大悪人
仏敵法敵　逆臣を
寺の周りを　引き回し
鋸《のこ》で切るかや　堀首に」
と論ずるに　老僧が

「それ僧として　許されぬ
守護の武士にと　下げ渡し
木津の辺りで　斬らすべし」
言いたで再び　武士の手に

これを受け取り　武士どもは
木津川　岸で　斬ることに

数千人の　大衆が
集まりこれを　見ておりし

そこへ重衡　長年に
召し使いしの　侍の
木工右馬允《もくうまのじょう》　智時が
今や斬らんと　する刹那
馬を飛ばして　駆けつける

大衆掻き分け　前に出て
重衡前に　畏まり

「知時ご最期　見取りにと」
と泣きて言うに　重衡は
「その心ざし　殊勝なり
仏を拝みつ　斬られたし
何か手立ては」　とて言うに

「何とか」とにと　智時は
武士にと頼み　辺りでの
寺の仏像　一体を

それを河原の　砂に置き
仏の手にと　紐を掛け
もう一方《ひとかた》を　重衡に

その紐持ちつ　重衡は
念仏十回　唱えつつ
首を差し延べ　斬らせたり

この有様を　見ておりし
数千人の　大衆も
警護の武士も　皆涙

治承の折の　合戦で
そこ立ち寺院　焼きた故
首は般若寺　大鳥居
それの前にて　釘付けに

（せめて骸《かばね》を）　とて思い
典侍殿《すけどの》輿を　遣わせし

捨て置かれてし　骸《かばね》をば
拾い輿入れ　日野へとて

暑い頃にて　ありたれば
早くも腐り　掛けたにて
その辺ありた　法界寺
そこの僧にと　供養をば

晒されいたる　首これを
東大寺での　俊乗房
これに頼みて　衆徒から
譲り受けてに　日野にへと

首と骸《むくろ》を　焼却し
骨を高野山《こうや》へ　送りてに
墓を日野にと　建てたりし

典侍殿《すけどの》　尼に　姿変え
重衡菩提　弔うは
何と哀れな　ことなりし

## 大地震

平家は皆々　滅びてに
西国もこれ　鎮まりて
安堵の日々を　送るやに
七月九日の　午の刻（正午頃）
突如来たるの　大地震
激しく長く　揺れたりし

京の寺々　倒壊し
九重の塔も　崩れ落つ

神社　民家も　皆倒れ
崩るる音は　雷《いかづち》か
舞い上がる塵　煙かと
大地は避けて　水が噴き

巨岩は割れて　谷底へ
山は崩れて　川を埋め
津波押し寄せ　浜浸す

皆々戸閉め　引き籠り
空鳴り大地　動く度
今に死ぬかと　念仏を

帝《みかど》輿にて　非難さる
法皇南庭　仮屋をば

御所が倒壊　したるにて
女院女房ら　輿　牛車《くるま》
旧帝《みかど》が都　お出になり
その身海底　沈まれて

大臣公卿　獄門に
今も昔も　怨霊は
恐ろしきにて　この後は
如何なるやと　皆嘆く

## 真実《まこと》の首

八月　二十二日の日
頼朝の父　義朝の
真実《まこと》の首とて　文覚が
それを首掛け　鎌倉に

治承四年に　見せたるは
謀反煽《あお》るの　擬《まが》い物

本物これは　義朝が
長年使いし　紺掻《こんか》き(染色係)が
獄門首を　貰い受け
納め供養を　しおりしを
文覚聞きつけ　持ち来たり

頼朝新たに　道場《どうじょ》建て
勝長寿院　名付けてに
父の霊をば　供養せし

朝廷哀れと　その墓に
内大臣《いとど》正二位　贈られし

## 時忠配流

同年九月　二十三日《にじゅうさん》
都の平家の　残党に
流罪をとにと　頼朝が
朝廷申し　入れたにて
平時忠　能登《のと》国にへと
その子時実　上総《かずさ》国へと
内蔵頭《くらかみ》信基　安芸《あき》国にへと
兵部少輔尹《まさあきら》明これ　隠岐《おき》国にへと
二位僧都《そず》全真　阿波《あわ》国にへと
法勝寺執行《ほうしょじ》能円　備後《びんご》国へと
中納言《なごん》　律師忠快《ちゅうかい》　武蔵《むさし》国へと
それぞれ配流　決したり

ある者西海　波の上
ある者東国　雲の果て

これから何処《いずこ》　行かさるも
いつまた会えるか　分からずて
別れ涙を　抑えつつ
それぞれ下る　胸内は
推し量るにも　哀れなり

| 西暦 | 年号 | 年 | 月日 | 天皇 | 院政 | 出来事 |
|---|---|---|---|---|---|---|
| 1185年 | 元暦 | 2 | 4/26 | 後鳥羽 | 後白河 | 宗盛、時忠ら、生捕りの人々、都大路渡し |
| | | | 6/21 | | | 宗盛父子、鎌倉へ護送 |
| | | | 6/23 | | | 重衡、鎌倉へ護送の後南都にて斬首 |
| | 文治 | 元 | 8/16 | | | 宗盛父子、鎌倉からの帰りに斬られる |
| | | | 9/23 | | | 時忠らは諸国へ流される |

## 刺客土佐房

義経許に　頼朝は
大名十人　付けらるも
「義経嫌疑　受けおる」と
聞くに皆にて　話し合い
鎌倉にへと　戻りたり

木曽義仲を　追討し
逃げし平家を　滅ぼして
天下に平穏　もたらすを
褒むべきなるに　何故に
斯かる仕儀にと　なりたるか
とて帝《みかど》これ　始めとし
万民こぞり　不審がる
事は今年の　春頃に

摂津《せっつ》国渡辺　舟揃え
屋島渡るに　逆櫓をば
立てる立てぬの　議論にて
馬鹿にされしを　恨みてに
景時讒言《ざんげん》　せし所為《せい》ぞ

(義経謀反は　定かやも
大名都へ　上らせば
京中騒ぎ　引き起こす)
とて土佐の房　昌俊を
召して頼朝　申すには

「そちがこのまま　上京し
寺にと詣づ　振りをして
義経騙し　討ち取れ」と
言われ土佐の房《ぼ》　これを受け
家へも帰らず　都へと

九月の　二十九日には
土佐の房《ぼ》都に　着きたるも
翌日までは　宿所にて

土佐の房上京　したるをば
聞きたる義経　怪訝《あやし》みて
武蔵坊《むさしぼ》弁慶　これ遣りて
召さるるにすぐに　連れ来たる

「鎌倉殿から　文などは」
義経訊くに　土佐の房
「さしたる用の　なかりせば
義経殿への　文などは

言葉で伝えよ　言われしは
『これまで都に　特別な
事件起きぬは　判官が
おられるからに　相違なし
構えて十分　守護を』とて」

「何をぬかすか　然なること
義経討ちに　来たであろ

『大名大勢　上らせば
都に騒動　引き起こす
寺に参詣　するふりで
騙して討て』と　言われしや」

言われ土佐の房　驚きて
「如何でかあるや　然なること
年来　願い事ありて
熊野参詣　その為に」

聞きて義経　詰め寄りて
「景時讒言　これにより
義経鎌倉　入れられず
対面ならず　追われしは
如何なる故か」と　問いたれば
「其《そ》はこの我れが　知らぬこと
我れに限りて　然なること
起請文をば　差し上ぐに」

「何れにしても　この我れを
鎌倉殿が　悪きにと
思われなきが　ありてこそ」
言いて義経　不快顔

（この場は）思い　土佐の房
起請《きしょう》文七枚　書きたりて
あるいは焼きて　呑み込みて
あるいは社《やしろ》に　納めてに
許され帰り　その足で
夜のうちにも　攻めんとて
触れを回して　武士集む

義経　磯の禅師　云う
白拍子《しらびょうし》それの　娘なる
静《しずか》を殊に　愛しており
静《しずか》も傍を　離れずと

そこで静《しずか》が　申すには
「大路は武者が　満ちおりし
何も催し　無かるやに
武士が騒ぐは　不審なり

これは昼間に　起請文
書きた法師の　仕業かと
人を遣りてに　見分けをば」
とて清盛入道《にゅうどう》が　使いいた
禿髪《かむろ》を二人　行かせしが
しばらく経つも　帰り来じ

（女ならば）と　行かせれば
走り戻りて　言うことに
「禿髪《かむろ》思わる　者二人
土佐の房門前　斬られてし

鞍置き馬が　並べられ
矢負い弓張る　者どもが
今にも攻め寄す　装いで
物詣《ものもう》で参る　様子には」

これを聞き義経　立ち上がる

静《しずか》はすぐに　大鎧
持ち来てバッと　着せさせる
高紐だけを　結びてに
太刀取り義経　中門に
馬に鞍置き　引き立てし

馬にと乗りて　義経は
「門を開けよ」と　開けさせて
敵が来るをば　待ち受くる

やがてに武装の　四、五十騎
門の前にと　押し寄せて
どっとに挙げる　鬨の声
義経鐙《あぶみ》　踏ん張りて

立ちて大声　上げたりて
「夜討であろと　昼なりと
義経たやすく　討てる者
日本国には　居なき」とて
ただ一騎にて　駆けたれば
来た軍勢は　道開ける

そうこうするに　味方とて
伊勢の三郎　義盛に
佐藤四郎兵衛　忠信と
江田源三に　熊井太郎
武蔵坊《むさしぼ》弁慶　などという
一人当千　兵どもが
すぐに続きて　駆けつくる
「邸《やしき》に夜討　入りし」とて
あそこの館《やかた》　この宿舎

そこから武士ども　馳せ来たり
義経軍勢　六、七十騎《しちじゅ》
土佐の房《ぼ》果敢に　攻めたれど
味方散々　蹴散らされ
助かる者は　少なくて
討たれる者は　多かりし

土佐の房《ぼ》かろうじ　そこ逃れ
鞍馬の奥に　逃げたるも
鞍馬は義経　縁深で
そこの法師が　土佐の房を
捕まえ次の日　義経へ

土佐の房《ぼ》大庭　引き据えて
義経笑い　言うことに

「如何にや坊主　起請文《きしょもん》の
罰当たりしや　ざまあ見ろ」
言うに土佐の房　騒がずと
座り直して　嘲《あざ》笑い
「心に無き事　書きたにて
罰が当たりた　までのこと」
「主君の命を　重んじて
己《おのれ》の命　軽んずは
さても殊勝な　心掛け
命惜しくば　このままで
鎌倉帰すも　とに思《も》うが」
「何を申さる　お惚けを
惜しきと申せば　許さるか

『法師なりせば　己《おのれ》こそ
義経討つに　相応《ふさわ》しき』
とにとの仰せ　頂きて
その場で我れの　この命
鎌倉殿に　差し上げし
如何でかそれを　戻せるや
温情あらば　さっさとに
この首お取り　なされませ」
聞きた義経　頷きて
「ならば斬れ」とて　六条の
河原引き出し　斬りたりし
これの遣り取り　知る人で
土佐の房《ぼ》誉めぬは　無かりたり

**義経都落**

義経許に　仕えいた
下男の　足立新三郎
「これはその身分《み》は　低きやも
賢く気の利く　者なれば」
言いて頼朝　差し出すも
「九郎の様子　見ておりて
我に知らせよ」　言われてし
土佐の房《ぼ》斬らる　これを見て
夜に日を継ぎて　鎌倉へ
経緯《しだい》を聞きて　頼朝は
弟範頼　討手とし
「上京をば」と　仰せらる

この下知《げち》範頼　辞退すも
再度申され　仕方なく
鎧兜《かぶと》で　挨拶に

これを迎えて　頼朝が
「そなたも九郎を　真似るなよ」
言うの言葉に　恐れなし
鎧兜《かぶと》を　脱ぎ置きて
上京するのを　止めたりて

謀反心の　無きことを
起請文《きしょう》を一日　十枚を
昼書き夜は　読み上げて
百日千枚　書き上げて
出すも頼朝　受け入れず
最後に討たれて　しまいたり

北条四郎　時政が
新たに大将　任じられ
上京すると　伝わるに
義経（九州《きゅうしゅう》へ）　思い立ち
平家を九州　中入れず
追い出すほどの　者なるの
緒方の三郎　惟義《これよし》に
「頼まれまいか」　言いたれば

「ならばお許に　おられしの
菊池の二郎　高直は
長年の敵　なりしにて
これ頂きて　首斬らば
頼み受くるに」　申したり

義経あっさり　これ許し
菊池の身柄　惟義《これよし》に

身柄受け取り　惟義《これよし》は
六条河原に　引き出して
菊池の首を　刎ねたりし

同年十一月《しもつき》　二日の日
義経後白河法皇《ほうおう》　訪れて
大蔵卿をば　通じてに
「君の御為　義経が
忠義奉公　したること
これ疑いも　無かるやに
頼朝讒言　信じ込み
我れを討とうと　考うに
暫し九州《きゅうしゅう》へ　思いてし

何卒院の　御下文を

預きたく」と　申しせば
「このこと頼朝　聞きたれば
如何なるや」と　諸卿にと

「義経都に　居ることで
関東武者ども　入り来れば
都で武士また　乱暴を

義経遠国　去りたれば
それの恐れは　無かるかと」

と各々が　言いたにて
緒方惟義《これよし》　召したりて
「臼杵《うすき》戸次《へつぎ》に　松浦《まつら》党
全ての九州　者どもは
義経大将　とて崇《あが》め

その下知従え」　とにと云う
朝廷御下文　頂きて
その軍勢の　五百余騎
明くる三日の　卯の刻（午前六時頃）に
都を粛々　出でたりし

摂津《せっつ》国源氏で　これ知りた
太田の太郎　頼基は
「義経門前　通るやに
　矢一つ射掛けず　おれようか」
とて川原津で　追い付きて
戦いこれを　仕掛けたり

義経総勢　五百余騎
太田太郎は　六十余騎
これをば中に　取り籠みて
「余すな漏らすな」　とて言いて

散々攻めに　攻めたれば
家子《いえのこ》郎等　討ち取られ
太田太郎は　傷を負い
馬腹射られ　退きぬ

義経多くの　首を斬り
その首晒し　軍神に
「門出良し」とて　祀《まつ》りてに
大物浦から　船乗るも
西風激しく　吹き来たり
住吉浦に　寄せられて
吉野の奥に　籠りてし

吉野で法師に　攻められて
奈良へ逃ぐるが　またしても
法師に攻められ　都入り
北国向きて　逃げたりて

遂には奥州　下られし

義経頼りし　その伯父の
信太《しだ》の三郎　義憲に
十郎蔵人　行家と
緒方三郎　惟義《これよし》の
乗る舟　浦々　寄せられて
互いの行方　分からずに

急に西風　吹きたるは
平家の怨霊　仕業かと

同年十一月《しもつき》　七日の日
頼朝遣りし　代官の
北条四郎　時政が
六万余騎連れ　都にと

義経　行家　義憲を
追討すべしの　院宣が

二日に義経　申し出し
頼朝討てとの　御下文を
八日に頼朝　申し出の
義経追討　院宣を

朝令暮改　正にこれ
定め無き世の　哀れさよ

| 西暦 | 年号 | 年 | 月日 | 天皇 | 院政 | 出来事 |
|---|---|---|---|---|---|---|
| 1185年 | 元暦 | 2 | 6/5 | 後鳥羽 | 後白河 | 義経、頼朝に追い返され、腰越で書状 |
| | 文治 | 元 | 11月 | | | 義経追討の院宣下る、義経は都を出る |
| 1189年 | | 5 | 閏4/30 | | | 義経平泉で戦死 |

# 六代の章

## 捕らわれ六代

北条四郎　時政は
「平家の子孫　見つければ
　褒美は　望み通り」とて
都中にと　触れ出すに
皆が褒美を　貰おとて
探し回るは　浅ましく
幾人たりも　出で来たる

例え身《み》分低き　子なるやも
色白美し　者なれば
「これ斯の中将《ちゅうじょう》の　若君だ」

「あれは少将の　公達だ」
と告げたれば　父や母
泣きて叫びて　拒否するも

「あれは世話役　申してし」
「この者乳母が　そうだとて」
言いてに行きて　捕らまえて
まだあどけなき　幼きは
水に沈むや　土に埋め
少し年配《としがさ》　子であれば
首絞め殺し　刺し殺す

平家の嫡流　維盛の
若君《わか》で　六代御前《ろくだいごぜん》居し
何としてでも　捕らえんと
捜すも見つけ　られずにて

鎌倉戻ろと　する折に
とある女房が　六波羅に

「ここから西の　遍照時
それの奥なる　大覚寺
またその北の　菖蒲谷
そこに維盛　北の方
若君姫君　おられます」
言いて駆け込み　申すとに
時政女房に　人付けて
菖蒲谷行き　捜すに
ある僧坊に　女房らや
幼き人が　人目をば
忍ぶ如くに　住みおりし
垣根覗くに　白子犬

走り出たるを　捕えんと
可愛《かい》らし若君　出で来たる
乳母の女房と　思わるが
「あぁなりませぬ　人目が」と
言いて急ぎて　引き入れる
（これこそ）思い　引き返し
しかじかなりと　申すとに
翌日四方を　囲みてに
「維盛殿の　若君の
六代御前が　ここおると
聞きて鎌倉《かまくら》殿　代官の
北条四郎　時政が
迎えに参りて　おりまする
すぐにお出まし」　申すとに

母胸潰れ　おろおろと
斎藤五また　斎藤六
見るに武士ども　取り囲み
逃げる術これ　なかりたり
乳母の女房も　六代の
前倒れ伏し　泣き叫ぶ
日頃は大声　出さずにと
ひっそりと隠れ　住みいたも
今は家中　皆が皆
声揃え泣き　悲しみし
これ聞き時政　痛ましと
涙拭いて　待ちおるも
ややあり重ねて　言いたるは

「世の中いまだ　鎮まらず
不慮が起こると　お迎えに
何ら心配　なさらずと
疾くと差し出し　下され」と
言うに六代　母にへと
「逃れられなき　この身故
すぐにも我れを　斯の手にと
武士ども打ち入り　探すれば
見苦し様子　見らるるに
たとえこの今　出でるとも
暫し後には　戻り来る
然様に嘆く　ことはなし」
と慰むも　不憫なり

母は泣く泣く　六代の
髪撫で衣を　着せさせて
小《ち》さくて美し　黒檀の
数珠取り出して　それ渡し

「最期の時を　迎うまで
念仏唱え　極楽へ」
言うに六代　受け取りて
「今日でお別れ　致します
今後は父上　所にと」

言うをば聞きて　妹の
十歳《とお》になられる　姫君が
「ワレも父上　所にと」
言いつつ走り　出られるを
乳母の女房が　引き止むる

眉目や姿が　美しき
六代わずか　十二歳《じゅうに》やも
十四、五歳《ご》よりは　大人びて
敵に弱みを　見せまいと
袖を抑えて　堪《こら》えるも
隙から涙　零れ出る

六代　輿に　乗せられて
武士ども囲まれ　出で行きし
斎藤五、六が　輿左右

時政馬を　勧めしが
大覚寺から　六波羅へ
乗らず裸足で　走りたる

母と乳母女房《にょぼ》　空仰ぎ
地に伏し悶え　嘆きてに
「平家の子供を　捕らえては
水に落とすや　地に埋める
圧《お》し殺すやら　刺し殺す
とにいろいろと　伝わるが
六代すこし　大人ぶに
首を斬らるる　こととかに」
とて泣くほかに　術もなく
長き夜やも　明かしかね
床浮くほどに　涙せり

夜にも限り　あるにてに
暁《あかつき》告ぐる　鶏《とり》が鳴き
斎藤六が　戻り来し
「如何《いか》が」と　尋ねるに

「今のところは」　との返事
乳母の女房は　心配で
当て所《ど》もなしに　その辺り
泣き泣き歩く　そのうちに
ある人乳母に　申すには

「奥に高雄云《ゆ》　山寺が
そこの聖の　文覚は
頼朝　信置く　僧なりて
身《み》分高き人の　子息をば
弟子に欲しきと　言うらしき」
と言いたるに　(嬉しや)　と
一人で高雄　訪ね入り
聖に向い　申すには

「生れた時から　育てしの
今年十二《じゅうに》歳に　なる若《わか》君を
昨日武士に　捕われし
命救いて　貰い受け
御弟子にしては」と　言いたりて
前倒れ伏し　泣き叫ぶ

「それでその武士　名前は」と
尋かれ女房は　すぐさまに
「北条四郎　時政と」

「ならば尋ねて　みようか」と
文覚ついと　出て行けり

言葉当てには　出来なくも
文覚言いたで　気和らぎ
大覚寺《てら》に帰りて　母にへと
事の事態《しだい》を　告げたれば
「身投げと出たに　なかりしや
ワレも身投げを　思いてし」
言いて詳しを　お尋ねに
女房詳しく　言いたれば
「あぁ六代を　貰い受け
今もう一度　その姿」
言いて手合わせ　泣かれてし
文覚六波羅　出向きてに
詳しき事を　お尋ねに
これに対して　時政は
「鎌倉殿の　命《めい》令なるの
『平家の子孫が　京中に
隠れおるとに　聞き及ぶ

中でも維盛　その息子
平家の嫡流　である上
年齢《とし》も成人　近きとか

是非に捜して　殺すべし』
とを受け探し　いたるにて

このたび平家の　末流の
子供ら少々　捕えしも
この若君《わか》居所　分からぬて
探しあぐねて　鎌倉へ
戻ろとするに　一昨日《おととい》に
聞きてお迎え　したるやも
可愛く不憫で　何もせず」
これを聞きたる　文覚は
「さらばその方　お会いに」と

五代居られる　所へと

二重織物　直垂着《き》
黒木の数珠を　手首巻き
髪の掛かりや　その姿
人品まことに　上品で
高貴で可愛　らしかりて
この世の人とも　見えざりし
よくとお休みに　なられぬか
少し窶《やつ》れて　見えたるを
気の毒いじらし　思われし

文覚見てに　六代は
何を思うか　涙ぐむ

これ見て文覚　訳もなく

墨染の袖　濡らしたり

時政向かい　文覚は
「この若君《わか》見るに　前世の
因縁なるか　哀れなり

これの命を　二十日間
延ばすわけには　参らぬか

鎌倉殿へ　参りてに
願いこの若君《わか》　預かるに」

斎藤五、六は　これを聞き
文覚仏と　手を合わせ
急ぎ大覚寺《てら》へと　戻り来て
事の顛末　伝うれば
母の心は　如何ばかり

斯くて日夜も　過ぎ行きて
二十日は夢の　如く過ぐ
文覚姿　まだ見せぬ
如何《いかが》と気にと　掛かりてに
またまた悶え　苦しまる
時政「約束　過ぎたにて
　京に留まる　訳いかじ
　もう下るべし」　とて言いて
出発支度に　取り掛かる
斎藤五、六は　はらはらし
気を揉みたれど　文覚の
姿も見えず　使者さえも

来なくば思案　尽き果てて
大覚寺《てら》へ帰りて　報告と
　「文覚いまだ　戻らざる
　時政夜明けに　下向をば」
言いて左右の　袖顔に
当てて涙を　はらはらと
聞きてその母　泣きつつも
「聖と出会う　所まで
　六代連れてと　願いをば
　殺されたるに　あるまいな」
「明け方までは　ご無事にて
名残り惜しやと　郎等が

念仏したり　泣く者も」
「それであの子は」　とに尋かれ
「人　見ぬ折は　何気なく
数珠持ち念仏　唱うるも
人が居なくば　袖顔に
当てて涙に　咽《むせ》ばれし」
「然もありなんや　大人ぶに
其方《そち》らはこれから　如何にすや」
「どこまでにても　お供して
亡くなられせば　骨貰い
高野の山に　お納めし
出家し後世を　お弔い」

言いて二人は　そこを出る
同年十二月《しわす》　十六日《じゅうろく》に
時政若君　お連れして
すでに都を　出られたり

斎藤五、六の　兄弟は
涙で目の前　暗くなり
辿る道さえ　見えぬまま
最後まではと　思いつに
泣く泣くお供　して行きし

「馬に乗れ」とて　言いたれど

「最後のお供で　あるからに
苦しきことなど　「ござらぬ」と
血の涙をば　流しつも

力の限り　歩き行く

連れて行かれし　六代は
馬を早める　武士おれば
首討たるかと　戦《おのの》きて
話し合いたる　人おれば
もう最期かと　怯《おび》えてし

（四宮河原で）　思いしが
逢坂も越え　大津浦

（粟津の原で）と　思いしも
その日早くも　暮れ行けり

国々宿々　通り過ぎ
駿河の国に　着かれてに
露の命も　これまでと

言うの噂が　耳にへと

千本松原　その場所で
輿を下にと　降ろさせて
敷皮敷きて　その上に
六代これを　座らせる

時政近づき　言いたるは
「ここまでお連れ　申したは
もしや聖に　出合うかと
待ちて日々これ　過ごしたり

我れの好意も　これまでぞ

足柄山を　越えたれば
鎌倉殿が　どう言うか

近江の国で　お命を
頂きたにと　することに

誰が言おうと　悪行の
報いを受けし　平家その
一門なれば　同じくに
罪免るる　訳いかじ」
と泣く泣くに　言いたるも
六代何とも　答え得ず

斎藤五、六を　近く呼び
「我れ死したれば　其方《そち》らは
都に帰り　途中にて
斬られたなどと　言うなかれ

母上らこれ　嘆かるを
草の陰にて　気に病みて
後世の支障《さわり》に　なるからに
鎌倉届けた　申すべし」

聞きて二人は　肝潰れ
暫しは返事　出来ざりし

やがて気直し　斎藤五
「若君死なれし　その後に
生きて都へ　などは」言い
涙堪《こら》えて　そこ伏せし

今はその時　なりたれば
肩に掛かりし　その髪を
美しき手にて　前にすを
見たる警護の　武士どもが
「何と哀れな　その首を
斬り易くにの　心か」と
皆が涙で　袖濡らす

五代西向き　手を合わせ
静かに念仏　唱えつつ
その首延べて　待ちおりし

狩野の工藤三《くどうぞ》　親俊が
斬り役人に　選ばれて
太刀をば傍に　引き寄せて
左の方から　後ろ行き
今に斬ろうと　したるやも
目眩み魂《たましい》　消え果てて
太刀討つ場所も　分からずて
「とても役目を　果たせざる
他の者に」と　言いたりて
太刀捨てその場　退けり

「ではあれが斬れ」　「これが」とて
斬り手選びし　その時に
墨染衣　袴着て
月毛の馬に　乗りし僧
砂塵を蹴りて　馳せ来たる

何事なると　時政が
待つにこの僧　駆け付けて
急ぎ馬から　飛び降りて
暫しその息　休めてに

「若君預かり　申したぞ
　鎌倉殿の　命令書」
言いて取り出し　時政に
これをば開き　見てみるに
《維盛息子　五代をば
捜し出したと　聞き及ぶ
　高雄の文覚　預かると
　これ疑わず　預けよや
北条殿へ　頼朝》と
書かれて印が　押されてし

時政それを　読み返し
「確かに承知」と　言いたにて
斎藤五、六は　勿論に
時政家子《いえのこ》　郎等も
皆喜びの　涙にと

**戻り六代**

文覚つっと　前に寄り
五代預かり　満足げ

「鎌倉殿が　言いたるは
『若君父の　維盛は
　最初の富士川　合戦の
　大将なるに　許せぬ』と
言うにこの我れ　申せしは
『文覚との約束《やく》　破るれば
　神仏加護も　無かるや』と
厳しく申し　上げたるも
なおも『許さん』　申されし
鎌倉殿が　那須野へと

狩に行かるる　その間も
文覚わざわざ　お供して
あれこれ申し　許しをば

如何でか遅し　思わるや」

これを聞きたる　時政は
「二十日の約束　過ぎし故
お許し無きと　存じあげ
途中でこれはと　思いしも
よくも斬らずに　済ませたり
危うく過ち　犯す所」
と鞍置きて　引かせいた
馬に　斎藤五、六乗せ
都向かいて　上らせる

時政はるばる　送り来て
「お供したくに　存ずやも
鎌倉殿に　報告が
ありせばここで」と　言いたりて
別れ鎌倉　下りたる

何と情けの　深きこと

文覚五代を　受け取りて
夜昼休まず　馳せ行くも
尾張《おわり》国熱田《あつた》の　辺りにて
今年もすでに　暮れたりし

明けて正月　五日の夜
やっと都へ　上り着く

二条猪熊　その場所に
文覚宿所　ありたにて
そこで暫く　休ませて
夜に大覚寺《てら》へと　向かわせり

門を叩けど　音もなく
五代飼い居た　白子犬
走り出《い》できて　尾をば振る

「母上何処《いずこ》」と　問いたるは
よくよく思い　余りしか

築地を越えて　斎藤六
門開け中へ　お入れすも
これまで人が　住みいたと
とても思えぬ　様なりし

「甲斐無き命　長らえて
も一度会いたく　思いたに

これは如何なる　ことなるか」
と夜通しに　泣かれしは
まこと哀れの　極みなり

夜明けて近所に　尋《き》きたれば

「暮れには大仏　参詣に
年明け長谷寺　籠るとて
聞きしもその後に　お姿は」
言うに斎藤五　急ぎてに
長谷寺向かい　尋ね当つ

会いて経緯《しだい》を　告げたれば
母　乳母現実《うつつ》　思えずて
「何と夢かや　夢なるか」
言うをば急がせ　連れ戻る

大覚寺へと　戻りてに
五代を見るに　嬉しくて
まず出《い》でくるは　ただ涙
「すぐに出家を」　言いたれど
文覚惜しみ　押し留む

ただちに迎え　高雄置き
ひっそり暮らす　母これも
訪ねお世話を　されたりし

**平家断絶**

そうこうするに　六代は
ようやく十四、五《ご》歳　なられてに
眉目や姿は　凛として
周りは輝く　ばかりなり

これをば見られ　その母が
「世が世であれば　今頃は
近衛司に（近衛府の官人）　なりたやに」
とにと言いたは　言い過ぎか

頼朝絶えず　気に掛り
機会ある毎　文覚に
「預けし五代は　如何かや

昔この我が　人相を

見られし如く　朝敵を
滅ぼし恥を　雪《そそ》ぐべき
者に成長　しおらぬか」

尋くに文覚　答えしは
「これは底無し　愚か者
安心召され」と　言いたれど
頼朝不安　消えざりて

「謀反起せば　すぐにでも
味方しそうな　御房やも
この我れ生きて　いる間
誰が源氏を　倒せよう

その後のことは　分からねど」
と言われしは　恐ろしき

これ聞きは母　仰天し
「出家をせずば　助からぬ
疾くと出家を」　とて言われ
文治五年の　その春に
十六歳の　六代は
髪切り柿渋　染めたるの
衣袴に　笈《おい》背負い
文覚別れ　修行にと

斎藤五、六も　同様の
装束にてに　お供をば

初めに高野山《こうや》　参りてに
父を仏道　導きし
滝口入道　尋ね会い
出家の経緯《しだい》　臨終の
有様などを　詳し聞き

その跡見たしと　熊野へと

維盛弟　忠房は
屋島戦い　逃る後
行方分からず　おられしが
紀《き》伊の國そこの　住人の
湯浅権守《ごんかみ》　宗重を
頼り湯浅の　城に居し

これ聞き平家に　心寄す
越中次郎　兵衛《ひょうえ》にと
上総の五郎　兵衛《ひょうえ》にと
悪七兵衛《ひちひょうえ》　それ加え
飛騨の四郎の　兵衛らが
味方に付きたが　伝わりて
伊賀 伊勢両国　住人ら
我れも我れもと　馳せ集う

屈強者が　数百騎
籠もる噂を　聞きたるに
鎌倉殿の　命を受け
熊野別当　八度にと
城にと寄せて　攻めたりし

これをば受けて　城の兵
命惜しまず　防ぎせば
味方ことごと　討たれてに
熊野法師は　数尽きし

別当鎌倉　飛脚遣り
「この三か月　八度にと
寄するも相手　手強《ごわ》くて
城を落とすは　能《あた》わざり

ついては近国　二、《ふたつ》三ヶ国《みつ》
頂き攻めて　落としたし」

とて伝うやも　頼朝が
「援軍国の　出費《ついえ》にて
人煩わす　こととなる

立て籠もりしの　凶徒ども
海賊山賊　類《たぐい》なり

城の入り口　固めてに
出入り厳しく　監視せば」

と言い来たで　然にとせば
後には城に　人なしと

その後頼朝　策を練り

「重盛これの　息子らが
一人二人と　生きおれば
それをば助け　鎌倉へ

池の禅尼の　使いとて
頼朝流罪　減ぜよと
宥め申して　くれたるは
偏《ひとえ》に重盛　ご恩なり」

これ伝え聞き　忠房は
「我れが」と六波羅　名乗り出て
すぐに関東　送られし

頼朝これに　会いたりて
「このまま都へ　お戻りを
都はずれに　住まいをば」
とて謀《たばか》りて　戻らせて

後追い瀬田の　橋辺り
斬りて忠房　殺したり

その他に重盛　息子とて
土佐守《とさかみ》宗実　これおりし

宗実三歳　その時に
左大臣《おとど》経宗　養子なり
姓を藤原　変えたりて
武芸の道を　打ち捨てて
文筆嗜み　十八歳《じゅうはち》に
なるも追及　されざるも
何れ捕らまる　思いてに
東大寺その　聖なる
俊乗房の　所行き

「我れは重盛　末っ子で
土佐守《とさかみ》宗実　申すにて
聖の弟子に」　言いたりて
自らから　髻《もとどり》　これを切り
「それでも危惧を　なさるなら
鎌倉殿に　お伝えを」
言われ聖は　気の毒と
思い　出家を　させたりて
東大寺その　油倉《あぶらくら》
そこに暫く　居させしが
(やはり)と思い　鎌倉へ

これをば知りて　頼朝は
「まず目に掛かる　鎌倉へ」
言われ聖は　関東へ

宗実奈良を　発ちてより
食べ物何も　口にせず
湯水をも喉へ　通さざり
足柄《あしがら》山越えて　関本に
着きたる時に　その命
遂にと果てて　亡くなりし

「助から無きの　命」とて
諦められたは　哀れなり

建久元年　十一月《しもつき》の
七日に頼朝　上洛し
同九日に　正二位の
大納言にと　なりたりて
同十一日に　右大将に
なりて兼務を　することに

そして間もなく　両職を

辞して十二月《しわす》の　四日には
関東向けて　下りたり

建久二年　三月の
十三日には　法皇が
六十六歳《ろくじゅうろく》で　崩御さる

六年三月　十三日
大仏供養が　されるとて
頼朝二月に　上洛を

同十二日　大仏殿
そこへ参詣　なされしが
梶原景時　傍に呼び
「転害門《てがいもん》　その南方に
不審な者が　おりたにて
召し取りここへ」　言いたるに

景時行きて　連れ来たは
ひげ剃り髻《もとどり》　切らぬ者

「何者なり」と　問いたれば

「運が尽きしか　仕方なし
我れは平家の　侍で
薩摩守の　中務《なかつかさ》
家資《いえすけ》なり」と　言いたるへ

「何を思いて　斯くぞする」
訊くに傲然　家資《いえすけ》は
「隙これあらばと　狙いてし」

言うをば聞きて　頼朝は
「その志《こころざし》　殊勝なり」
言いて　大仏供養終え

都へ連れて　立ち戻り
六条河原で　斬らしたり

平家の子孫は　悉《ことごと》く
殺し居なきと　思いしが
知盛これの　末の子に
伊賀の大夫《たいふ》　知忠と
言う名の人が　おられてし

あちこち流れ　歩きしが
周囲怪しみ　出したにて
都へ上り　法勝寺
一の橋にと　隠れ居し

ここはその祖父　清盛《きよもり》入道が
「何かの時に　城槨に」
言いて堀をば　二重掘り

四方に竹を　植え込みて
逆茂木引きて　造りてし

そこにひっそり　住みいたが
何処でか如何に　漏れたるか
二位の入道　能保《よしやす》の
命で新兵衛　基綱が
建久七年　十月の
七日の　辰の刻（午前八時頃）過ぎに
百四、五十騎が　馳せ向い
喚《おめ》き叫びて　攻めたりし

城の中には　三十余《さんじゅうよ》人
居た者必死に　戦うも
討死する者　痛手をば
負いて自害を　するも居し

知忠生年　十六《じゅうろく》歳も
痛手を負いて　自害をば

こちら平家の　侍の
越中次郎兵衛　盛嗣《もりつぎ》は
但馬の国へ　逃げおりて
気比の四郎の　道弘の
婿となりて　そこに居し

やがて頼朝　これを知り

但馬の国の　住人の
朝倉太郎大夫《たろだゆ》　高清へ
「平家の侍　盛嗣が
　当国に居る　聞きたるに
　召し取り差し出せ」　言い来たる

気比の四郎は　朝倉の
大夫の婿で　ありたにて
「湯屋で」と決めて　湯にと入れ
取り捕らうべく　なしたれど
投げられ蹴られ　捕らえ得ず

されど多勢に　無勢にて
二、三十人　ばっと寄り
太刀の峰やら　長刀《なぎなた》の
柄で打ち据えて　絡め取り
関東にへと　差し出せり

前に引き据え　頼朝は
「同じ平家の　侍で
　ありて古きの　縁なるに
　一人死なずに　おりたるか」

言うに盛嗣《もりつぎ》　傲然と
「平家があえなく　滅びたで
せめて一矢《いっし》を　報いたく
もしやの機会　窺いし」
言うに頼朝　笑いてに
「見上げたものぞ　志《こころざし》
助け家臣に　とて思《も》うが」
言うたに対し　盛嗣《もりつぎ》は
「武士は二君に　仕えずや
我れにと心　許しなば
きっと後悔　なさるにと
御恩賜り　この首を」
言われ「ならば」と　言いたりて

由井の浜にて　斬りたりし
その頃　後鳥羽天皇は
管弦遊びに　夢中にて
政道一向　見向かれず
乳母でありしの　卿局《ごうつぼね》
これの言うまま　なりしかば
人の愁いは　止まざりし
ところで文覚　恐ろしく
言うにならずを　公然と
高倉天皇　第二皇子《みこ》
これを皇位に　就くるべく
計らいたれど　頼朝が
おる間はこれが　叶わずも
建久十年　正月の

十三日の日　頼朝が
死したを期して　謀反をと
思ううちにも　漏れたりて
二条猪熊　宿所にと
検非違使庁の　役人が
参り文覚　召し取りて
隠岐の島へと　流されし
年齢《とし》は八十歳《はちじゅう》　過ぎなりし
文覚京を　出る時に
「斯かる老人《としより》　なりたにて
今日を明日とも　知れぬ身を
如何に勅勘　とて言うも
都の近辺　置かれずと
隠岐の島まで　流すにと
我れに勅勘　下せしの

毬杖《ぎちょう》好みめ　覚えおれ
（今でいうホッケー）
最後はこの我れ　文覚が
流さる国へ　お迎えを」
と申せしは　恐ろしき

後鳥羽天皇　あまりにも
毬杖《ぎちょう》の玉を　好かれしに
文覚斯かる　雑言を

そうこうするに　六代は
三位禅師と　言われてに
高雄で修行　勤《いそ》しむも
「あれ維盛の　子なるにて
文覚弟子に　ありたれば
たとえ頭を　丸めしも
心はまさか　剃らぬやに」
とて鎌倉が　頻り言い

安判官《あんほうがん》の　資兼に
命じ召し取り　関東へ

駿河の国の　住人の
岡辺権守《ごんかみ》　泰綱に
命じ駿河の　田越川
そこで斬られて　死したりし

十二《じゅうに》歳の年から　三十歳《みそじ》過ぎ
生き長らえしは　これ偏《ひとえ》
長谷の観音　御利益《りやく》か

これにて平家の　子孫これ
永く絶えたと　云われてし

| 西暦 | 年号 | 年 | 月日 | 天皇 | 院政 | 出来事 |
|---|---|---|---|---|---|---|
| 1185年 | 文治 | 元 | 12/16 | 後鳥羽 | 後白河 | 維盛嫡子六代、文覚が命乞い |
| 1190年 | 建久 | 元 | 11/11 | | | 頼朝、上洛し、正二位大納言、右大将 |
| 1192年 | | 3 | 7/12 | | | 頼朝、征夷大将軍に |
| 1199年 | | 10 | 1/13 | 土御門 | 後鳥羽 | 頼朝、死去（53歳） |
| | | | 2/5 | | | 六代、ついに斬られ、平家の子孫は絶滅 |

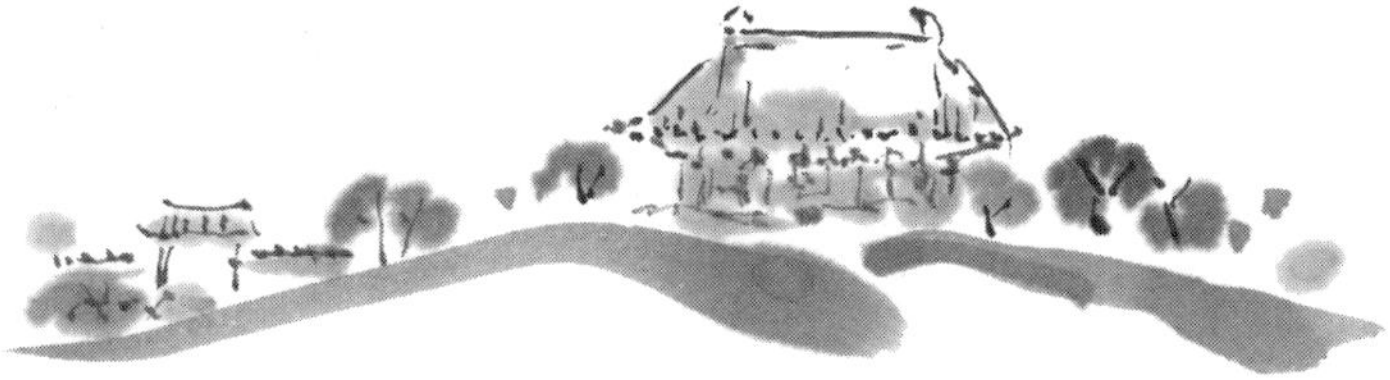

# 祈りの巻

# 建礼門院の章

## 女院出家

建礼門院　いる所は
東山なる　その麓
吉田の辺りの　場所なりし

中納言《なごん》法印　慶恵《けいえ》とて
申す法師の　僧坊で
住み荒らしてに　年経《ふ》るに
庭には草が　生い茂り
軒には茂る　忍草
簾はこれ取れて　寝室《ねや》露わ
雨風凌ぐ　能《あた》わざり

花はいろいろ　匂い来も
主《ぬし》とて頼む　人も無く
夜毎月光　差し込むも
眺め夜明かす　人もなし

昔は華麗な　宮殿で
錦の蚊帳に　囲まれて
明かし暮すも　この今は
平氏の皆と　別れてに
みすぼら朽ちし　僧坊に
おられる　建礼門院の
心思うに　哀れなり

斯かる生活《くらし》を　するにつけ
浮びし波上　船中《ふねなか》の
住まいも今は　恋しくと

青海原の　波彼方
千里の果てに　遠ざかる
西海雲に　思い馳せ
白茅葺きて　苔むした
粗末な小屋で　庭に照る
月観て涙　流すなは
悲しき言うも　愚かなり

建礼門院　斯く暮らし
文治元年　五月での
一日髪を　下されし

御戒の師これ　長楽寺
そこの上人　印西《いんぜい》ぞ
印西《いんぜい》これへの　お布施とて

安徳天皇《てい》の　直衣《のうし》をば
最期の時まで　お召しなり
その移り香も　残りたを
形見にせんと　都まで
持ち来身からは　離さじと
思うもお布施　無き上に
せめて帝《みかど》の　菩提をと
泣く泣く出され　与えたり

上人これを　頂きて
礼を申すに　言葉なく
涙に濡れし　墨染の
袖を絞りつ　退出を

女院は十五歳《じゅうご》で　女御なり
十六歳で　后妃《こうひ》つき

高倉天皇《みかど》の側に　お仕えし
朝は朝政　助けられ
夜は寝所で　寵愛を

二十二歳で　皇子《みこ》生まれ
その皇子即位　なされたで
建礼門院　院号を

清盛入道　娘にて
帝の生母で　あらるにて
世間重んず　限りなし

今年二十九歳《にじゅうく》　なられてし

桃や李《すもも》の　如くにと
姿変わらず　美しく
芙蓉の如き　身体つき

いまだ衰え　感ぜぬも
翡翠の簪《かんざし》　飾るやも
今更なると　思われて
髪を下して　尼にへと

世間を厭《いと》い　仏道に
入るも嘆き　尽くるなし

もうこれまでと　人々が
海に沈みし　有様や
帝や二位殿（清盛の妻）　面影を
忘れ難きに　思いつも
儚き命　長らえて
如何な辛き目　見るかやと
思い続けて　涙をば

短き五月の　夜なれど

眠れず　うとうと　せぬ故に
夢見ることも　能《あた》わざる

壁際灯火の　残り火の
影がかすかに　なり行きて
夜すがら窓打つ　暗き雨
それの音さえ　寂しかり

七月九日　大地震
囲みし築地も　崩れ果て
荒れてし僧坊　傾きて
住めるの体《てい》裁の　無かるにと

伸びるに任せし　荒垣根
茂き野よりも　露茂く
季節知るかに　虫の音が
恨む如くに　鳴く哀れ

夜も徐々《しだい》に　長くなり
ますます女院　目覚めがち

尽きせぬ思い　その上に
秋の哀れさ　加わりて
悲しみ堪《こら》え　難くにと

移り替わるの　世なりせば
たまに情けを　掛けし人《や》も
草枯れる如　亡くなりて
世話する人も　居なくにと

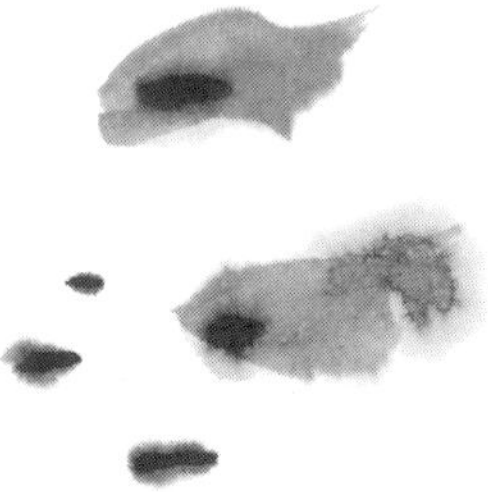

## 大原入

皆亡くなりた　然なる中
冷泉隆房　北の方
七条信隆　北の方
これらが人目　忍びつつ
そこに訪ねて　参りたり

「妹らにと　世話なると
昔は思わ　ざりしやに」
と言い女院が　泣かるるに
付きし女房ら　皆涙

ここは都も　近かりて
道行く人の　目も多く
（せめて命の　続く間は
憂きな事ども　聞かず済む

山の奥でも） 思いしも
頼る術《すべ》さえ 無かりけり

とある女房が 申すには
「大原山の その奥に
寂光院とて 申すやの
静な場所が あると聞く」

と言いたれば 女院これ
「物寂しくに あろうとも
憂きな世よりも そちらが」と
言いて寂光院《そこ》へと 移るにと

文治元年 その九月
寂光院へ お入りに

寂光院の 傍らに
一丈（約3m）四方の 庵造り
一間《ひとま》を寝所に 設《しつら》いて
一間を仏像 安置場所

昼夜朝夕 勤行《おつとめ》し
絶え間無《の》長く 念仏を
怠る事なく 月日をば

**大原御幸**

斯くて月日が 過ぎ行きて
文治二年の 春の頃
建礼門院 住みおらる
大原訪ねて みようとて
後白河法《ほうおう》皇思うも 二、三月
風は激しく 余寒にて
峰にはいまだ 雪残り
谷の氷柱《つらら》も 溶けていず

春過ぎ夏来て 賀茂祭り
これも過ぎたで 法皇は
夜の明ける前 大原へ

忍びの御幸で お供には
徳大寺また 花山院

土御門以下　六人の
公卿に殿上人《てんじょう》　八人と
北面武士ども　少々が

頃は四月の　二十日過ぎ
夏草生いし　繁みをば
掻き分け入り　行かれるに
見慣れた場所も　無かりたり

人通う跡　無き様《さま》を
哀れ深くと　お思いに

西山麓に　御堂あり
これがすなわち　寂光院
古びて造りの　泉水や
木立さながら　興趣なり

庭の若草　茂り合い
青柳長枝　風乱し
浮草波間に　漂うは
錦を水に　晒すかと
見紛《まご》うばかりの　風情なり

法皇庵室　覧られるに
軒には蔦や　朝顔に
忍草やら　忘れ草
杉の葺き目も　まばらにて
こぼるる月影　劣らずに
時雨も霜も　置く露も
防げるようには　見えざりし
後は山で　前野原
小笹風吹き　ザワザワと

聞こゆるものは　木から木へ
飛び回りおる　猿声や
卑しき樵《きこり》が　薪《たきぎ》切る
斧の音だけ　なりしなり

「誰かおらぬか　誰かある」
とて法皇が　呼びたるも
返事申すは　者もなし

暫くしてに　出で来たは
老い衰えし　尼一人

「女院何処《いずこ》へ」　問いたるに
「山へ花摘み」　とて申す

「そうする者さえ　居らぬかや
世捨て人とは　言いながら

何と労《いたわ》し　ことならし」
それ答えると　この尼は
「前世の果報　尽きられて
今は斯かる目　遭われてし

身捨て仏道　求むるに
その身を惜しむ　ことやある」

尼の有様　覧てみるに
衣《きぬ》とも布とも　知れぬもの
継なぎ合わせて　着ておりし

(斯かる様子で　然なること
言うは不思議《おかし》)と　思われて
「そもそも其女《そなた》　何者ぞ」
聞くにその尼　泣き出して

暫しは返事　さえもなし
ややあり涙　抑えてに
「申すは畏れ　多きやも
信西娘の　阿波内侍
母これ紀伊の　二位なりし
以前はあれほど　目に掛けて
下されたるに　お見忘れ
我身の衰えの　知らされし
仕方なしやも　悲しかる」
言いて顔をば　袖に当て
堪《こら》え切れずに　泣く様は
とても見られぬ　ほどなりし
「それではお前は　阿波内侍

何とすっかり　見忘れし
まるで夢かや　会えたるは」
言いて法皇　涙にと
女院の庵室　入《はい》られて
襖を開けて　覧てみるに
一間《ひとま》に　来迎三尊が
その中央に　お座《わ》します
阿弥陀《あみだ》仏の手には　五色糸
左に　普賢菩薩の画像《え》
右に　善導和尚また
先帝御影《みえい》　掛けたりて
法華経《ほけきょ》の経文　八巻も
昔焚きしの　蘭麝香《らんじゃこう》

それに代わりて　香煙
またの一間《ひとま》を　覧られせば
そこは寝所と　思われて
竹の棹《さお》にと　麻衣《あさころも》
紙の夜具など　掛けられし

そうこうするに　山からに
岩の崖道　あぐみつつ
濃い墨染の　衣着た
尼の二人が　下り来たる

法皇これを　御覧なり
「あれ誰か」とて　尋ぬるに
老尼涙　堪えつつ
「花かご肘かけ　岩つつじ
取りてお持ちは　女院にて

柴木に蕨　折り添えて
持つは先帝　乳母なるの
大納言《なごん》の局　典侍殿《すけどの》ぞ」
言うも途中で　涙にと

法皇これも　哀れなと
涙抑える　能《あた》わざり

女院思わず　立ち止まり
(この世を捨てた　身とはいえ
今の哀れな　有様を
御覧入れるは　恥ずかしや
消えてなくなり)　とて思《も》うも
今更ながら　甲斐もなし

宵毎供うる　閼伽《あか》の水
それ濡れ　袂　萎《しお》れてに

早朝山路の　露茂く
濡れにし袖も　絞り兼ね
山へも戻り　なれずして
庵室入るも　能《あた》わずて
涙むせびて　立ちおるへ
内侍駆け寄り　花かごを
取りつつ女院に　申すには

「世捨て人その　常なれば
然なる姿も　支障《さわり》なし
御対面をば　しなされて
お帰り頂く　ことに」とて
言われ女院は　庵室へ

「一度《ひとたび》念仏　唱えては
窓に来迎　光をと
十度《とたび》念仏　唱えては

仏菩薩の　来迎を
と思い待つに　図らずも
法皇おいで　なさるとは」
言いて泣く泣く　対面に
法皇これを　御覧なり
「それで誰ぞが　訪ね来や」
「いいえどなたも」　言い泣くに
お付きの女房ら　皆涙
涙こらえて　女院これ
「斯かるの身にと　なりたるは
嘆きであるに　変わらねど
後世の成仏　思いせば
これ喜びに　他ならじ

ひたすら　平家一門の
菩提弔い　日々送り
阿弥陀　観音　勢至《せいし》その
迎え来るをば　待ちおりし
いつになるとも　忘れぬは
先帝これの　面影で
忘れようとて　忘れ得ず
堪《こら》うも悲しみ　堪《こら》えざり
悲しかるのは　親子の情
そのため先帝　菩提をと
朝夕勤行《つとめ》　怠らじ
これも仏道　入る道」
言うに応えて　法皇が
「仏法流布する　世に生れ

仏道修行　願いなば
後世に生まるは　確かなり
人間世界が　儚くて
虚しきことは　常なりて
今更驚く　なかりしも
女院有様　見ておるに
これ現《うつつ》かと　悲しかる」
とにと言われて　女院また
「ワレは清盛　娘とて
天下の国母と　なりたにて
天下は思いの　ままなりし
拝賀の礼に　始まりて
仏名会《ぶつみょうえ》これの　年の暮
(仏の名を唱えその年の罪障を懺悔する法会)
大勢公卿に　かしづかれ

春は南殿《なでん》の　桜にと
心奪われ　日を暮し
夏の暑きは　泉水を
掬い心を　慰めて
秋は雲上　ある月を
宴《うたげ》催し　これ眺め
冬の寒き夜　衣をば
重ね暖か　過ごしたり

明けても暮れても　楽しくて
極楽これかと　思いたり

なのに寿永の　初めにと
木曽義仲を　恐れてに
慣れにし都　離れ行き
福原旧都の　荒廃見
須磨　明石過ぎ　落ち行きし

なんとも哀れに　思われて
昼は海波　袖濡らし
夜千鳥聞き　泣き明かし
辿り着きたる　九州で
太宰府からは　追い出され
波の上にて　日を暮し
船の中にて　夜を明かし
食事ですらも　ままならず
水も満足　飲めざりし

室山　水島　合戦に
勝ちて元気を　戻せしも
一の谷にて　敗れたり

攻め落とされし　その後は
親はその子に　死に遅れ

妻は夫に　死別れし
沖の釣り舟　敵かとに
群れいる鷺見　白旗と
そして行きつく　壇の浦
今が最後と　見えし折

二位尼帝《みかど》を　抱き申し
船縁《ふなべり》出られ　帝にと
『波の下にも　都が』と
言いて波下　沈みたり

それを思えば　この今も
哀れ悲しと　思うのみ

その後は一層　経を読み
念仏唱え　亡き人の
菩提弔い　毎日を」

しんみり聞きいた　法皇が
「地獄道《じごくど》　餓鬼道《がきどう》　畜生道
修羅道　天道　人間道
これ六道と　言いたりて
生き死にこれを　繰り返す

生きて六道　見られしは
まこと女院が　ただ一人」
言いて涙に　咽《むせ》びせば
供の公卿や　殿上人《てんじょびと》
皆涙にて　袖絞る

女院も涙　流さるに
付き従いし　女房らも
皆々涙で　袖濡らす

## 女院死去

尽きぬ涙に　くるるうち
寂光院の　鐘響き
夕日が西に　傾くに
名残惜しくを　思いつも
涙抑えて　法皇は
御所へと戻り　なされるへ

今更の如　昔をば
思い出されて　女院これ
堪《こら》え切れなき　涙にて
袖を濡らすも　留められじ

遠ざかり行く　行列を
遥かに見送り　終え女院
庵室戻り　本尊に

「安徳先帝　その聖霊《みたま》
亡きし一門　皆の魂《たま》
まことの悟り　開かれて
速やか仏果の　賜りを」
と泣く泣くに　祈られし

昔は内裏で　東向き
「伊勢大神宮　それ加え
正八幡の　大菩薩
我らの天子の　寿命これ
千年万年　続く様《よ》に」
とにと祈りを　したるやに

今は言葉を　変えたりて
西にと向きて　手を合せ
「亡き人々の　聖霊《しょうりょう》が
極楽浄土に　生まる様《よ》に」

と祈らるは　悲しかる

壇の浦にて　敗れてに
生け捕られたる　人々は
都の通りを　隈なくと
引き回されて　その後に
首刎ねらるや　遠くにと
妻子と離れ　流されし

四十余人の　女房らは
何の処分も　なされねば
親類縁者を　頼りたり

上は簾《すだれ》の　内にても
風吹けぬけぬ　家でなく
下は侘しき　庵にも
塵の立たなき　家はなし

枕並べし　夫婦さえ
空のかなたに　離されて
養い育てし　親と子も
行方《ゆきがた》知れず　別れてに
偲ぶ思いは　尽きざれど
嘆きつ過ごす　他はなし

これはただただ　清盛が
その手に天下　握りてに
上は天子も　畏れずと
下は万民　顧みず
死罪流刑を　思うまま
世をも人をも　侮りた
それの報いに　他ならじ
父祖の罪業　子孫《こ》に報う

これ道理とて　思わるる

斯くて年月　過ぎ行きて
女院は病に　罹られて
仏の御手に　掛けてしの
五色の糸を　お持ちなり

「極楽世界の　その主人《あるじ》
阿弥陀如来よ　ワレ救い
極楽浄土へ　お導き」
とて念仏を　唱うるに
左右に大納言《なごん》　典侍殿《すけどの》に
阿波の内侍が　従いて
今を限りの　名残りをと
声も惜しまず　泣き叫ぶ

念仏声が　弱まるに

西から紫雲　棚引き来
良きの香りが　部屋に満ち
霊妙調べ　聞こえ来し

命に限り　あるにてや
建久二年　二月その
中旬一生　終わらせり

后《きさき》の宮に　即位より
片時たりも　離れずと
仕えし二人で　ありたれば
別れの悲しみ　如何ばかり

この女房らは　その縁者
皆亡くなりて　今はもう
頼る所も　なかりせば
折々仏事　営《いとな》まれ

過ごすは哀れ　そのものぞ
やがてにこれらの　人々も
それぞれ　極楽往生を

| 西暦 | 年号 | 年 | 月日 | 天皇 | 院政 | 出来事 |
|---|---|---|---|---|---|---|
| 1185年 | 元暦 | 2 | 5/1 | 後鳥羽 | 後白河 | 建礼門院、長楽寺で出家 |
| | 文治 | 元 | 9月末 | | | 建礼門院、大原寂光院に入る |
| 1186年 | | 2 | 4月 | | | 後白河法皇、大原の建礼門院を訪ねる |
| 1191年 | 建久 | 2 | 2月 | | | 建礼門院、崩御 |
| 1192年 | | 3 | 3/13 | | | 後白河法皇、崩御(66歳) |

# あとがき

上野　誠

「あとがき」といっても、これは追悼の辞となる。

中村博先生は、この二月に逝ってしまわれたのである。その忘れ形見が、『平家物語』であった。七五調で、たのしく読める訳で、多くの読者に歓迎されるであろう。先生は、『万葉集』の風土研究で知られた犬養孝先生の下で、『万葉集』を学ばれ、研究者ではなかったが、独自に古典世界を逍遥された、いわば文雅の士であった。われわれ研究者といっても、そのどこかに古典の世界に遊ぶところがなくては、本物とはいえない。職業的に、研究と教育に従事しているだけである。

中村先生が志を立てられて、『万葉集』の大阪弁訳をはじめられたのは、二十年ほど前であろうか。先生は、悠々と全口訳を成し遂げられ、その後さまざまな古典の口訳をなさってゆくことになる。私も、推薦文や跋文を寄せたのだが、ご本人が楽しんでおられたのが、今も印象的である。

本業で成功し、余生として学問に励む伝統が、近世の京や大阪にはあった。山片蟠桃（一七四八―一八二一）が、その代表格である。絵画の伊藤若冲（一七一六―一八〇〇）もそうだ。東洋の文雅の士というものは、そういうものである。むしろ、中村先生の方が、本道なのである。

完結刊行の祝宴ができなかったことは心残りだが、ここに『清盛殿と16人』上・下巻が上梓された。先生は、ご自分の偲ぶ草を生前に用意されたのである。

長逝を偲びつつ、祝杯ならぬ献杯をしたいと思う。

（うえのまこと／國學院大學教授〔特別専任〕）

## 中村　博　「古典」関連略歴

昭和17年10月19日　堺市に生まれる
昭和41年 3月　　　大阪大学経済学部卒業

・高校時代　：　堺市成人学校にて犬養孝先生の講義受講
・大学時代　：　大阪大学　教養・専門課程(文学部へ出向)で受講
・夏期休暇　：　円珠庵で夏期講座受講
・大学&卒後　：　万葉旅行多数参加

・H19.07.04 : ブログ「犬養万葉今昔」掲載開始至現在
「万葉今昔」「古典オリンピック」で検索
・H19.08.25 : 犬養孝箸「万葉の旅」掲載故地309ヵ所完全踏破
・H19.11.03 :「犬養万葉今昔写真集」犬養万葉記念館へ寄贈
・H19.11.14 : 踏破記事「日本経済新聞」掲載
・H20.08.08 : 揮毫歌碑136基全探訪(以降新規建立随時訪れ)
・H20.09.16 : NHKラジオ第一「おしゃべりクイズ」出演
《内容》「犬養万葉今昔」
・H24.05.31 :「万葉歌みじかものがたり」全十巻刊行開始
・H24.07.22 :「万葉歌みじかものがたり」「朝日新聞」掲載
・H25.02.01 :「叙事詩的　古事記ものがたり」刊行
・H26.05.20 :「万葉歌みじかものがたり」全十巻刊行完了
・H26.12.20 :「七五調　源氏物語」全十五巻刊行開始
・H27.01.25 :「たすきつなぎ　ものがたり百人一首」刊行
・H30.11.20 :「七五調　源氏物語」全十五巻刊行完了
・H31.04.20 :「編み替え　ものがたり枕草子」刊行開始
・R01.06.10 :「令和天翔け万葉歌みじかものがたり」刊行
・R01.11.01 :「編み替え　ものがたり枕草子」(上・中・下) 刊行完了
・R02.05.15 :「大阪弁こども万葉集」刊行
・R02.05.25 :「大阪弁訳だけ万葉集」刊行
・R02.08.--- :「大阪弁こども万葉集」毎日・読売ほか各紙掲載
・R03.07.30 :「大阪弁びっくり源氏物語」刊行
・R04.05.17 :「大阪弁　七七調　徒然草」刊行

七五調 平家物語
# 清盛殿と16人 下巻

発行日
2023年6月10日

著　者
中村　博

制　作
まほろば 出版部

発行者
久保岡宣子

発行所
JDC出版
〒552-0001　大阪市港区波除6-5-18
TEL.06-6581-2811(代)　FAX.06-6581-2670
E-mail : book@sekitansouko.com
郵便振替　00940-8-28280

印刷製本
モリモト印刷（株）